アンリエッタ・リージャス
乙女ゲーム『ハナオト』に転生した物語の主人公。ゲームの序盤——チュートリアルで死ぬザコい令嬢である。
I don't want to die in the tutorial even though I have the most recommended target to conquer!
Presented by Harunadon Illustrated by Yomi Sarachi

「顔に、目立つ傷がつかなくて良かった」
「……っ」
フェオネン・シャンテール
攻略対象の一人。お色気垂れ流し校医でアンリエッタをよくからかう。

「おま――
アンリエッタ・リージャスッ!?」
「私ですよ、私!」
ラインハルト・
レイ・カルナシア
攻略対象の一人。王太子でアンリエッタの兄・ノアに憧れている。

「――なぜ、人格反転したあとのオレを知っている？」
エルヴィス・ハント
攻略対象の一人。転生前の最推しキャラ。でも二面性があって……!?

「お兄様。
あの、ええと、
これは……？」

「致し方ないだろう。
他人に魔力を流すには、
こうするしかない」
ノア・
リージャス
攻略対象の一人。
アンリエッタの義兄
だが冷血なエリート。

Contents

最推し攻略対象がいるのに、
チュートリアルで死にたくありません！
榛名井
Illust. さらちよみ

第一章　私の転生先、ザコすぎ……？

……ああ、うるさい。

「ごきげんよう、アンリエッタ様」

「リージャス家のご令嬢は今日も麗しいですね」

「まるで真冬の湖に住む、神秘の精霊のようですわ……」

通り一遍のことをぴーちくぱーちくと囀《さえず》る生徒の間を、私は早足で歩いていく。

別に行きたい場所があるわけじゃない。誰《だれ》かと約束があるわけでもない。むしろ、そう、誰もいないところに行きたいだけだった。

そうして廊下を突き進む私の耳に、聞こえる。

「〝暫定・花乙女〟……」

ぼそり、と落とされた一粒の悪意が――心に黒い波紋を広げていく。

思わず立ち止まった私は、周囲を鋭く睨《にら》みつけた。

「誰よ、今の」

人前では気丈に振る舞いたいのに、知らず唇が震える。そんな動揺を隠すために、無理やりにでも声を張る。

「今のは誰が言ったのよ！」

そう金切り声で叫んでも、生徒たちは困ったように顔を見合わせるだけだ。また私が問題を起こしたとでも言いたげに、揃《そろ》って被害者の顔をしている。

でも私は知っている。なんの悪意もない振りをして、こいつらは私を嗤《わら》っているのだ。この場を私が去れば、勝ち誇ったような笑い声を上げるに違いない。

広い廊下に沈黙が満ちる。どうすればいいのか分からず、私は唇を強く噛《か》んで俯《うつむ》く。そうして隙を見せたとたん、名前も知らない生徒たちは再び親切心を装って群がってくる。

「どうされましたか、アンリエッタ嬢」

「お加減が優れないとか？」

「花舞いの儀は一か月後ですから、気が昂《たか》ぶっておられるのでは」

「授業はお休みになったほうが」

うるさい。うるさい。うるさい！　私の気持ちなんて、なんにも知らないくせに！

私は大きく首を横に振って、走りだす。もういやだ。この場から逃げだしたい。誰もいないところへ。誰も私を知らないところへ。誰も私を見ないところへ——。

次の瞬間だった。がくんっ、と足元が崩れたかと思えば、私の身体《からだ》は宙に投げだされていた。

長い髪がふわりと舞う。妙にゆっくりと流れていく景色の中で、自分が階段を踏み外したのだと遅れて気がつく。落ちていく私が最後に聞いたのは、切羽詰まった男性の声だった。

「アンリエッタ嬢！」

◇◇◇

……ん？

私はぱちぱち、と目をしばたたかせる。

目を開いて、まず最初に覚えたのは違和感だった。その理由はというと一目瞭然である。

私の視界いっぱいに、他人の睫毛《まつげ》がぼんやりと映しだされているのだ。

物心ついてから、こんなに誰かと近づいたことなんてないのに。どこか夢見心地にそんなことを考えていると、唇を他人の甘い吐息が掠《かす》めて、私はびくりと震えた。

あれ、これってなんか危ない、のでは？

「ちょ、ちょっと！」

混乱しながらも、私は折り重なっている人物の顎をぐいっと両手で押しのける。それなりの力を入れたつもりが、「わっ、痛い痛い。痛いって」とその男はどこか楽しげに声を上げる。

私は上半身を起こしながら、身体にかかっていた毛布を盾にするように引き寄せる。

「ね、寝てる人に何してるんですかあなた！　へっ、変態っ⁉」

「いや。いつまで経《た》ってもお姫様が目を覚まさないから、目覚めのキスをご所望なのかと」

歯の浮くような台詞《せりふ》を真正面から喰《く》らい、ますます混乱を極める。こんな台詞、二次元でしか聞いたことがない。

「というのは冗談。唇を怪我《けが》しているから、治してあげようと思ったんだ。ほら、ボクの唇には癒やしの力があるからさ」

「そんなアホみたいな言い訳が許されるのはフェオネンだけだから！　……痛っ」

とっさに側頭部を押さえる。そのあたりに、ずきりと痛みが走ったのだ。

「大丈夫？　急に起き上がって大声出すからだよ。怪我人なんだから、安静にしないとね」

「うう……」

あなたのせいでしょ、と言ってやりたいのを堪えながら、私は俯きがちに頭を押さえる。

って、怪我人？　私が？　なんで？　次々に噴出する疑問の声が聞こえたかのように、変態の人は緩やかな口調で続ける。

「覚えてる？　キミ、昼休みに階段から足を踏み外して落ちたんだよ。目立つ外傷はないけど、頭を打ったみたいでね。意識を失って医務室に運ばれてきたんだ」

言われてみれば私が寝かされていたらしいベッドも、鼻先にほんのり漂う薬品のにおいも、学校の保健室を彷彿《ほうふつ》とさせるものだ。どうやら変態が話しているのは本当のことらしい。

どうでもいいけどこの人、やたら美声だなぁ。まるでプロの声優さんの声みたい。

そんなことを思っている間に、少しずつ頭部の痛みが引いていく。頭に手を添えたまま、注意深くゆっくりと顔を上げたところで、私は口を半開きにして固まった。

「……は？」

「どうしたのかな、ボクのことを一心不乱に見つめちゃって。ああ、やっぱりキス――」

「そうじゃなくて！　あなた……フェオネン、だよね？」

おずおずと、その名前を口にする。

肩に流れ落ちる、毛先にウェーブのかかったセミロングの紫髪。眼鏡《めがね》のレンズ越しに私を見つめるのは、背筋がぞくりとするほど蠱惑《こわく》的な蜂蜜色の瞳《ひとみ》だ。

身にまとう白衣やハーフグローブもやたらと色っぽい、妖艶な雰囲気を持つ男性――『ハナオト』攻略対象のひとりであり、エーアス魔法学園の校医として勤めるフェオネン・シャンテールが、ベッドに座る私を見下ろしていた。

イラストレーターさんが描いた絵は平面なわけで、私の知るフェオネンがそのまま目の前にいるわけじゃないけど……二次元を三次元にそのまま引っ張ってきたかのような、すばらしいクオリティであるのは間違いない。

私は感心して身を乗りだすと、目の前で不思議そうな顔をしているフェオネン（？）を食い入るように見つめる。

「うわー、すっごい美形。『ハナオト』がハリウッドで実写映画化されたら、フェオネンってこんな感じなのかも。ちゃんと右目の下に泣きぼくろもあるし、再現度高っ」

「よく分からないけど、ボクのことを称《たた》えてくれているのかな？　美貌で知られるリージャス家の令嬢からお褒めの言葉を賜るなんて、なんだか面映《おもは》ゆいね」

と言いつつ垂れ目を細めて笑う表情は他人からの褒め言葉に慣れきっていて、まさにフェオネンそのものだと感心する。

うーん、演技も抜群にいいな。これはフェオネン推しもきっと納得……とうっかり見惚《みと》れていたせいで、私の反応は遅れてしまった。

「ん？　リージャス家……？」

そのおしゃれな家名にも、何やら聞き覚えがあるような。

眉間に皺《しわ》を寄せる私に、フェオネンが白衣のポケットから取りだした小さな手鏡を向けてくる。

「もしかして頭を打った影響かもね。自分の名前、ちゃんと言えるかな？」

鏡の中には、当然ながら私の顔が映しだされている。

光沢のある、銀色の長い髪。清らかな湖を思わせる青く大きな瞳。

すっと通った鼻梁に、桜色の艶々《つやつや》とした唇。やや幼げな顔立ちはそれこそ芸術品のように整っているし、身体つきは華奢《きゃしゃ》さと女性らしい柔らかさを併せ持っている。

まさに、あらゆる女子が理想として掲げるような完璧《かんぺき》な容姿の美少女。

この顔と身体を持つ人物を、私は確かに知っている――。

「まさか、とは思うけど」

「うん」

「……アンリエッタ・リージャス？」

「良かった、正解」

安堵《あんど》するフェオネンとは真逆に、顔面蒼白の私は「どえええーっ」と女子らしからぬ悲鳴を上げていた。

女性向け恋愛アドベンチャーゲーム『聖なる花乙女の祝福を』。

通称『ハナオト』と呼ばれる西洋風乙女ゲームのあらすじは、こんな感じだ。

――百年に一度。カルナシア王国には、女神エンルーナに祝福された「花乙女」と呼ばれる少女が誕生する。

花乙女とは、全属性の魔法が使えたり、心を通わせた相手の能力を飛躍的に上昇させたりという、唯一無二の力を持つ特別な存在だ。前回の花乙女が現れてからちょうど百年目となる今年は、新たな花乙女の誕生に向け国内の期待も大きく高まっていた。

花乙女が選ばれる一連の事象を、花舞いの儀と呼ぶ。誰かが舞を踊るイベントとかではなく、エンルーナが花乙女を選定する際に起こる超自然的な出来事そのものが花舞いの儀と名づけられたのだ。その儀が執り行われるまで、誰が花乙女に選ばれるのかは分からない。

この花乙女に選ばれるのが、花恋《かれん》ことカレン。異世界から召喚されし少女である。

『ハナオト』の主人公兼ヒロインであるカレン（※名称変更可能）は、茶髪にピンク色の瞳の少女。さすが乙女ゲームのヒロインという感じの愛らしい容姿の持ち主だ。

カレンはエーアス魔法学園でとびきりのイケメンたち……攻略対象に出会い、彼らと絆《きずな》を育んでいく。数々の事件やドキドキするイベントを乗り越えながら、一人前の魔法士としても成長していくのだ。

ちなみに攻略対象は四人いて、その四人の攻略を終えると隠しキャラのルートが解放される仕組みになっていて……って、重要なのはそこじゃない。

問題なのは私が、伯爵令嬢アンリエッタ・リージャスに転生してしまったらしいということだ。

アンリエッタは魔法の名門、リージャス伯爵家の長女である。生まれつき高い魔力を有しているアンリエッタだが、その態度は高慢で高圧的。家柄と魔力を鼻にかけて尊大に振る舞うものの、不《ふ》真面目《まじめ》がたたって魔法の腕前はからっきしの令嬢である。

魔力が高いからと、努力せず花乙女に選ばれるなら誰も苦労はしない。そんな揶揄《やゆ》や皮肉を込めて、誰が呼んだか〝暫定・花乙女〟。このあだ名だけで、アンリエッタが周囲からどんな評価を受けていたのか分かろうというものだ。

それでもアンリエッタは、自身が花乙女に選ばれる未来を夢想して生きてきたわけだが……そんな輝かしいはずの未来は、突如異世界から現れたカレンに奪われてしまう。

強いショックを受けたアンリエッタはカレンに「どうしてあんたが」「なんでなのよ」と恨み言を喚《わめ》き散らした末に理性を失い、魔力を暴走させ……結果的に、命を落としてしまう。

つまりアンリエッタ・リージャスとは、ゲームの序盤も超序盤――チュートリアルで死ぬザコい令嬢なのである！

ザコといっても、魔力を暴走――ゲーム内では魔に堕ちると表現されていた――させてしまった人間は、戦闘力が飛躍的に上昇する。ほとんど魔物に近いような、理性のない凶悪な強さを手に入れるのだ。

魔物というのは、いわゆるＲＰＧに出てくるような凶暴なモンスター。その名の通り魔力を持っていて、街中に出現することはほとんどないものの人を襲う習性がある。お手軽に事件を起こせるからか、カレンたちの遭遇頻度は非常に高いが。

そんな危険な相手には、本来であれば学園の教師で総掛かりになるべきだと思う。しかしそこは乙女ゲームなので、なぜか若き身空の少年少女が矢面に立って戦うことになっている。最終的にアンリエッタは自分の魔力に呑《の》み込《こ》まれて自滅するので、最初のバトルは耐久戦なんだけど。

ちなみにここでカレンが「一緒に戦う相手は……？」で選んだ人物とのルートが確定して、ゲーム本編が進行する。私が最初に選択したのはエルヴィス様だったなぁ。

あっ、エルヴィス様っていうのは通常版のパッケージでもいちばん扱いが大きい攻略対象で、何を隠そう私の推しで………………。

「う、うううぅ……」

ぐるぐるぐるぐると頭の中を走馬灯のように記憶が巡る。気分が悪いならもう少し休むように、と再びベッドに寝かされてしまった私だけど、むしろ気分はどん底まで落ちつつあった。

そう。記憶を遡っているうちに、重要なことを思いだしたからだ。

というのもアンリエッタだけじゃない。私も、階段から足を踏み外したのだ。

私が落ちたのは、もちろん学園の階段じゃない。中堅企業の事務職に就いていた私は、残業続きで疲労困憊《こんぱい》の中、家に帰ろうとして……駅の階段で、ずるっと足を滑らせてしまった。

かなりの高さから落下したので、ふつうに考えたら即死だろう。その結果、同じように階段から落下したアンリエッタに転生してしまったというのが、妥当な線ではないだろうか。

私は自分の半生を思い返す。人生で一度も彼氏はできなかったけど、毎日の楽しみは家に帰ってプレイする乙女ゲームだった。特に好きなタイトルは『ハナオト』他、『パフェラブ』に『ドキとき』などなど……自分の人生より乙女ゲームに関する記憶のほうが濃ゆいのって、なんかもの悲しいな。

というか年内には『ハナオト2』が発売される予定だった。それを楽しみに毎日の仕事をがんばっていたのに、プレイする前に死んでしまうなんて想定外だ。プロデューサーのインタビューによると『ハナオト』のイフ展開が描かれるらしく、ヒロインは同じでも舞台は別の学園という話だったので、エルヴィス様が出ないなら諦《あきら》めはつくけども。

それにしても、さすがにアンリエッタに転生はおかしくない？　サイアクすぎない？

私はベッドに横たわったまま室内を見回す。そこにはフェオネンルート以外でもちらほら登場した、医務室の背景イラストとまったく同じ光景が広がっている。ここは本当に乙女ゲームの世界で、私はアンリエッタ・リージャスに転生してしまったのだ。

それならば、いの一番に確かめるべきことがある。

私はベッドからむくりと上半身を起こした。

「ところで、今日は何年何月の何日でしたっけ？」

突っ込まれる前に付け加える。

「自分の記憶と照らし合わせたくて」

きりりとした表情で誤魔化《ごまか》せば、薬品棚を見ていたフェオネンが教えてくれる。

「今日は月花暦六百年、二月三十日だよ。明日からは三月だね」

「なるほど。私の記憶通りでしたわ、おほほ」

「……これは冗談抜きに、なんだけど」

そこでフェオネンが、神妙な面持ちで私を見つめる。

「異常は見つからなかったけど、頭を打っているわけだからね。記憶の混乱や混濁があるなら、正直に言うこと。隠しちゃだめだよ」

フェオネンの言う通り、私はけっこう混乱していると思う。生前の記憶というより、階段から落ちるまでのアンリエッタ自身の記憶についてまったく思いだせないからだ。

それはアンリエッタが事故で頭を打ったからなのか、私がアンリエッタに転生したのが原因なのかは、はっきりしないけど。

だからといって、実は私、別の世界からやって来てアンリエッタに転生しちゃったんです、ここはそもそも乙女ゲームの世界なんですよ——なんて、率直に話したところで信じてもらえるはずがない。頭がおかしくなったと思われるのがオチである。

「大丈夫です。何かあったら、ご相談しますから」

「それならいいんだけどね」

フェオネンがにっこりと微笑《ほほえ》む。うっ、なんというまぶしさ。喪女には直視できん。

視線をさりげなく逸らしつつ、私は自分の置かれた現状に改めて思いを馳せた。

ゲーム本編は魔法学園の入学式から始まる。アンリエッタがふつうに学園生活を送っているということは、まだその日は訪れていないわけだから……月花暦六百年、四月一日が本編開始日ということだろう。

つまりアンリエッタが死ぬまでには、約一か月の猶予が残されていることになる。

それならなんとか足掻《あが》いてみよう。わけが分からないまま二度も死ぬなんて、絶対にごめんだ。

決意を固めてベッドから出る私に、フェオネンが声をかけてくる。

「起き上がって大丈夫かい？」

「はい。そろそろ教室に戻ります。ありがとうございました、フェ……オネン先生」

ぎこちなく敬称をつければ、出来の悪い生徒を見るような表情で微笑まれる。

「それにしても」

と言いながら、フェオネンが近づいてくる。立ち上がって制服の皺を伸ばしている私の前にやって来ると、上背のある彼は少し屈《かが》んで――。

「顔に、目立つ傷がつかなくて良かった」

「……っ⁉」

その骨張った指先が、私の顎を掴《つか》む。

驚きのあまり呼吸が止まる。そんな私に構わず、フェオネンは整った顔を近づけてくる。

目を覚ました直後と同じ、キスされるのではないかと錯覚するほどの距離。眼鏡のレンズ越しに注《そそ》がれる視線。開いた胸元《むなもと》から漂う酩酊《めいてい》しそうなほど甘い香水の香りが、私の鼻腔をくすぐった。

心臓がどくどくと早鐘を打つ。近い近い、本当に近すぎるから！

「ちょ、せ、先生っ」

私は声を上擦らせながらも、必死に抵抗する。

真《ま》っ赤《か》になっているだろう私の顔を覗《のぞ》き込みながら、フェオネンが緩やかに笑む。

「その唇。落下したときに、自分で強く噛んじゃったのかな。それとも、ボク以外の不届きな男が……？」

「……っ」

下唇を手袋越しの指先で優しくなぞられて、ぞくりと全身の鳥肌が立つ。

逃げたいのに、慣れない状況にびっくりして身体が思うように動かない。そんな私の唇を、フェオネンの指は好き勝手に弄《もてあそ》ぶ。

「や、やめっ……」

「――はい、治療終わり」

え？　治療？

そう言うと、フェオネンは何事もなかったように私から離れる。

「唇によく効く軟膏を塗っておいたよ。一日すれば腫れも引くでしょう」

下唇をちろりと舐《な》めてみれば、苦い味が口内に広がる。茫然《ぼうぜん》自失している私に、フェオネンは軽くウィンクしてみせた。

「それと今日のキミ、なんかいつもよりおもしろくて。からかっちゃった☆」

拳《こぶし》で口元を隠しながら、私は真っ赤な顔でわなわな震える。

この、この……「からかっちゃった☆」じゃないわ、お色気垂れ流し校医めぇっ！　と怒鳴りたくなるのを、なんとか堪える。

フェオネン・シャンテールは相手が女の子と見れば口説いてしまう、生粋のナンパ男である。正直、そんな男は教師になっちゃいけないと思う。

これは彼のルートを進めるうちに明らかになる事実なのだが、フェオネンはこの世界でも珍しい半人半魔だ。

妖魔――魔物の中でも人に近い肉体を持つ種族――である母親と貴族の父の間に生まれた不貞の子。母から受け継いだ彼の目は魔眼とされ、魅了魔法という特殊な魔法を常時発動しているのだが、これを嫌った義母にひどい虐待をされて左目の視力がほとんどなくなってしまった。

フェオネンは義母の支配から逃れるために家を飛びだし、エーアス魔法学園で校医として働く道を選んだ。魔法具である眼鏡には片目の視力補強と、常時発動してしまう魅了魔法の効果を軽減する役割があるという。言うなれば、彼の女遊びの激しさは周囲から愛を与えられなかったゆえの、強烈なコンプレックスの裏返しでもあるのだ。

そして攻略対象らしい設定モリモリ男が初めて本気で惚《ほ》れてしまうのが、ヒロインのカレン。彼女は花乙女ということもあり、あらゆる魔法に耐性を持つ。それゆえにフェオネンの放つ強烈な魅了魔法を意にも介さず、彼にとって得がたい存在となる。

カレンは奔放に振る舞うフェオネンを怒ったり、案じたりする。どんな女性と過ごしても満たされなかったフェオネンは、カレンという存在を得たことで初めて、本当の恋を知っていく……そんなフェオネンルートに、私も何度ハンカチを濡《ぬ》らしたことか分からない（エルヴィスルート以外はＣＧ回収のために一度しかクリアしてないけど）。

そしてヒロインのカレンなら余裕で受け流せるのかもしれないが、男性への免疫がなさすぎる私には、フェオネンの度を超えた色気はただの毒である。喰らいすぎたらたぶんＨＰが尽きて死ぬ。

もしも眼鏡を外されていたら鼻血を噴いて卒倒していた自信がある。

でもこんな美形に甘く囁《ささや》かれながら唇を触られたりしたら、誰だって冷静じゃいられないと思う。

私は羞恥心を隠すように、ぼそりと呟いた。

「どうせなら、治癒魔法を使ってくれればいいのに」

フェオネンの使う治癒魔法なら、あっという間に傷は治っていたはずだ。

独り言のつもりだったが、椅子《いす》に腰かけるフェオネンには聞こえていたらしい。彼は私の唇に軟膏を塗ったばかりの小指で、自身の唇に触れてみせる。

「だから、最初に言ったろう？　――キスで治してあげようか、って」

ヒェッ、この校医……スケベすぎる！

私は早急に医務室から退散することに決める。これ以上ここに留まっていては、私の心臓が持たないだろう。第二の生を生き抜くと決意した直後に、心臓発作で死ぬなんていやすぎる。

「それじゃあ、どうもお世話になりました」

頭を下げれば、フェオネンが思いがけない名前を口にする。

「そうだった。キミ、同じクラスのエルヴィス君にお礼を言っておくといいよ」

「エ、エッエッ？　エルヴィス様っ？　ですか？」

突然出てきた推しの名前に、声が裏返る。挙動不審になる私に動じず、フェオネンはさらりと説明してくれる。

「うん。階段から落ちたキミを医務室まで運んできたのは、彼だからね」

そんなイベントあったっけ、と首を傾げるが、ゲーム本編はまだ始まっていないのだ。『ハナオト』全クリ済みの私でも知らない出来事なのは当然だった。

それにしても、まさか本編開始前のエルヴィス様とアンリエッタの間に接点があったとは。だけどアンリエッタみたいな嫌われ者を助けてくれたというのは、いかにもエルヴィス様らしい。

エルヴィス・ハントはフェオネンと同じく、『ハナオト』の攻略対象のひとりだ。柔らかそうな茶髪に宝石のようにきらめく翠《みどり》色の瞳を持つ彼は、由緒正しき辺境伯家の次男である。

優しくて穏やかで純粋で、清く正しく美しい美青年。そんな彼こそ私の推し。

アクの強い攻略対象が多い中、最初はあまり期待していなかった彼のルートに心底癒やされて、きゃーきゃー言いながら悶えていた。普段はぽやぽやして弟っぽいところがあるエルヴィス様だが、いざというときはばっちりヒロインを守ってくれるし、ときどき見せる嫉妬《しっと》や独占欲が堪らないキャラクターなのだ。

そうか。アンリエッタに転生したってことは、フェオネンだけじゃなくエルヴィス様にも会えるってことなのね。しかも二年生に進級する前の、一年生の頃のエルヴィス様に、だ。

それってだいぶ役得なのでは。自分でも現金だとは思うけど、むくむくとやる気が漲《みなぎ》ってくる。

「すぐにお礼を言いにいきますっ！」

「ボクに対する態度とはぜんぜん違うね。妬けちゃうなぁ」

「はい。失礼しますっ！」

推しとの出会いという圧倒的幸運を前にした私は、鼻先に人参をぶら下げられた馬も同然である。

今だけはフェオネンの甘い言葉にも翻弄されることはない。

しかし医務室のドアを開けて外に出た私は、すぐに立ち止まった。なぜかというと、ゲームの背景で何度も見た広い廊下がそこに待ち受けていたからだ。

「！」

オレンジ色の夕日を取り入れる木製サッシの大きな窓。エレガントな大理石調の床。一定の間隔を空けて天井《てんじょう》から垂れ下がる鉱石ランプに、額縁に飾られる絵画にも見覚えがある。

私は興奮のまま窓辺に駆け寄った。廊下の窓からは、広大な前庭から正門に至るまでの整備された道を見ることができる。

「う、うおお……」

野太い呻き声を出しながら、私はその光景に見入った。

そうだ。私がいるのは、城かと見紛うほどに広大な敷地を持つ校舎なのだ。鋭く尖《とが》った青い屋根に、白く上品な壁。ドイツ三大美城のひとつである白亜の城——ノイシュヴァンシュタイン城を参考にデザインされたといわれる、エーアス魔法学園である。

「カメラ！　スマホスマホ！」

　期せずしての聖地巡礼に大興奮する私だったが、ポケットを探ったところで「ないんでした……」と肩を落とす。

　──王都にあるエーアス魔法学園は、魔法大国カルナシアを代表する名門魔法学園である。生徒数は確か三百名程度。私の前世でいう高校と同じで、入学できるのは十五歳から十六歳の少年少女に限られ、修学年数は三年間だ。魔法の力で世界を開くという建学精神で、生徒それぞれの才能を伸ばすことを謳《うた》っており、特徴のひとつは平民だろうと貴族だろうと入学できるということ。ただし、たとえ貴族でも入学試験に合格しなければ入学を断るため、完全実力主義の学園ともいえる。

　余談だが、現時点で平民の生徒はひとりもいないはずだ。入学試験に合格できても、平民だと高い入学金や授業料を払うのは難しい。とんでもない有望株であれば特待生制度でそれらが免除されるが、数年ぶりに特待生に選ばれるのは来年度入学してくるカレンである。さすがヒロイン。

　学園は高台に建っているので、窓からは夕暮れに染まっていく王都の街並みも一望することができた。

「本当にここは、『ハナオト』の世界なんだなぁ……」

　窓枠に手を置いて、ぽつりと呟きを漏《も》らす。アンリエッタに転生していなければ、もっと心躍っていたことだろう。

　数分間だけそこで休んだ私は、廊下を進んで階段を上っていく。

一段を上るたびに、膝丈《ひざ》のスカートの裾《すそ》がふわりと広がる。校舎の色に合わせてあるのだろう、白と青を基調としたエーアス魔法学園の制服は上品でかわいらしい。コスプレ人気が高かったのも分かろうというものだ。

階段を上りきったところで、私は銀色の髪を軽く片手で整えた。自分でいうのもなんだけど、ひとつひとつの動作が淑《しと》やかである。どうやら記憶は戻っていなくても、アンリエッタの身体に染みついた貴族らしい歩き方や所作は、私も問題なく駆使することができるらしい。

これは助かる、と素直に思う。一般的な中流家庭の生まれだった私が、貴族の令嬢として振る舞うのは不可能だ。すぐに様子がおかしいと周りから疑念を持たれてしまう。

自分の教室の位置もなんとなく分かっていたので、迷わず一年Aクラスの教室へと辿《たど》り着く。プレートの文字は日本語ではなく、流麗な筆記体に近い文字が使われているのだが、これも難なく読み取ることができた。

私はドアに手をかけたところで、胸にもう片方の手を当てて深呼吸する。

「っ……ふぅ……」

落ち着け。落ち着きなさい、私。

推しを前にして理性を飛ばすのはNGだ。今の私は、エルヴィス様のクラスメイトのアンリエッタ。気持ち悪い言動を取って早々に引かれてしまうのは、ぜったいに避けたい。

それでも、このドアの向こう側に彼がいるのだと思えば思うほど、際限なく胸が高鳴っていく。

私は意を決して、がらりと教室のドアを開いた。

「あれ？　いない……」

広い教室に人の姿はなかった。

とりあえず自分の席で鞄《かばん》を手に取った私は、にやりと口の端をつり上げる。

「ふっ、エルヴィス。乙女ゲーマー舐めんなよ……？」

『ハナオト』のシステムでは、放課後になるとプレイヤー独自の自由行動が取れて、攻略対象やサブキャラクターとの会話を楽しむことができる。つまり大抵のキャラクターの居場所には傾向があり、どの立ち絵でも薬草を握っているほど魔法薬学に傾倒しているエルヴィス様の行き先は自ずと絞られるのだ。

最も確率が高いのが、教師や有志の生徒が管理している薬草園。次点で実験を行う教室を有する魔法薬学室。どちらかといえばここから近いのは魔法薬学室なので、まずそちらから見てみるのが無難だろう。

これぞ統計学の勝利である。ふっふふふ、と私は不気味な笑みを浮かべながらスキップして、教室棟と渡り廊下で繋《つな》がっている特別棟に向かう。放課後の遅い時間だからか、他の生徒とすれ違わなかったのだけが救いだ。

そうして魔法薬学室前に到着した私は確信する。教室のドアには実験中のプレートが下げられていた。こんな遅い時間に実験なんてしているのは、十中八九エルヴィス様。乙女ゲームで学んだ。

焦らされたせいもあってか、私は緊張も忘れて意気揚々とドアを開け放っていた。

「エルヴィス様ぁ～！」

「うわッ」

ドアを開けたとたん、こちらに背を向けていた生徒の悲鳴が上がる。顔が見えずとも私の鍛え上げられた聴覚は、一瞬にしてそれをエルヴィス様（今をときめく若手人気声優）の声だと認識したが……同時に、全身が黒い煙に包まれていた。

「わぶっ。な、何これ？」

目を白黒させつつ、とりあえず口元を押さえる。危険なガスとかではないようで、ちょっと吸い込んでしまっても身体に異変はなかった。

「【コール・アニマ】――払え！」

そこに魔法を詠唱する凛《りん》とした声が響いたかと思えば、室内を満たしていた煙が勢いよく窓の外や廊下へと逃げていく。

しかし初めて見る魔法に感動している暇はなかった。煙が晴れた向こう側で咳《せ》き込んだ人物が、髪をぐしゃりと掻《か》きながら大きく舌打ちしたからだ。って、舌打ち？

「おいおい。こっちは実験中だったっつーのに、おかげで手元がくるっちまったじゃねェか。間違いなく調合失敗したぞ」

「ご、ごめんなさい！　人違いで声をかけてしまっ、」

とっさに謝りかけた私だったが、中途半端《ちゅうとはんぱ》なところで唇の動きを止めてしまう。

たくさんの植物に満たされた魔法薬学室。その調合台の前に立っているのは、正真正銘のエルヴィス様だったのだ。私が見間違えるはずはない。癖《くせ》のないさらさらの茶髪も、深い翠色の目も……。

「なんだ。お前かよ」

「……」

「そういや怪我は平気、じゃなくてなんか言え。人の実験の邪魔しといてダンマリは――」

「………じゃない」

「は？」

「私の知ってるエルヴィス様じゃない！」

「あ？　何言って」

「私のエルヴィス様を返せ～！」

号泣しながら駆け寄った私は、背伸びをして偽エルヴィスの胸ぐらを掴む。怒りに任せてぶんぶん揺らしてやるつもりが、体幹が強いのか男の身体はびくともしない。

「意味わかんね。そもそもオレ、お前のじゃねえし」

「やめてそのチンピラみたいな喋《しゃべ》り方！　ほ、本物のエルヴィス様はねっ、純粋で裏表なんかなくて、清らかで穢《けが》れを知らないぽやぽや天使ちゃんで、誰に対しても分け隔てなく優しいんだけど、私にだけはとびきり甘くてぇ――っ！」

キャラ崩壊に苦しむ私は両目から滂沱《ぼうだ》の涙を流しながら、言葉を尽くして語った。

どれほどエルヴィス様が素敵な人なのか。私にとって愛すべきキャラクターなのか。息切れをする頃にようやく我に返れば、目の前のエルヴィスはすっかり黙り込んでいる。

し、しまった。勢いに任せてとんでもないことを口走ってしまったような。

私がだらだらと汗をかいていると、ふいにエルヴィスが柔和な笑みを浮かべる。

「すみません。驚かせてしまいましたね、アンリエッタ嬢」

何度も画面越しに見つめた笑顔を向けられて、私の呼吸が止まる。胸ぐらを掴んでいた手も思わず離してしまった。

「えっ、嘘《うそ》。エルヴィス様？　ほ、ほほ、本物なの？」

やっぱりさっきまでのエルヴィスは、ただの幻？　高熱のときに見る悪夢？　降って湧《わ》いた希望に縋《すが》りつくように目を輝かせる私の前で、やおら天井を見やったエルヴィス様が顎に手を当てる。

「なるほど、〝エルヴィス様〟ってのはこんな感じか」

「え？　今、なんて……」

私に視線を戻した美青年は、ぺろっと舌を出して底意地悪く笑う。

「――案外簡単だな、お前の〝エルヴィス様〟」

その邪気まみれの笑みは、私の知るエルヴィス様とはほど遠いものだった。

「……うぇ……！」

こ、この男、私を騙《だま》したんだ！

いろんなショックで絶句する私を置いて、エルヴィスは調合台の鍋を覗き込む。近くには不思議な色の液体が入ったフラスコやビーカーも並んでいる。

「オレが作ってたのは、人格反転の魔法薬だ。成功例もほとんどない魔法薬でな。うまく調合できたら自分で飲んでみるつもりだったのによ」

鍋を掻き交ぜながら残念そうに言うエルヴィスの言葉を、立ち尽くした私は繰り返す。

「人格、反転……？」

まず大前提として、今はゲーム本編が始まる一か月前である。

エルヴィスがアンリエッタを助ける出来事自体は、ゲーム内世界でも起こっていたとする。

問題なのはそのあとだ。本来のアンリエッタなら、わざわざお礼を言うためにエルヴィスを捜したりはしなかっただろう。でもアンリエッタに転生した私は彼に会いに魔法薬学室までやって来て、調合の邪魔をしてしまった。エルヴィスは人格反転の魔法薬を作るのに失敗し、それを飲むことができなかった。

じゃあ『ハナオト』に出てくる朗らかで心優しいエルヴィス様は——魔法薬によって作りだされた人格だった、ってこと？

「って、そんなの納得いかないわ！」

「あ？」

「だってエルヴィス様がもともと粗野で乱暴な人間だったなら、魔法薬を飲んで様変わりしたら周りがもっと騒ぐはずじゃない！　ヤカラが天使になっちゃった〜って！」

自分でも鋭い指摘だと思ったものの、エルヴィスはあっさりと返してくる。

「痛くもない腹を探られたら厄介だって親に注意されて、普段は猫かぶってんだよ」

「ど、どういうこと？」

「学園だと『粗野で乱暴』な振る舞いはしてねーってこと。黙って微笑んでりゃ、大抵の出来事はどうにかなるしな」

当然だと言いたげな物言いを受けて、私のほうが返事に窮する。

気づいてしまったのだ。ただの乙女ゲーマーである私は、ゲーム本編が始まる前のエルヴィス様を知らないことに。『ハナオト』限定版予約特典には本編の前日譚《たん》が描かれたドラマCDが付属していたけど、時系列的には本編二週間前の話ってことになっていた気がする。今日中に魔法薬を飲んでいたとなると、矛盾も生じていないのだ。

じゃあなに。今まで私は嘘のエルヴィス様に恋《こ》い焦《こ》がれていたの？　ううん、嘘っていうのも違うのかもしれないけど……。

そういえば『ハナオト』をプレイしていたとき、こんな場面があった。

どんな危険な魔法薬だろうと毒薬だろうと、自分の身体で試してみないと気が済まないエルヴィス。そんな魔法薬学一筋のエルヴィス様は、カレンに危険な真似をしないでほしいと泣かれてしまい、二度とやらないと約束するのだが……その際に、そっと打ち明けるのだ。

『僕、昔はもっとやんちゃな子どもだったそうです。その頃にカレンさんに会っていたら、さらに驚かせてしまったかも』

てっきり木登りや虫取りが好きだったとか、そういう微笑ましい話だと思ってたのに！　まさかの人格レベル！

何しろ目の前のエルヴィスは『ハナオト』の貴公子エルヴィス様より声が低いし、口調や態度、目つきまで違うのだ。やんちゃなんてかわいい表現で済まさないでいただきたい。でもこれを反転すれば、確かにあの人畜無害なエルヴィス様ができあがるのかも、と納得してしまうけど。

全身から力が抜けていく。最悪だ。転生して間もなく、私は最悪の失敗をしてしまった。

今すぐ時間を巻き戻して、やり直したい。項垂《うなだ》れながら私は泣きそうな声で呟く。

「あんた、すごいわね。人格が変わっちゃうなんて怖いと思わないの……？」

「なんでだよ。おもしろいだろ」

いや、何もおもしろくないと思うけど。

「作った薬は、まず自分の身体で試すのがオレの流儀だ。調合の出来によっても薬の効果には変化が生まれるからな。何度も実験して、試行錯誤を繰り返して、魔法薬学の発展に貢献する……こんなに楽しいことが他にあるかよ」

言い方は乱暴だが、その言い分はエルヴィス様とまったく同じもので、そんな事実にますます泣けてきてしまった。ああ、この人、やっぱりエルヴィス様なんだなぁ……。

黙り込んでいると、エルヴィスが私を射貫くような目で見つめてくる。

「それはいい。ところでアンリエッタ・リージャス、お前に聞きたいんだが」

「な、なに？」

何も答えないまま、つかつかと歩み寄ってくるエルヴィス。あまりの迫力に気圧《けお》されて、私は壁際まで追い詰められ――次の瞬間、片手を前に出したエルヴィスがどんっと壁に手をつく。

「ひっ⁉」

きっと男子に壁ドンされるというのは、心ときめく体験なのだろうと思っていた。

しかし想像とはぜんぜん違った。刑事に追い詰められる犯人だって、ここまで絶望的な気持ちにはならないだろう。

エルヴィスと壁の間に挟まれた私は身動きが取れなくなる。

何度も美しいと思った翠の目が、そんな私を冷然と見下ろしている。

それが、何よりも恐ろしかった。立ち絵でもイベントＣＧでも、エルヴィス様がこんな冷えきった目をしていたことは一度もない。

目の前にいるのは、私の知らない男の人だった。

「――なぜ、人格反転したあとのオレを知っている？」

「！」

そこで私は、自分がさらに大きな過ちを犯していたことにようやく気がつく。

頬《ほお》を冷や汗が伝う。目が泳ぎそうになる。とっさに見つめ返したのは、我ながらいい判断だったと思う。少しでも隙を見せれば、この獣のような気配をまとう男は私の喉笛《のどぶえ》を噛みきっていただろうから。

「人格反転の薬を飲めば、おそらくオレは真面目な優男にでもなるだろうと踏んでいた。だが魔法薬の調合が成功した未来でも知らなけりゃ、人格反転後のオレについて語れるはずがないよな」

「…………」

私は唇を引き結んで、詰問に耐える。エルヴィスは息苦しくなるほどの圧を感じさせる捕食者の笑みを湛えて、そんな私の一挙一動を見張っていた。

エルヴィスが顔を近づけてくる。何度も触れてみたいと夢見た柔らかな髪先が、私の頬をつつく。シャンプーの香りなのか、ふわりと漂う森林系の香りが私の鼻腔をくすぐった。

「花乙女は未来を予知することができる、だったか。なァ――暫定・花乙女さんよ」

この上なく緊張が高まったとき。

私は意識して口角を上げ、口を開いていた。

「……実は、私には妄想癖がありまして」

先を促すように、エルヴィスは無言を貫いている。私は声が震えないようにと祈りながら、苦し紛れの言い訳を紡《つむ》ぐしかない。

「物静かでミステリアスなエルヴィス・ハント様が、もしも誰よりも優しくて甘い好青年だったら――という妄想をして過ごすのが日課なんです。先ほどはつい興奮して、その妄想について熱く語ってしまいましたわ」

うふふ、と恥じらいながらも微笑む淑女。そんな表情を作ってみせる。

エルヴィスの誤解は自然なものだが、そもそも私は花乙女ではない。ザコ令嬢なのである。

目を細めて、そんな私をじぃっと見つめるエルヴィス。私は汗をだらだらかきながら、そんな彼としばし向かい合っていたのだが……。

「ま、そういうことにしといてやるか」

完全に疑いが晴れたわけではなさそうだが、解放してもらう。私はぜえぜえ息切れしながら、調合台に戻るエルヴィスからさりげなく距離を取った。

「言っておくが、オレの本性については他言無用だ。喋ったらどうなるか——分かってるな？」

「も、もちろん、承知しておりますとも！」

もうさっさと出ていったほうが身のためだろう。忍び足で逃げようとする私の背中に、エルヴィスが世間話を振るように声をかけてくる。

「それにしてもアンリエッタ。お前がそんなにオレのことが好きだとは知らなかった」

ん？　なんだって？

聞き間違いかと、立ち止まって振り返る。ふっ、と小馬鹿《こばか》にするように笑うエルヴィスと目が合った。

「オレで妄想して、自分を慰めてたんだろ？　実力もないくせにお高く止まった女だと思ってたが、少しはかわいいところがあるじゃねェか」

しばらく硬直していた私の顔から、ぼふっと湯気が出る。そう錯覚するほど顔が熱くなっていた。

「ば、ばば、ばかなこと言わないでっ！　私が好きなのはエルヴィス様であって、あんたじゃないから！」

自分では必死に考えたつもりだったが、クラスメイトがもし自分にだけ優しかったらと妄想して楽しんでいた――なんて、ふつうに告白するよりも恥ずかしい告白だ。エルヴィスが勘違いするのも無理はないが、アンリエッタの名誉のためにもしっかり否定しておかなくては。

「はいはい。そういうことにしとくわ」

一切《いっさい》信じていないだろう口調で平然と吐き捨てて、エルヴィスは鍋の片づけを始める。

ぐぬぬぬと私は唸《うな》った。何を言ってもエルヴィスの誤解が解けることはないだろう。

それなら、もう開き直るしかないのかも。そう思い至った私は、ぼそりと口にしていた。

「……次こそ作ってよ、魔法薬」

「なんだと？」

「さっきの魔法薬、もう一回作り直して！　それで、私を理想のエルヴィス様に会わせてくださいっ！　どうか、何卒《なにとぞ》、よろしくお願いしますっ！」

プライドと羞恥心をかなぐり捨てて、勢いよく頭を下げる。

現在進行形で、チュートリアルで死ぬ令嬢に転生するなんて悲惨な目に遭っているのだ。せめて推しに出会えるくらいのご褒美がなければ割に合わない。

しかしエルヴィスの返事は素っ気ないものだった。

「お前に言われなくても、作りたいのは山々だけどよ。すぐには無理な注文だな」

「な、なんで？」

「人格反転の魔法薬には、魔喰《まく》い花《ばな》を始めとして貴重な材料ばかり必要なんだ。今日の調合にだって、ようやく漕ぎ着けたんだからな」

ふぅ、とエルヴィスがため息を吐く。横顔に今までの苦労がにじんでいる気がして、私は神妙に頭を下げた。

「ごめんなさい」

「へぇ、案外素直だな」

「調合が失敗したのは私のせいなので。それはちゃんと謝ります」

「お前こそ、人格反転してねェか？」

ギックーッ。

「気のせいです！　でも――えっと、私がいずれ、材料を手に入れてみせるので！　そうしたら、ちゃんと調合して人格反転してくださいね！　約束ですからね！」

私は叫ぶように言い残すと、急いで魔法室を出たのだった。

◇◇◇

オレは、今日という日を心から楽しみにしていた。

なぜなら、念願だった人格反転の魔法薬の材料が揃ったからだ。材料はどれも珍しいものばかりで、国内で栽培の成功例がない薬草も含まれている。多額の費用をかけて取り寄せるのにも数年かかっていた。同じものを手に入れようとすれば、さらに数年か数十年はかかるだろう。

その日の授業はほとんど耳に入らなかった。昼休み、クラスメイトのアンリエッタが階段から落ちたところに通りかかり、医務室に運んだりはしたが……記憶に残っている出来事はそれくらいだ。

アンリエッタと深い関《かか》わりはなくとも、同じクラスにいるだけで気性が激しい女なのは分かる。

わざとらしく褒めそやされるたびに怒鳴り声で言い返し、そのたび他人から笑われる少女。悪意を受け流す術《すべ》すら知らない姿は哀れだったが、手を伸ばしてやるほどお人好しでもない。

だが昼休みのこと。

放課後に思いを馳せて廊下を歩いていると、階上から金切り声が聞こえたのだ。

「今のは誰が言ったのよ！」

何事かと胡乱《うろん》に見上げれば、宙を舞う銀髪が目に入って——オレはとっさにアンリエッタの名を呼び、駆け寄っていた。

あと少しのところで間に合わず、彼女は頭を打って気を失っていた。どうやら足を踏み外して階段から落ちたらしい。しかし責任を負うのを免れるためか、それまでアンリエッタを囲んでいたらしい生徒たちは蜘蛛《くも》の子を散らすように逃げ去ったので、オレは仕方なく医務室に運んでやることにしたのだ。

横抱きにしたアンリエッタの身体は驚くほど軽かった。静かに呼吸はしているものの、まるで生気が感じられず死人のようだった。

「命に別状はないけど、頭を打っているからね。意識が回復するまではベッドで休ませておくよ」

フェオネンは素っ気ない口調でそう言った。女好きで知られる若い校医は、男子生徒には分かりやすくずさんな対応をする。聞いていた通りだと思いながら、医務室を辞した。

オレは普段、クラスではあまり目立たないようにしている。自分が整った容姿であるのは自覚しているので、反感を買わない程度の愛想は身につけた。そのおかげで、他人からは遠慮がちで思慮深いと評されるようになり、目が合うだけで令嬢たちには頬を染められるようになった。まったく、見る目のない連中だらけで助かる。

そのせいで親しい友人のひとりもできなかったが、あまり気にならなかった。今まで散々、取り繕わずに会話するたびに粗野だの乱暴だのと周りに言われてきたのだ。煩《わずら》わしい人付き合いに時間を割くよりも、野原で薬草を摘むほうがよっぽど楽しい。

待ちに待った放課後が訪れれば、オレは懇意にしている教師に一声かけて鍵《かぎ》を借り、颯爽と魔法薬学室へと向かった。事前に話は通してあるので、今日は部屋を独占することができる。他の派手な学問と異なり、生徒からの薬学人気はそう高くないのだが。

ドアには【実験中につき立ち入り禁止】のプレートを下げ、煙出しの窓以外はすべて閉めきっておく。これで、誰にも邪魔されることはないだろう。

調合の準備を済ませて、保管していた材料を目の前に並べるだけでわくわくした。

調合台の前に立ったオレはすっかり記憶しているレシピを手元に置いた。秤《はかり》に乗せて重さをチェックした材料を鍋に入れ、注意深く魔力を流していく。金色の鍋を満たしているのは純度の高い聖水だ。これもなかなか値の張るものである。

「よし、いい感じだな……」

にじんできた汗を服の袖《そで》で拭う。すべての薬草類の投入を終え、液体は粘り気を増してきた。

いよいよ調合は最終段階に突入した。あとは鍋の中に魔力を注ぎ込み続ければ——。

しかしそのとき。背後で、がらりと勢いよくドアが開く音がする。

「エルヴィス様ぁ〜!」

「うわッ」

反射的に悲鳴を上げた一秒後、マジか、と頭を抱えたくなった。

この魔法薬の調合中は、一瞬たりとも気を緩めることができない。それほど繊細な魔力操作が必要なのだ。

見れば瑞々しい青緑色に輝いていた鍋の中の液体は、どす黒い色に変色している。

調合に失敗したのは明らかだが、気落ちしている場合ではない。天井付近まで立ち上っている黒煙をどうにかしなければ、毒素が発生してしまう。

「【コール・アニマ】——払え!」

少し煙を吸ってしまったオレは、詠唱のあとに軽く咳き込む。

調合が失敗したのは、オレの未熟さゆえだ。ドアに鍵をかけ忘れたのも、大声によって集中力を切らしたのも、オレ自身である。

「おいおい。こっちは実験中だったたっつーのに、おかげで手元がくるっちまったじゃねェか。間違いなく調合失敗したぞ」

それでもやはり、闖入者《ちんにゅうしゃ》に一言くらいは文句を言っておきたい。そんな思いでいやみを言うと、声の主はすぐに謝ってきた。

「ご、ごめんなさい！　人違いで声をかけてしまっ、」

だが、変なところで言葉が途切れる。

何事かと、煙が晴れた向こう側に目をやる。ドアの近くに立っていたのは、伯爵家の令嬢であるアンリエッタだった。

「なんだ。お前かよ」

なんでこいつがここに……と眉《まゆ》を寄せたところで思いだした。そうだった。オレ、さっきこの女を助けたんだったな。

殊勝にお礼でも言いにきたのかと考えたところで、まずいと気づく。調合が失敗した動揺もあって、思わず素で喋っていた。学園では今までうまく取り繕っていたのに。

するとアンリエッタは飛び掛かるような勢いでオレの胸ぐらを掴んできた。

「私の知ってるエルヴィス様じゃない！　私のエルヴィス様を返せ～！」

……何言ってんだ、こいつ？

きょとんとするオレに構わず、アンリエッタは泣きながら意味不明のことを口走る。

エルヴィス様は純粋ぽやぽやでまるで天使のようだの、私が他の男子と話しているときの嫉妬丸出しがおいしいだの、キャラソンでの甘噛みが堪らないだの、休日デートのときは私服のセンスがちょっとダサいところも愛《いと》おしいだの。

聞けば聞くほどに、オレの混乱は深まっていく。私の知ってるエルヴィス様も何も、オレもそんなオレは知らん。私服を見せたこととかたぶん一度もないし。別にダサくないし。

もしかしてこいつ、頭を打っておかしくなっちまったのか？

少なからず責任を感じてしまい、いやいやと胸中で否定する。この女がどうなろうと、オレには関係ない。むしろ医務室まで労力を割いて運んでやったのだから、感謝されたいくらいだ。

そもそも、こんなにくるくると表情を変えてはきはき喋るやつだっただろうか。クラスメイトに絡《から》まれて逆上するところしか見たことがないので、妙に新鮮な気持ちだった。

満足がいくまで語り尽くしたのか、それとも少しは冷静になったのか。ようやく口を閉じたアンリエッタはぜえぜえと荒く呼吸して、華奢な肩を震わせている。

そんなクラスメイトを見下ろしながら、オレはふいに思いつく。こいつの言うエルヴィス様、とやらを演じてみてはどうだろうか――と。

「すみません。驚かせてしまいましたね、アンリエッタ嬢」

単なる冗談のつもりだった。

それなのに反応は劇的なものだった。アンリエッタはオレの服を掴んでいた手を離し、食い入るようにしてオレのことを見つめてきたのだ。

作り笑いで見返してみれば、一度は乾いたはずの青い目が、再び込み上げてきたいっぱいの涙で潤んでいく。それが先ほどまでとは異なる歓喜の涙であることは、紅潮した頬や、花のように綻んだ唇を見れば明らかだった。

溶けそうだ、と思う。オレがこのままエルヴィス様とやらの演技を続ければ、こいつの大きな両目は溶けてなくなってしまいそうだ、と。

その実感になぜか小さな苛立ちを覚えて、オレはすぐに演技するのをやめた。

人格反転の魔法薬について説明すれば、アンリエッタは大きな衝撃を受けたようだった。

オレはそんなアンリエッタを問い詰めることにした。よくよく考えれば、こいつが頬に朱を注いで語ってのけたのは、人格反転したあとのオレのことではないかと思えたからだ。

だが、オレは今日の実験について教師にしか話していないし、アンリエッタも魔法薬については知らないらしい。様々な違和感を覚えながらも、オレは疑いを口にする。

「花乙女は未来を予知することができる、だったか。なァ――暫定・花乙女さんよ」

容赦なく問い詰めれば、壁に小さな頭を押し当てたアンリエッタは、目を細めてにっこりと笑ってみせた。なんとも高位貴族の令嬢らしい、上品で淑やかな笑みだった。

「……実は、私には妄想癖がありまして」

しかし、そこから彼女が語ってみせたのは荒唐無稽な話である。

嘘だな、とすぐに看破した。普段から嘘を吐き慣れているオレには分かる。

だが、悪意があっての嘘ではないとも思った。というか悪意がある人間なら、もっとまともで説得力のある嘘を考えつくだろう。間違っても、妄想癖があるとかアホみたいなことを言いだしたりはしない。本気で言っているなら酔狂の域だ。

だからオレは、その嘘を否定しなかった。代わりに乗っかることにした。そうすれば、きっと次から次へとボロを出すことだろうと直感したのだ。

そんなオレの態度に、アンリエッタは目に見えてホッとしていた。本当に分かりやすすぎる。普段の態度から感情的だとは思っていたが、それとはまた違っていて……なんというか、からかいたくなるような隙が多いというか。

気がつけばオレは、こそこそ逃げようとしているアンリエッタ相手に口を開いていた。

「オレで妄想して、自分を慰めてたんだろ？　実力もないくせにお高く止まった女だと思ってたが、少しはかわいいところがあるじゃねェか」

わざと下品な物言いをしてみれば、茹《ゆ》で蛸《だこ》の色になりながら言い返してくる。オレは途中から頬が緩むのを押さえられなくなった。

エルヴィス様とやらではなく、オレ自身の言葉がこいつを翻弄しているなら、存外悪くはない。

そのあともアンリエッタは、また魔法薬を作ってほしい、材料は手に入れてみせるからと、好き勝手なことを宣《のたま》って魔法薬学室を出ていった。

その勢いに圧倒されたオレだったが、アンリエッタの気配が遠ざかってから小声で呟く。

「しばらく監視してみるか、あいつのこと」

本当にアンリエッタが花乙女だ、などとは思っていない。魔力自体は高くとも、アンリエッタの魔法の実力はクラスでも下から数えたほうが早いくらいだ。そんな人間が、百年に一度だけ選ばれるとされる花乙女に相応《ふさわ》しいとは思えない。あれを花乙女に選ぶなら、女神エンルーナとやらは眼力がなさすぎる。

それに一応口止めはしたものの、オレの本性について、アンリエッタがクラスメイトにバラさないとも限らない。

「……つか結局、何しにここまで来たんだよ」

実験を失敗に追い込み、騒ぐだけ騒いだ挙げ句、大慌てで出ていった少女。

そんな彼女の一挙一動を思いだせば、オレはひとりで肩を揺らして笑ってしまったのだった。

◇◇◇

魔法薬学室から這々《ほうほう》の体で逃げた私は、リージャス家の立派な馬車に乗って帰路に就いていた。

エーアス魔法学園には学生寮があり、普段ならアンリエッタも寮部屋に戻っていたのだが、週末は王都内にあるリージャス家の屋敷に帰るのが彼女の習慣だった。

週末は慣れ親しんだ屋敷に戻ってゆっくりする生徒は、アンリエッタ以外にも多い。それで荷物をまとめたあとは、外出届を出して学園を出てきたのだ。

「なんか、早くもやらかしちゃった気がする」

遠い目をして呟く。やっちゃったことは仕方ないので、諦めて景色を楽しむことにした。

窓の外の景色はあちこち白い。カルナシア王国では最も冷え込むのが一月とされるので、少しずつ積もった雪が溶けだしているようだ。外はかなり冷えるが、校舎内や馬車の中がまったく冷えていないのは、魔法で温度や湿度を調整しているからだろう。

「『ハナオト』だと春からの半年間が描かれてたから、冬ってだけで新鮮だなぁ」

この世界における一年は三百六十日で、十二の月に分かれている。一か月は必ず三十日ずつで、月曜から日曜の曜日が割り振られている設定だ。

この大陸がどの惑星にあるのかは不明だが、『ハナオト』は日本の会社が作っている乙女ゲームなので、魔法に関係しない分野は日本風だったり、はたまた西洋風だったりする。変に捻《ひね》くれた独自性がないのは、転生したばかりの私としては大変ありがたい。

しばらくすると窓の外の景色は、王都の郊外から中心部、そして貴族街の風景へと変わっていく。人通りが減り、建物は美しく洗練されたものばかりになる。海外旅行に来たような気分だ。

やがて馬車が停車し、外側からドアが開かれた。私を出迎えたのは、お仕着せ姿の少女である。

「お帰りなさいませ、お嬢様」

しずしずと頭を下げるのは侍女のキャシー。年齢は私よりひとつ下の十五歳だ。暗い色合いの茶髪をポニーテールにまとめており、鼻にちょこっと散るそばかすが幼げでかわいらしい。

高位貴族は寮に侍女や従僕を連れていくことが許されるので、アンリエッタと過ごす時間が最も長いのは彼女だろう。教科書を持ち帰らないからか、他人に心を開いていないからか、アンリエッタは金曜日になると先に屋敷に帰らせちゃうのだが……。

そんなキャシーはゲーム内には登場していない。チュートリアルで死ぬ伯爵令嬢の侍女、なんて役回りからして当然だが、それでも名前が頭に浮かぶということは、やはり私にはアンリエッタの記憶の一部が共有されているのだろう。

年齢が近いのもあり、打ち解けてお喋りできたら楽しそうだ。しかしキャシーの態度は余所余所《よそよそ》しく、私とまったく目を合わせてくれなかった。

たぶんというか、間違いなくというか、アンリエッタは彼女にとってあまりいい主人ではなかったようだ。これから仲良くなれたらいいけど、と考えながら馬車を降りた私は、そこで思わず口をあんぐりと開けた。

アンリエッタの家、すっっっご！

こういうのをクラシカルな佇《たたず》まい、というのだろうか。ゴールデンレトリバーが何匹でも走り回れそうなほど広い庭に、重厚感のある大きな洋館は、まさにお金持ちの家。といっても成金ではなく、何代も続く歴史ある名家という感じである。

威風堂々とした伯爵邸の周囲に目立つ建物はなく、きっと周囲一帯がリージャス家の所有地なのだろう。王都に悠々と構えられた邸宅に、私はすっかり圧倒されていた。

「アンリエッタお嬢様？　どうかされました……？」

恐る恐る名前を呼ばれて、正気に戻る。

いけないいけないけない。貴族の令嬢らしからぬ間抜けなぽかーん顔を晒《さら》してしまった。

今日のうちに屋敷内を隅々まで探検したいくらいだったが、とりあえず記憶に従って自室に向かってみる。

「なんでもないわ」

意外というべきか、アンリエッタの私室はすっきりと整頓されていた。といっても、掃除は普段からキャシーたち使用人がやってくれているのだろう。

ふかふかのソファにいそいそ座ってみる私に、キャシーが声をかけてくる。

「本日は夕食まで、お部屋でお休みになりますか。それとも入浴のご準備を」

「ごはんで」

「か、かしこまりました」

しまった。食い気味に返事をしてしまった。

というのも、目覚めてから異様なくらいお腹《なか》が減っているのだ。アンリエッタは昼休みに階段を落ちたとのことなので、お昼ごはんを食べ損ねたのかもしれない。

「それとキャシー。ちょっと書き物をするから準備してちょうだい」

「えっ。お嬢様が書き物を……?」

最高の座り心地にうっとりしながら見やれば、キャシーは分かりやすく戸惑っていた。

あらあら。私が文字を書くだけで、そんなにおかしいかしら?

なんて捻くれた態度を取りたくなるけど、キャシーの反応からして、それはそれはおかしなことなのだろう。つくづくアンリエッタの不真面目さが窺《うかが》える。

黙り込む私が怒っていると誤解したのか、顔を青くしたキャシーがぺこりと頭を下げる。

「しょ、少々お待ちくださいませ」

いったん部屋を辞したキャシーは、革のノートと羽ペン、インクを持って素早く戻ってきた。さすがに、名門リージャス家に仕えるだけあって優れた侍女のようだ。

学習机についた私は、もうひとつ大事なことを伝える。

「集中したいから、夕食まではそっとしておいてね」

「は、はぁ」

本当にどうしたんだこのお嬢様、という顔をしながらキャシーが退室する。

私はドアが完全に閉まるのを待ってから、目の前のノートを開いた。これからやるべきことはひとつ。覚えている限りの『ハナオト』の知識を、このノートにまとめておくのだ。

ゲーム本編で描かれるのは、四月からの半年間。私の当面の目標は、花舞いの儀が行われる四月一日を無事に生き延びることだが……そのためにも、未来で起こる出来事をまとめておくのは有利に働くはずだ。

まったく馴染みのない羽ペンを握って、いざ。

「……とりあえず、こんな感じかな」

私はふぅと息を吐き、ノートを見返していた。スマホやパソコンがないと、情報をまとめるのも一苦労である。

書いたのは攻略対象の名前やプロフィール、公式ホームページに掲載されている決め台詞。それに覚えている限りのイベントの詳細や、自由行動時のそれぞれの行き先についてなどなど。

しかし記憶というのは曖昧で不確かなものである。残念ながら、うろ覚えなところも多かった。

その中で最も自信があるのは言わずもがな、やり込んでいたエルヴィスルートなんだけど。

「エルヴィスはゲームと人格がまったく違うわけだから、あんまり役に立たないかもね」

はっはっはと乾いた笑い声を上げる。いや、私が調合を邪魔したせいなんだけど。

そこで一瞬黙り込む。難しかろうとなんだろうと、私はぜったいにチュートリアルを乗り越えなければならない。なぜなら——。

「心優しいエルヴィス様を取り戻すまでは、死んでも死にきれない！」

無事に生き残って、ゲームに出てくるエルヴィス様をこの目で直《じか》に見てみたい。お近づきになりたいとまでは言わないけど、彼を遠くから見守るくらいのささやかな願いなら叶《かな》ってもいいと思うのだ。

「そのためには、この家にいる……あの男の協力を取りつけないと！」

闘志を燃やしていると、ドアがノックされる。部屋の外からはキャシーの声がした。

「お嬢様。お食事の準備ができました」

「うん、すぐ行くわ！」

ノートは本棚の奥に隠しておくことにする。日本語で書いたので誰にも読めないだろうけど、念には念を入れて、だ。

部屋を出た私は、わくわくしながら伯爵邸の食堂へと向かう。ごはんを食べればもっと頭が回って、他のことも思いだすかもしれないしね。希望的観測を抱きながら、二十近くある席のひとつに腰を下ろした。

「——んー、おいしい！」

次々と運ばれてくる料理は期待通り、とてもおいしいものだった。

「前菜の盛り合わせまでも、おかわりしたいレベルだわ。ピンチョスもたくさん種類があってかわいいし……こっちは真鯛のポアレね。身がたっぷり詰まって、ふわふわしてる。レモンのソースがさっぱりしててよく合うぅ……」

カトラリーを手に、私は豪勢な料理に舌鼓を打つ。

中流家庭で生きてきた私には、数年に一度、何かの記念にお目に掛かれるかどうかという豪華なディナーだ。もちろんというべきか洋食で、今日は魚料理が中心だった。

おいしい。もう、どれも感動レベルでおいしい！

身悶えするくらいおいしい料理を味わいながら、ぽつり、と小さく呟く。

「でも、なんか……」

どうしてもそれが味気ないものだと感じるのは、ひとりでの食事だったからだろう。

アンリエッタの両親は馬車の転落事故で数年前に他界している。そして残されたリージャス家の二人兄妹は、仲良しこよしという関係ではなかった。

広すぎる屋敷では偶然出会《でくわ》すことなんて滅多にないし、食事や家族団らんの時間もない。ただでさえ当主である彼は多忙なので、会って話をするには自分で捜すより使用人を通したほうが早いくらいだ。

私は薄味のトマトスープをスプーンで掬《すく》いながら、ぼんやりと思う。

広すぎる食堂。埋まらない椅子。美しいだけの、他人行儀な調度品。食べきれない量の食事。温かみがなくて、寂《さび》しい屋敷。でも、それが当たり前のことだと私は知っている。私というより――アンリエッタは、この寂しさをよく知っている気がした。

疼《うず》く胸を服の上からぎゅっと押さえる。孤独を紛らわせようと、私は給仕に話しかけた。

「ねぇ、良かったら一緒に食べない？」

駄目元での提案だったのだが——次の瞬間、年若そうな彼の瞳にぶわっと大量の涙が盛り上がる。

「何か……何か粗相がございましたか！」

「え、違うわ、そうじゃなくて」

「どうか辞めさせないでくださいお嬢様！　リージャス家を追いだされたら、自分には行き場がありません！」

「ち、違うんだって」

わんわんと泣き喚く給仕。騒ぎを聞きつけたのか、厨房から中年の料理長まで泣きながら駆けつけてくる。

「お嬢様、首を刎《は》ねるのであればどうか私の」

「だから、違うわよ！」

学園で嫌われているアンリエッタは、家の中では恐れられる存在らしい。

二人を泣かせてしまった私は、すっかり困り果てた。庶民の感覚で発言するのは避けたほうが良さそうだと、今さらのように思う。

おいおいと泣く彼らに聞こえているかは分からなかったが、とりあえず思ったことを口にする。

「あのね、えっと……どれもおいしいけど、量はもうちょっと少なめでいいわ。こんなに食べたら太っちゃうし」

余ったら、きっと使用人で分け合って食べるのだろう。それなら、最初から彼らの分に多くの食材を使ってくれればいい。リージャス家の財政についてはよく知らないが、隅々まで手入れが行き届いた屋敷の様子や当主の手腕からしても、逼迫《ひっぱく》しているということはないだろう。

「はい？　今、おいしい……と？」

量を減らす件を突っ込まれるのかと思いきや、料理長が着目したのは別の箇所だったらしい。

潤んだ目で見つめられた私は、戸惑いながらもこくこく頷《うなず》く。

「ええ、おいしいわよ。その、毎日おいしい食事を作ってくれてありがとうね」

私はアンリエッタじゃないから、彼の料理を食べるのは今日が初めてだ。

でも今まで、彼はリージャス家の人々のために食事を準備してきた。お礼の言葉がなくても手抜きせず、職務に忠実に励んできたはずだ。その姿勢には、きちんとお礼を伝えておきたいと思った。

「アンリエッタお嬢様……」

泣き止《や》んだはずの二人が、なぜか再びさめざめと泣きだす。

私は焦った。ひとつだけ、このまま忘れられては困ることがあったのだ。

「ところで、デザートは？」

すると料理長は慌てて涙を拭って、初めての笑顔を見せた。

「すぐにお持ちします、本日はマスカルポーネのプリンですよ、アンリエッタお嬢様！」

夕食の席はちょっとした騒ぎになったが、なんとか乗りきることができた。おいしい料理、それに濃厚で甘いデザートまで味わったはずなのに、なんでか気力を消耗してしまったが。

そんな私に、後ろをついてくるキャシーが控えめに話しかけてくる。

「お嬢様、お疲れですか？」

「ううん、大丈夫。あっ、そうだ。ノア……お兄様は夕食を食べられたのかしら」

「ノア様はいつも通り、簡単なお食事だけとられたようです。多忙な方ですから」

簡単な食事というのは、おそらく軍隊の携行食レベルのものだろう。そうやって効率ばかりを重視するノアはカレンと出会うことで、人間らしくなっていくんだけど……。

ぴたっ、と廊下の真ん中で立ち止まる私に、キャシーは不審そうにしている。

「ねぇキャシー、お兄様に取り次いでちょうだい。アンリエッタが伺いますと」

「え？　ノア様にですか？」

キャシーは困惑していたが、とりあえず大人しく従ってくれた。

そうして私は、今日のうちに会うことに決めた。アンリエッタの兄――リージャス伯爵家の当主であり、『ハナオト』攻略対象のひとりでもある、ノア・リージャスに。

断られる可能性もあったが、十数分後、ノアからは了承の返事があったのだった。


ノアとアンリエッタは同じ屋敷に住んでいるが、その居住空間はほとんど重なっていない。

アンリエッタは二階に部屋を持つが、ノアは三階にいくつもの部屋を持っている。ノアは伯爵として国家に尽くしながら、魔法騎士団の副団長という立派な肩書きを持っている。しかも騎士団の中でも一握りの人間だけが抜擢《ばってき》される【王の盾】の一員でもあるという超絶エリートだ。

人呼んで〝カルナシアの青嵐《せいらん》〟。才気溢《あふ》れる彼の名は国内外で知られていた。

ドアをノックすると、「入れ」と短い返事がある。緊張にこくりと唾を呑みながら、私は執務室に続くドアを開ける。

「失礼いたします」

一礼した私は、膝の裏が震えるのを叱咤して毛足の長い絨毯《じゅうたん》を踏む。

見るからに最高級品と分かる調度品の並ぶ、落ち着いた内装の一室で――こちらを見向きもしない部屋の主は、彫刻のように美しい男だった。

アンリエッタと同じ銀色の髪は、襟足《えりあし》だけが少し長い。涼しいを通り越して凍てついたような青の瞳は、机上の書類だけに注がれている。

目鼻立ちの美しさもさることながら、座っていても分かる高身長に、鍛え上げられた武人の体軀《たいく》。

『ハナオト』でも特に人気が高かった絶対零度の完璧人間を前にして、感動しなかったといえば嘘になる。

しかしいざ目の前にすると、私は緊張で固まらずにいられなかった。触れれば切れるほど張り詰めた彼の気配は、距離を置いて立っていてもすさまじいものだったのだ。

硬直する私に、ノアは書類をめくりながら冷たい声で言う。

「さっさと用件を済ませろ。お前と違って、俺《おれ》は暇じゃない」

うぐっ、辛辣。「本当にゲーム通りの性格なんだなー」と感心すると同時に、「妹に対してその態度はひどすぎない？」と思う自分もいる。

率直にいえば、緊張で戻してしまいそうだった。画面越しではないノアの迫力がそうさせるのか。

それともこれは、アンリエッタ自身の感情なのか……。

こほん、と咳払《せきばら》いをひとつ。私は心を落ち着かせてからノアに話しかけた。

「実は、お兄様に折り入ってお願いがありまして」

ペンの動きを止めたノアが、すっと目を細める。

「お兄様、だと？」

その視線だけで、室内に冷風が吹き荒れた気がした。

言いたいことは分かる。ノアとアンリエッタに兄妹らしい交流は、今の今まで一度もなかった。

それが急に「お兄様」なんて呼んできたら驚くことだろう。

「ええ。お兄様に、私から、お願いが」

あえて強調すれば、ノアは小さく鼻を鳴らして「なんだ」と先を促してくる。

ごくり、と私は唾の塊を呑み込む。この選択が正しいのかは分からない。ここに来るまでに何度も迷ったのだ。

でも、きっと、私がアンリエッタ・リージャスとして生き残るために必要なこと。最も手っ取り早い方法。それは——。

「魔力をなくしたいのです」

「…………は？」

「魔力をなくす方法をご存じありませんか、お兄様」

しばらく、執務室に沈黙が落ちる。

それは夕食で満たされていた胃が縮んでしまうほど、身体にも心にも悪い沈黙だったが……やがて合点がいったように、ノアが頷いた。

「ああ、そういうことか」

私はぱっと顔を輝かせる。そういうことです、お兄様！

「また悪だくみか。気に食わない生徒の魔力を奪ってやろうという魂胆だな？」

いやぜんぜん違います、お兄様！

ノアは眉間を揉《も》みながら、怒気のにじむ声で言い放つ。

「いい加減にしておけよ、アンリエッタ・リージャス。下らない思いつきをする暇があるなら、その空っぽの脳みそに教科書の一文でも叩《たた》き込んでおけ」

……ああ、ここにカレンがいてくれたらどんなに良かっただろう。選ばれしヒロインなら、鉄壁のノアのガードだって簡単に崩せるだろうに。

でも、ないものねだりをしたって始まらない。私は私の言葉で、この冷淡な兄を説得しなければならないのだ。

「私の話をちゃんと聞いてください、お兄様！」

私は声を張り上げる。このまま誤解されていては、話が一向に進まないからだ。

「なくしたいのは、私の魔力です」

「……は？」

「私は、自分の魔力をなくしたいのです！」

「医者を呼ぶ」

しかしノアはまともに取り合ってくれない。

「食堂でも騒ぎを起こしたそうだな。今日のお前はいつにも増しておかしい」

数時間前の出来事は、しっかりノアの耳にも入っていたらしい。それを意外に思う暇もなく、彼の手が動く。

ちりんちりーん、と手元のベルを鳴らされたら、そこで試合終了だ。私は執務机に身を乗りだすようにして訴えた。

「私は正気です！」

至近距離で目が合えば、全身の産毛が逆立つ。それだけで泣きたくなるほどに、冷たい目を向けられているから。

それでも、決して自分から逸らすことはしなかった。今ここで引き下がれば、二度とノアと会話する機会はない。そんなふうに思えたのだ。

心臓がばくばく鳴る。息が上がる。

それでも私が引かないからか、ノアが小さく舌打ちする。

「この国に生まれた人間にとって、魔力がどれほど重要なステータスか知らないわけじゃないな」

ひとまず会話を続ける気になってくれたようだ。私はもつれそうな舌を動かす。

「わ、私だってエーアス魔法学園の生徒です。それくらい分かっています」

「そもそもお前は、潤沢な魔力以外になんの取り柄もないんだぞ」

「そんなことありませんっ。この顔だって取り柄のひとつでしょう！」

本心から言い返すと、ばかを見る目で睨みつけられた。そうだった、美形ジョークで笑ってくれるような生易しい兄ではないのだ。

こうなっては致し方ない。私はひとつの手札を切ることにした。

「私、知っているんです。私とお兄様には——血の繋がりがありませんよね？」

確信を持った口調で告げれば、ノアの片眉が上がる。

「なぜ、それを？」

問う声には、ごくわずかな動揺が見て取れた。それをお前が知っているわけがないと言いたげなノアに、私は正々堂々と嘘を吐く。

「お父様とお母様が、事故に遭われる前に教えてくださったんです」

ノアが、年の離れた妹に愛情を抱けなかった理由……それはノアルートにて、カレンにだけ明かされる話だ。

この国には、純然たる、そして残酷な事実がある。

男は、花乙女に選ばれない。ノアがどんなに優秀で、才気煥発《かんぱつ》な若者であっても、彼が花乙女の座を射止めることは万にひとつもあり得ない。

しかしリージャス家は、どうしても花乙女の座を手に入れたかった。それは同じ目的を持つ数多《あまた》の貴族家以上に、リージャス家にとっての悲願だったのだ。

というのも、国を代表する名門として知られるリージャス家では過去に二度、花乙女候補筆頭の呼び声高い息女が花乙女に選ばれないという悲劇があった。それを知っているからこそ、人々はリージャス家の長女であるアンリエッタを暫定・花乙女と呼んで揶揄するのだ。今度もきっと選ばれないだろうと、そんな侮蔑を込めて。

ノアを生んでから二人目を授《さず》からなかった両親は、そこで苦肉の策として、遠縁の子どもであり強い魔力の素養を持つアンリエッタを養女として引き取ることにした。

義両親はアンリエッタを愛してくれたが、ノアは唐突に現れた義妹の存在を拒んだ。いないものとして扱い、会話もしなかった。

そんなある日。もう六年前のことになるが、ノアが十五歳、アンリエッタが十歳のときに、両親は馬車の事故で亡くなってしまう。

しかしその翌年、ノアはエーアス魔法学園の寮に入ってしまった。

年端もいかぬ子どもの頃から剣や魔法の才能を開花させていたノアは、能力を遺憾なく発揮して三年後に学園を首席で卒業する。

卒業と同時に伯爵位を継ぎ、魔法騎士団にも入団を果たした。王太子に気に入られ【王の盾】に選ばれたりと、今ではノアの華々しい活躍を知らぬ人のほうが珍しいほどの有名人だ。

それでもノアの中には、延々と燻《くすぶ》るものがあった。自分の代わりに連れてこられた幼い少女への嫉妬心や怒りだ。子どもは敏感な生き物だから、きっとそれをアンリエッタも察していたはずだ。

ゲーム本編で、アンリエッタについて深い掘り下げがあったわけじゃない。ノアルートでさえ、何度か名前が出るくらいだった。

だからこれは、私の憶測ではあるけど……アンリエッタの性格が歪《ゆが》んでいったのは、彼女の置かれた環境に大きな要因があったのではないだろうか。

まだ甘えたい盛りの年頃だ。両親が亡くなったばかりの十歳の女の子が、たったひとり、広すぎる屋敷に置き去りにされたら、どんなに寂しくて苦しかっただろう。もしかするとアンリエッタが、学園でも問題になるほど不真面目で不勉強な生徒だったのは――。

「それで？　結局、お前は何を言いたいんだ」

思索の海に沈んでいた私は、その一言で我に返る。

アンリエッタの境遇には、同情すべき点がいっぱいある。でも今は、私が生き残るための手段を模索せねばならない。それにはこの冷血男・ノアの協力が必要不可欠だった。

胸に手を当てて、なるべく穏やかな心持ちで声を発する。

「私は、花乙女になるためにリージャス家に引き取られた人間です。ですが、リージャス家の悲願は今回も叶いません」

ノアは机越しに、私のことを無言で見つめている。

推し量るような目に気圧されそうになりながら、なんとか言葉を続ける。

「夢を見たんです。私は花舞いの儀で、花乙女に選ばれませんでした」

「それが予知夢だとでも言い張るつもりか？」

「ええ、予知夢です。次の花舞いの儀では――異世界から、女神エンルーナに祝福される本物の花乙女が現れます。茶色の髪に、桃色の瞳をした愛らしい少女が、エーアス魔法学園の噴水広場に現れるんです。名は、おそらくカレン……」

予知夢を見た、なんて言い張るのは危険だったが、これくらい言わなければ頭でっかちなノアには分かってもらえないだろう。

「未来視は、それこそ花乙女だけに許された能力だが」

私は狼狽《うろた》えない。数時間前、エルヴィスからも似たような指摘を受けているのだ。

「ええ。女神が私に同情し、夢として未来の一部を見せてくれたのかと」

「どういうことだ」

「私は、自分が花乙女になれなかった事実を認められず、魔に堕ちるからです」

その単語を口にすれば、室内の空気が変わる。

「……今、魔に堕ちる、と言ったのか?」

それは、地を這うように低い声だった。

魔に堕ちる。その恐ろしさを知らぬ者は、魔法士にひとりもいない。

完璧に制御し、手足のように操《あやつ》るべき魔力に呑み込まれて暴走する。きっかけとしては、近しい人の衝撃的な死や裏切りなど、精神的ショックによって心の均衡を崩すことが真っ先に挙げられるが、難敵を倒すためにわざと暴走状態に陥《おちい》って味方を助けた魔法士や、外部から分かるような要因もなく魔に堕ちてしまったという話もあるそうだ。

魔に堕ちた場合、二度と人に戻ることはできない。魔力が枯渇するまで暴《あば》れて死ぬか、魔力が尽きる前に誰かに殺されるか――悲惨な二択しかない。魔法は声によって発動するため、みだりに口にすることさえ禁じられているのが「魔に堕ちる」という言葉なのだ。

そこまで言われれば、私の話を夢か妄想の類いだと一蹴できなくなったのだろう。顎に手を当て、ノアは何かを思案している。はぁ、鑑賞用にするなら最高の美形なのに……。

「花乙女に選ばれないどころか儀式の最中に魔に堕ちるなど、リージャス家の恥さらしにもほどがあります。ですから、私は一刻も早く魔力を失いたいのです。それからは学園で事務職員として働くつもりです」

「なんだと？」

「学園の事務職員としてお給料をもらい、生計を立てるんです。もちろん、この家も出ていきますので」

一瞬、ノアの動きが止まる。

「家を出る……？」

「魔力を失った貴族に嫁の貰《もら》い手《て》がないのは、承知していますから」

悲しいかな、これがこの世界の現実だ。魔力というのは遺伝すると言われていて、強い魔力を持つ実力者ほど国の中枢に食い込む。だからこそ高位貴族同士はますます結びつきを深めて、さらに強力な魔力を有するわけで……、魔力を失った家柄だけの令嬢なんて見向きもされないのだ。

しかしそこは切り替えることにした。ゲーム内にも教師ではなく職員として働く人が何度か登場している。つまり魔力を失ったとしても、学園に残ってエルヴィス様を見守る方法はあるのだ。幸い会社勤めには慣れているので、働くことに抵抗はないしね。

最後に、私は腰を折って大きく頭を下げた。

「どうか、お兄様の力を貸していただけませんか。私には、お兄様しか頼れる人がいないのです」

頭を下げながら、ここが分水嶺《ぶんすいれい》だという確信があった。魔法に精通するノアの助力を得られるか否か。私の運命は、ここで文字通り分かれる。

ゲームシナリオ通り、魔に堕ちて死ぬか。

あるいは魔力を失い、ゲームとは無関係なところで生きていくか――。

「無理だな」

ノアの返事は、取りつく島もないものだった。

ぐ、と息が詰まる。全身から力が抜けて倒れてしまいそうになるのを、なんとか踏み止まった。その回答は、予想できるものではあった。だってノアは、アンリエッタに一切の関心がない。そんな彼が、私の言葉を信じてくれるはずがなかったのだ。

それでも、知恵を振り絞ったのに彼の協力を取りつけられなかったのが悔しい。

そう思うのとは裏腹に、心の奥底から誰かの声が聞こえてくる。

――ほら、やっぱりだめだった。

正しくは、それは声というほど明瞭なものじゃなかった。もっともっと弱くて、か細くて、深い諦めの念がにじんでいるような声。

今のは……もしかして、アンリエッタの？

「勘違いをするなよ」

戸惑う私の耳に、ノアの声が聞こえる。そのときには、弱々しい女の子の声は聞こえなくなっていて……不安に思いながら顔を上げると、ノアが呆《あき》れるような眼差《まなざ》しを私に向けていた。

「俺は魔力を失うのが無理だと言っただけだ。魔力を安全に失う方法など、カルナシア王国では確立されていない。それとなぜそんな突飛なことを思いついたのかは知らないが、学園の事務職員になるというのもお前には不可能だ」

「えっ。どうしてですか？」

「エーアス魔法学園の職員になるには、中級魔法士以上の資格が必要だからな」

そうなの!?　事務員に至るまでエリートで固めているとは、恐るべしエーアス魔法学園……。

でも、そうなると詰みである。カレンが現れる噴水広場に行かなければ魔に堕ちない、なんて保証はない。だって唐突に魔に堕ちてしまう事例もあるのだし、ゲームの強制力のようなものが働けば、私の意志に関係なく魔力が暴走するかもしれないのだ。

そんな絶望がありありと表情に出ていたのか。沈黙する私に、ノアが小さく息を吐く。

「なぜ、いちいち話を複雑化する」

「え？　それは、どういう」

「お前の話を鵜呑《うの》みにしたわけじゃないが、要するに魔に堕ちたりなどしないよう、魔力と精神をコントロールする術を身につければいいだけの話だろう」

いやいや、それができるなら苦労しないでしょ、と心の中で突っ込む。

でも暫定・花乙女と呼ばれるアンリエッタは、魔力の素養だけなら学年で一二を争うほどとされる。もしもノアの指導で精神を鍛えて、魔力の制御方法を完璧に習得できたなら——アンリエッタが花舞いの儀で魔に堕ちる可能性って、格段に減るのかも？

もちろん、私がどんなにがんばっても無意味なのかもしれない。ＲＰＧで負けが確定しているバトルがあるように、そのときその瞬間が訪れれば、アンリエッタは必ず魔に堕ちる——そういう理不尽なルールが、この世界にはあるのかもしれない。

それでも今は、やれるだけのことをやりたいと思った。

「俺がお前を鍛えてやる」

「お兄様……！」

私はぱぁっと顔を輝かせる。

アンリエッタを嫌うノアからこれだけの譲歩を引きだせたのは、ひとつの成果だ。まだ結果が出せたわけじゃないけど、それでも何かが変わった。そんな気がしてくる。

「ありがとうございます。私、精いっぱいがんばります！」

私はぐっと拳を握ってみせる。気味の悪いものを見るような目を向けられても、高揚する今だけは一向に気にならなかった。

私の新たな人生は、この一歩から始まるのだ！

第二章　お兄様のスパルタ特訓

ここから私の人生が始まる！

そんなふうに思っていたときも、ありました。

しかし私はノアを舐《な》めていた。やつはスパルタだった。それも超がつくスパルタだったのだ。

翌日の早朝、私はさっそくノアに呼びだされていた。寝ぼけ眼をこすって着替え、朝ごはんを食べてから屋敷の裏手にある訓練場に行ってみると、そこには腰に木剣を差し、仁王立ちしたノアが待ち構えていた。

「いやな予感がする……引き返そうか？」というよく見る選択肢が頭の中に浮かんだし、本能的に回れ右しかけていたのだが、ノアに指導役をお願いしたのは自分である。

私は萎えた両足を叱咤して、ラスボス・ノアのもとに早歩きで向かった。

ノアは運動着というのか、比較的ラフな格好をしていた。服の上からでも筋肉が盛り上がっているのが見て取れる。

その逞《たくま》しい身体《からだ》つきに内心どぎまぎしながら、とりあえず挨拶《あいさつ》。

「おはようございます、お兄様」

「遅い」

ひいっ。

「初日だから今日は目を瞑《つぶ》るが、次はないと思え。明日は一時間早く来い」

「ひ、ひい」

「服もそんなひらひらしたドレスはやめろ、動きやすい格好にするように」

「ひい！」

朝っぱらから矢継ぎ早に喰《く》らうノアの説教は、ものすごく心臓に悪い。小心者の私は震えが止まらなくなっていた。

「では、これから訓練の内容を説明する」

「ひいっ、はいっ、よろしくお願いします先生！」

「先生はやめろ」

ノアは露骨にいやそうな顔をしている。

「……教官。いえ、副団長のほうが？」

「ふざけているのか？」

「それでは、お兄様とお呼びします」

まだノアは何か言いたげだったが、一向に話が進まないと思ったのか、嘆息がてら本題に入る。

「今までお前は魔力量だけを笠に着て、まったく研鑽《けんさん》を積んでこなかった愚かな落ちこぼれだ」

「愚かな落ちこぼれ……」

言い方には棘しかなかったが、事実なので否定できない。

「手始めに確認だ。六つの魔法属性は覚えているか」

「水・炎・風・土・光・闇《やみ》ですよね？」

よくできました、なんて手放しに褒められることはない。物心ついた子どもなら誰《だれ》でも知っていることだ。

基本四属性と呼ばれる水・炎・風・土は四すくみの関係。水は炎に強いが、土に弱い。炎は風に強いが、水に弱い。それとは別に、光と闇は互いに弱点属性となる。ゲームにありがちな設定だ。

いわゆる治癒魔法は、水や光の属性魔法に含まれる。カレンといえば治癒魔法も得意としていた。言わずもがな、攻略対象の怪我《けが》を治すのに必須の能力だからである。さすが剣と魔法が出てくるハードな乙女ゲームのヒロイン、隙がない……。

「そうだ。基本的にどんな人間でも魔力を持つが、自分に合った属性の魔法しか使うことはできない。たとえば最も得意とする属性が土であるなら、弱点属性の風魔法は扱いを苦手とすることが多いが、有利属性の水魔法は覚えるのに相性がいい」

ノアはそう言うものの、この場合の「魔法が使える」というのは学園や専門の機関で魔法属性認定試験を受け、それに合格する水準を意味する。

このカルナシア王国では、中級魔法以上の魔法を使える場合に限り、その属性の魔法が使えると公的に認定されるのだ。生活魔法や初級魔法程度では門前払いされる。複数の属性認定を受けた人間は、魔法士の卵が通うエーアス魔法学園にも数えるほどしかいなかった。

そんな中、目の前の人物が偉業を達成していることは、もちろん私も知っている。ゲームでやったので。

両手を組むと、私は瞳《ひとみ》を輝かせてノアを仰《あお》ぎ見た。

「お兄様は、水、炎、風、土の基本四属性、しかもそれらすべての属性で上級魔法を使いこなすことができるんですよね。さすがです！　すごいです！　尊敬します！」

「ああ」

男性が喜ぶさしすせその「さ」「す」「そ」まで駆使して露骨に媚びを売ってみるが、ノアの返事は素っ気ないものだった。自身が天才と褒めそやされる理由のひとつなので、これくらいのことは言われ慣れているのだろう。むう、かわいくない。

「そして花乙女は、すべての属性魔法を使いこなせる。そのことから、エレメンタルマスターとも呼ばれるんですよね」

「そうだ。そしてお前の場合は一切《いっさい》の魔法が使えないため、この得意属性すら未《いま》だに分からないわけだな」

うっ、と私は言葉に詰まる。アンリエッタに強い魔力の素養があるのは、幼い頃に専用の道具で調べられた記憶があることから確かである。しかしそんな彼女は、今の今まで一度も魔法を使えたことがない。

まぁ、乙女ゲームのための設定といえばそこまでなんだろうけど、素養の高さだけを理由に入学試験に合格してしまったのは、アンリエッタにとって不幸なことだっただろう。

「高い水準で魔法を使うには、精神・技術・魔力の三要素を鍛える必要がある。このどれかひとつでも欠けていたらだめだ。お前に関しては、魔力そのものを増やす鍛錬は今のところ必要ない」

スポーツでいう、いわゆる心技体って感じか。

「そこで行うのが、精神力と技術力を高めるための特訓だ。まずは、魔力を使う感覚そのものに慣れてもらう」

「はぁ……」

なんか地味そうだな、と思ったのが顔に出ていたのだろうか。唐突にノアが腰の木剣を抜いた。

ひいっと反射的に頭を庇う私だったが、振りかざしてぶっ叩《たた》いてくるようなことはなく、ノアは木剣からぱっと手を放した。

重力に従って地面に落ちるかと思われた木剣は、糸で吊られているわけでもないのに――ふわりと宙に浮く。

「おぉ……！」

これが魔法。本物の風魔法！

昨日のエルヴィスの魔法は観察する暇もなかったので、今になって感動してしまう。

「今のお前には、こんなふうに木剣を浮かせるのも難しいだろう。最初はペンを動かしたり、魔力で手元に引き寄せたりする……そういった練習から始めろ」

「えっと、お言葉ですがお兄様。私、風魔法が使えるか分かりかねるのですが」

「詠唱さえ必要としない生活魔法の範疇《はんちゅう》だぞ。得意属性でなくとも、このくらいの単純な魔法は使えて当たり前だ」

さいですかー。

「この程度の生活魔法、数日もあれば習得できるだろう。逆に言えば、これすらできないのならお前には魔法士としてなんの見込みもない」

どうしよう、聞いているだけで息切れしてきた。

「さらに、魔に堕ちるような事態を防ぐために軟弱な精神を早急に鍛える必要がある。これは魔力を練り上げる速度を上げるためにも重要だ。とりあえず毎朝、そして睡眠の前に瞑想の時間を二時間ずつ取る。雑念を消し、集中力を増し、冷静沈着に自分の精神をコントロールする術《すべ》を身につけろ」

にっ——にじかんずつぅ⁉

私は目をむいた。この男は真顔で何を言っているのだ。

前世では、どこかのお寺で座禅に挑戦したような覚えがある。十分間でもかなり辛《つら》くて、警策でぺちーんと肩を叩かれた思い出があった。

蒼白な顔色になった私は、ぶんぶんと勢いよく首を横に振って訴える。

「むっ、むむっ、むりです！」

「何が無理なんだ」

「一日四時間なんて絶対にむりです。せめて最初はじゅっ……じゅうっ……三十分とか」

譲歩したつもりだったけど、ノアには通用しなかった。おもむろにため息を吐くと、眇《すが》めた目で私を見てくる。

「昨夜、お前は言ったよな。精いっぱいがんばる、だったか」

ギクリ、と私の肩が強張る。

「有言不実行な人間ほど、性質《たち》の悪い輩《やから》はいないな」

「……や、やります……」

私はほとんど項垂《うなだ》れるようにして頷《うなず》いた。

そこに、さらにノアが畳みかけてくる。

「目指すべき目標は、初級魔法の三つ同時展開だ」

「み、みぃ」

まずい、目を回して倒れそうだ。

「お、お兄様、もしかして前提をお忘れでしょうか？　そもそも私は魔法が使えませんし、それに学年を見回しても魔法の同時展開ができる生徒なんて、ほとんどいません」

「前提を忘れているのはお前のほうだな。魔に堕ちないための特訓だぞ、初級魔法の同時展開くらいできなくてどうする」

そう言われてしまうと、ぐうの音も出なくなる。

私が悪いわけじゃないが、今まで努力を怠ってきたのはアンリエッタ自身だ。多くの生徒は、幼少期から魔法について学んで切磋琢磨《せっさたくま》してきた。今から彼らに追いつくのが簡単であるわけがない。だけどアンリエッタには膨大な魔力があるという。たとえ周回遅れであっても、超優秀な魔法士であるノアの指導のもとですくすく成長していけば、国中を騒がせるような才女として開花できる、かも……？

なんとか自分を奮い立たせようと荒唐無稽な未来を思い描いていると、ノアが「はん」と鼻を鳴らす。

恐る恐る見やれば、腕組みをしたノアはおどろおどろしいほどの壮絶な笑みを浮かべていた。

私はそのとき、生まれて初めて知った。世の中には浮かべないほうがマシな笑顔、というものがあるのだと――。

「ここまで達成できれば、魔に堕ちたりはしない。いや、絶対にするわけがない」

がたがた震えながら、私は首を傾げる。

「そ、そ、そうでしょうか？」

「そうだ。――しようものなら、俺《おれ》がお前を殺す」

ぎゃー、突然の殺害予告！

プレッシャーと恐怖心できりきりと胃袋が痛んでくるが、お願いしたのは自分だ。

始める前に投げだすわけにはいかないと、私は青い顔でへこへこした。

「ご、ご指導ご鞭撻《べんたつ》のほど、よろしくお願いします！」

◇◇◇

それが三日前の出来事である。

あのあと、さっそく二時間の瞑想をやり、そのあとは生活魔法の練習をした。夜にはまた部屋で瞑想。瞑想、瞑想、瞑想、瞑想、アンド瞑想。

そんな生活が丸々二日間続いたあと、学園に戻ってきて二日目——早くも私は疲れきっていた。

お、思った以上に、キツいんですけどー！

魔力を回復するには、休息が必須である。この場合の休息に当たるのは人間の三大欲求、つまり食欲と睡眠欲、それに人によっては性欲、とゲーム内ではさらっと語られていた。『ハナオト』はＣＥＲＯ Ｃ（十五歳以上推奨）のゲームなので、そこまで過激なシーンはなかったが。

アンリエッタは今まで魔力を使う機会がほとんどなかったので、魔力を消費するのもぎこちなければ、回復にも時間がかかる。そのせいか特訓を始めた三日前からとにかく眠いし、お腹《なか》も空くしと散々だった。

だがしかし授業中に居眠りするなど言語道断、とはノアからのお言葉だ。高度な魔法を扱うためには教養も必須となるので、すべての授業を真面目《まじめ》に聞けと言われている。空いた時間は積極的に教科書や魔法書を読んでおけ、とも。

歴史学の先生の話を真剣に聞き、ノートを取りながらも、ときどき私の意識は飛びそうになる。気を抜くと机に突っ伏してしまいそうだ。その原因は眠気だけではなく、授業の内容がまったく理解できないことにあった。

エーアス魔法学園の授業内容は、もちろん元の世界とは違って、いつメンの国社数理英の姿はない。魔法学に始まり、魔法書学、呪文学、魔法古語学、魔法建築学、魔法工学、魔法薬学などなど……魔法士を育てる学校なので、魔法に関する分野が大半を占める。歴史や地理など、一般教養の授業は最低限のようだ。

当たり前のことではあるが、ゲーム本編で主人公たちの受ける授業の詳細が語られることはない。プレイヤーは基本的に、素敵な恋を求めて乙女ゲームをプレイしているのだ。延々と授業内容について羅列するだけのゲームなんて、レビューサイトでボコボコに殴られることだろう。

となると頼りになるのはアンリエッタの記憶だが、彼女が今まで取ったノートの類いは見つからないし、授業を聞いていて「これ知ってる！」『○○ゼミでやったとこだ！』などの閃《ひらめ》きが訪れることもない。もしかしなくてもアンリエッタって頭空っぽだったのかな？

学園の授業については、私のいた世界でいう大学のような方式が取られている。共通授業以外に関しては、生徒は自分で興味のある授業を選択して独自のカリキュラムを作っていくのだ。

そして一年冬のアンリエッタのカリキュラムはといえば、かなりひどいものだった。

エーアス魔法学園は言わずと知れた名門校だが、どこにでもやる気のない先生というのはいるものだ。授業を行う教師がサボりがちとか出欠席を取らないとか、アンリエッタが取る授業はそんなものばかりが中心だった。学びの意欲が一切感じられず、ただ楽に毎日をやり過ごすために組まれたカリキュラムである。

それでもアンリエッタは授業には必ず出ていて、休んだ日は一度もないようだ。不良なのか真面目なのか、よくわかんないなぁ。

とか思いながら板書する私の耳に、窓の外からカーン、カーンと、風に乗って鐘の音が聞こえてきた。毎正時になると時計塔から聞こえてくるこの音色こそ、授業が終わった合図である。

つまり、待ってましたよ、お昼休み！

「今日はここまで。何か質問のある生徒は……」

まだ先生が何か言っているが、私はほとんど聞いていなかった。机の上に広げた教材をせっせと片づけ、椅子《いす》を引いて立ち上がる。

「ご、ごはん……」

たぶん鏡を見たなら、私の目は血走っていたことだろう。

とにかく今はごはんが食べたい。そして残りの時間は睡眠に当てよう。ノアからは昼休みにも魔力を使う練習をしろと言われているが、今の私に必要なのはとにかく休息一択だ。倒れたら元も子もないのだから。

午前の授業が終われば、教室内もにわかに騒がしくなる。歴史学の授業はクラス単位で行われており、教室には一年Aクラスの二十一人が揃《そろ》っている。クラスはAからCの三つに分けられており、原則三年間変わらないので、一か月後にはこのメンバーで進級することになる。

ここにカレンが加わって二十二人になるのかぁ……と想像したところで、気がつく。春にアンリエッタが死ぬ予定だから、また二十一人に戻るんだ。キリ悪っ。

願わくば、キリの悪さに製作陣の誰かが思い当たって「やっぱりアンリエッタをチュートリアルで殺すの、やめよう！」と思い直してくれないだろうか。ほら、二人一組になって授業を受けることとか多いしね。奇数じゃ嫌われ者のアンリエッタが余っちゃうじゃない。って、やかましいわ！

そんなことを考えていたせいだろうか。クラスメイトの間をすり抜けようとした私の肩が、すれ違う男子生徒とぶつかった。

「うぎゃっ！」

大きく前によろけた私は、図らずも誰かの胸に飛び込んでしまう。

とさ、と柔らかい衝撃があった。それに遅れて、何かが落ちる音も。

反射的に閉じていた目蓋を、ゆっくりと開けてみると……私の身体を受け止めているのは、エルヴィスだった。

触れ合う身体に一瞬ときめきそうになるが、騙《だま》されてはいけない。目の前の顔面偏差値上限突破男は私の愛するエルヴィス様ではないのだから。

慌てて彼から距離を取ろうとしたのだが、そんな私の肩にエルヴィスはさりげなく手を置く。

「怪我はありませんか？　アンリエッタ嬢」

や、優しい。好きっ。

……じゃない！

「ちょ、ちょっと！　エルヴィス様の振りするのやめてよ！」

周りに聞こえないように声を潜めて、ぎろりと睨《にら》みつける。

「それだけニヤニヤしといて、よく言えるな」

自分でもそう思うけれども！

「あ、そうそう。先週言い忘れてたけど、オレ、しばらくお前を監視することにしたわ」

「はっ？　監視!?」

「オレの本性について、お前が言い触らさない保証がないからな。で、普段からエルヴィス様の演技もしてやるよ。これなら普段から話しかけやすくなるしな」

なんということだろう。天使エルヴィス様を失った代償に、悪魔エルヴィスに脅迫されるなんて。

「え、遠慮します。さようなら」

「誰かさんの妄想話、クラスのやつらにも聞かせてやるかな」

「すみませんエルヴィス様、受け止めていただいて。もう大丈夫ですわ～」

うふふ、と笑う私に、エルヴィスも調子を合わせてくる。

「いえいえ。でも、次から気をつけてくださいね？　重かったんで……」

こ、こいつ、小声でぼそっと言いやがった！　でも笑顔かわいい！　腹立つ！

アンリエッタもエルヴィスもクラスでは目立つ生徒なので、周囲からは注目が集まっている。私は何事もなかったように微笑んでその場を離れようとしたのだが、今さらになって床に転がるものに気がついた。

制服内側のポケットを確かめてみると、感触がない。先ほど男子生徒とぶつかった衝撃で落としてしまったようだ。

「おい、それ……」

私の視線の先を見やったエルヴィスが、素で驚いた様子なのも無理はない。私が落としたのは、銀色の杖《つえ》だったのだ。

杖を一振りして魔法を使う、というのは魔法使いのイメージとして一般的である。でもそれは私の前世での話なので、この世界の常識とは異なる。

魔力を持つ子どもは、物心つく頃に親から杖を買い与えられる。なぜなら魔法具である杖には、魔法の発動を安定させる効果があるからだ。

幼い頃にアンリエッタも両親から杖を与えられたはずだが、どこを探しても見つからなかった。そこでノアが、自分のお下がりだという杖を渡してきたのである。入浴や睡眠時以外は肌身離さず持ち歩け、とも言われていた。

この杖はシンプルなデザインとはいえそれなりの重量感があるし、転ぶと脇《わき》とかに刺さりそうで怖いのだが……教官、ならぬお兄様からのお言葉なので、無視するわけにはいかなかった。

しかし杖を拾い上げた私を見て、ぷっ、とクラスメイトの誰かが噴きだす。

「アンリエッタ嬢は、相変わらずユーモアのある方だ」

「そんなふうに言っては悪いんじゃないかしら。今からでも魔法を練習するのは遅くありませんわ、きっとね」

なんとも不快な空気に晒《さら》されて、私の表情筋は引きつってしまう。隣のエルヴィスも眉根《まゆね》を寄せていた。

クラスメイトたちが笑っている理由はひとつ。杖を持つのは子どもの頃だけというのが、カルナシアにおける常識だから。

杖とは、つまり――それを持つ者の未熟さを意味するのだ。

エーアス魔法学園に入学するような生徒なら、何年も前に杖を手放して当然。だから十六歳にもなって杖を持ち歩いている私が、彼らにはおかしくて仕方がないのだった。

たぶん今までもアンリエッタは、こんなふうに周りからしょっちゅう馬鹿《ばか》にされていたのだろう。

アンリエッタの出身は伯爵家という上等なものだが、この学園では家格ではなく、魔法を使いこなす者ほど他者の尊敬を得る。ひとつも魔法が使えないくせに高慢に振る舞うアンリエッタは、嘲りの対象にしかならなかったはずだ。

『ハナオト』のアンリエッタについて、私は多くを知らない。ゲーム内のスチルだって一枚しかないようなモブキャラクターなのだ。

花舞いの儀の日。姿を現したカレンに激昂するアンリエッタのスチル。差分では、その身体が黒より濃い闇へと包まれていき、魔に堕ちていることが表現される。私が知るアンリエッタは、たったそれだけの存在でしかない。

「アンリエッタ・リージャス」

そのときだった。秘《ひそ》やかな笑いの波の向こうから、よく通る声が教室に響く。

威風堂々と教室に入ってきたのは、一学年上の二年Aクラスに所属する赤髪の青年……ラインハルト・レイ・カルナシアだった。

カルナシアの王太子である彼は短い赤髪に、同色の瞳をしている。攻略対象のひとりだけあり、容姿はやはりびっくりするくらい整っている。

ラインハルトは王族らしい尊大さに満ちた青年で、それだけの実力を兼ね備えてもいる。認めた相手のことは尊重するし大切にするものの、そうじゃない相手に対してはいやみな態度を隠さない。だが、自分より能力が劣っているか否かで他人を判断する考え方は、上に立つ者として未熟である。そんな自分の至らなさを、異世界からやって来たカレンに教えられ成長していく……という彼のルートは必見ではあるが、今はとにかく食堂に行かせてくれ。私は一刻も早く、温かな食事にありつきたいんだ。

実は私が転生してから、ラインハルトに話しかけられるのは今日が初めてではない。ラインハルトがこうして一年生の教室にやって来てまで絡《から》んでくるのは、彼がアンリエッタの兄――ノアを敬愛しているからなのだ。

伯爵位を継いだノアが魔法騎士団の入団試験を受けていたとき、偶然その実力を目の当《ま》《あ》たりにしたラインハルトはすっかり惚《ほ》れ込《こ》み、自分の護衛騎士になってほしいと人目も憚《はばか》らず求めた。

王族、それも順当に行けば未来の国王となる予定の人間からのお願い、もとい命令を断れるはずもなく、ノアは魔法騎士団に入ると同時に【王の盾】に選ばれた。だからこそ、ラインハルトはアンリエッタにいろいろ言いたいことがあるようなのだ。

そんな彼に話しかけられた最初の日、私はなぜか一言も言葉が出なくなった。

ノアを前にしてひどく身体が強張ったのとは、似て非なる感覚だった。血気盛んなアンリエッタも、王太子相手に正面から喧嘩《けんか》を買うのはまずいと思っていたのかもしれない。

「また騒ぎを起こしているのか。いい加減、ノアさ……ノアを見習ったらどうだ」

お小言にげんなりしたのが顔に出てしまったのか、ラインハルトが肩を竦める。

「勘違いするな。俺は杖を持つことそのものを否定するつもりじゃない。魔法を使えるようになるための努力、大いにけっこうじゃないか」

気まずそうな顔で、数人の生徒が教室を出ていく。きっと食堂に向かうのだろう。

立ち尽くす私に、ラインハルトが軽蔑の眼差《まなざ》しを向ける。そう、一部の陰湿なクラスメイトを追いだしてくれたからって、この男が私の味方なわけではないのだ。

「だが、その杖はなんだ？　これほどまでに地味で見窄《みすぼ》らしく、なんの魅力も感じられない杖は見たことがないぞ。リージャス家の人間として恥ずかしくはないのか？」

すると私の隣から一歩出て、エルヴィスが控えめに口を開く。

「ラインハルト殿下。恐れながら、そのような言い方はアンリエッタ嬢に失礼では」
エ、エルヴィス。私を庇ってくれるなんて、ちょっと見直したぞ。
「この俺に意見するのか。おもしろい男だ、エルヴィス・ハント」

おもしれー男、いただきました。とか思いながら、私は迷っていた。

んー、どうしようかな。言うべきか。言わざるべきか。

迷う私に、ラインハルトがエルヴィス越しにちらりと目を向けてくる。

「今日も一言も喋《しゃべ》らないつもりか。ああ、男を盾にする方針に変えたのは正解かもしれないが」

なんだと？

「盾にばかり喋らせないで、何か言ったらどうだ？　王太子殿下のおっしゃる通りです……とかな」

そう言うと、ラインハルトは見下すように鼻を鳴らした。

うわー、カレンに出会う前の俺様ラインハルト、やっぱりむかつく。

アンリエッタは立場を弁《わきま》えて沈黙していたのかもしれないけど、彼女に転生した私は違う。ここまで虚仮にされているのに、黙ってなんていられない。

ていうか、私は悪くないからね。喋ってほしいって言ったのはそっちなんだから。

私は手にした杖をこれ見よがしに両手で握ってみせる。

「それでは、畏れながら王太子殿下に申し上げます」

「ふん。なんだ？」

私は油断しきっているラインハルトに、決定的な一言を告げた。


「――この杖はつい先日、兄から譲り受けたものなんです」


それだけで、おもしろいくらい教室内が静まり返る。

しわぶきひとつ聞こえない空間の中。最も劇的な反応を見せたのは、ラインハルトだった。

「……な、んだと？」

愕然と呟いた彼の目が、私を見つめる。嘘《うそ》だと言ってほしかったのだろう。しかし私は黙って顎を上げて、じろりと見返すだけだ。

なぜならこの杖がノアのものなのは、事実だから。

それが伝わったのか、彼の頬《ほお》を一筋の汗が伝っていく。尋常でなくラインハルトは焦《あせ》っていた。

「そ、そんな、いやまさか。冗談に決まって……」

私とノアの仲が険悪なのは、学園でもよく知られている話だ。ラインハルトも、私の持つ杖がまさかノアのお下がりだとは夢にも思わなかったのだろう。

私は胸中でほくそ笑む。早くも形勢逆転。これぞ虎の威を借る狐。ノアに知られたら最悪だが、やつが特別講師として学園に赴任してくるのは本編が始まって以降、再来月の五月のことである。誰かが話すとも思えないので、知られる心配はないだろう。

私は頬に手を当てて、きゅるるんとした瞳で嘯《うそぶ》く。

「ええと、なんでしたっけぇえ。確かぁ、地味で見窄らしくて、なんの魅力も感じられない杖、でしたっけ。王太子殿下からの率直な感想は、家に帰ったら兄にしっかり伝えておかなくちゃ！」

「なっ！」

「兄は【王の盾】として殿下に仕えていることを誇りに思っています。そんな殿下からのありがたく貴重なお言葉ですもの、それはそれは喜ぶことでしょう」

それでは、と一礼した私はラインハルトを置いて颯爽と教室を出ていこうとする。

そんな私の肩を、とっさに掴《つか》むラインハルト。痛みに顔を顰《しか》めて振り返れば、彼は狼狽《ろうばい》したように手を離した。

「ま、待て。さっきのあれは……違うっ」

「違う、とは？」

はて？　はてはてはて？　いったい何が違うんでしょう？　と右に左に首を傾げる私に、ラインハルトは唇を強く噛《か》み締《し》めながらも、必死に言葉を探している。

「よ、よく見れば――その――そう！　とても品が良く、高潔そうな杖だ。まさか生きているうちに、これほど上等な杖にお目に掛かれるとは思わず……混乱のあまり、思ったことと真逆のことを口にしてしまったようだ」

私はぷるぷるしながら、噴きだしそうになるのを堪えた。

さすがに、言い訳にしたって苦しすぎる。それを本人も重々承知しているのだろう、先ほどから全身が小刻みに震えていた。

「えー、そうなんですね！　王太子殿下ともあろう方が一本の杖にそこまで心を乱されて支離滅裂なことをおっしゃるなんてぇ、よっぽどすばらしい杖なのかしら！」

「……そ……」

ラインハルトの顔が紅潮し、両目の奥が憤怒に染まる。やりすぎたかと一瞬焦るが、ラインハルトは口角を上げ、引きつるような笑みを浮かべた。

「そう、だな。……俺も、まだまだだな。はは」

ギラついた目で笑うラインハルトは、悪夢のように恐ろしい。

ちょっとからかいすぎたか、と私は反省する。この様子だと、私がノアから直接指導を受けていることを知れば問答無用で斬りかかってきそうである。調子に乗って、口を滑らせなくて良かった。

「はは、はは、ははは」

「う、うふふ。うふふ。そ、それじゃ私はこれで……」

バグったように笑い続けるラインハルトを置いて、そそくさと立ち去ろうとしたとき——ばさっ、ばさっと頭上で強い羽ばたきの音が聞こえて、思わず立ち止まる。

もう、今度はなに！　と目を向けた私は、ひえっと悲鳴を上げそうになった。

どこから入ってきたのか。教室の天井《てんじょう》付近を旋回しているのは、一羽の大きな鳥だった。

銀色にきらめく翼に、鋭いくちばし。人の頭を一撃で砕いてしまいそうな、立派な鉤爪《かぎづめ》。

猛鳥——鷹《たか》によく似たそれが羽を動かすたびに、チョークの粉がぶわりと舞い上がり、重しをしていない紙が吹き飛ぶ。あちこちで小さな悲鳴が上がるが、鷹は気にする素振りも見せない。

野生の鷹がどこからか迷い込んできたわけではないだろう。教室の窓はひとつも開いていない。

神々しいほど美しい鷹は、窓をすり抜けて侵入してきたのだ。

そんな鷹の姿に、元気を取り戻して喜色満面で叫ぶのはラインハルトだった。

「あれは、《銀翼鷹《シルバーホーク》》——ノアさんの従魔じゃないか！」

従魔とは、魔法士が契約し使役する魔物のことである。

エーアス魔法学園では、二年の春に従魔を得るための授業を受けるのが通例だ。一流の魔法士にとって、従魔の存在は必須である。従魔を見れば魔法士の実力が知れるとはよく言ったもので、ランクの高い従魔を従える魔法士はそれだけで大きな尊敬を得るし、実力者と見なされる。

ただし、凶暴な魔物を手懐けるのは単純に倒すよりも難しい。上はS級、下はE級まで魔物は幅広くランク付けされており、《銀翼鷹》はAランクの魔物に該当する。Aランク相当の従魔を持つのは国内でも十数人に限られるので、ここでもノアの規格外っぷりが窺《うかが》えるというものだ。

そして私は、この従魔を作る授業というのを密かに楽しみにしていた。ゲーム本編のアンリエッタは授業の前に命を落としちゃうからね。

もし無事に進級できた暁には、かわいい魔物と契約してみたいなと思う。

ちなみにカレンは選んだルートによって従魔にする魔物の種類が変わるのだが、どのルートに進んだとしてもS級ランクの魔物と契約して世間にとてつもない衝撃を与える。E級と契約できるかも分からない私は羨《うらや》ましい限りだ。

「この校舎には、数々の防御魔法が仕込まれていると聞く。多重結界を突破して教室にまで従魔を侵入させてしまうとは、さすがノアさん！　凡庸な人間とはレベルが違う！」

するとノアさんノアさん、と盛り上がるラインハルトは無視して頭上を見ていたエルヴィスが、私にしか聞こえない程度の音量で呟く。

「あの従魔、何か持ってるな」

言われてみれば、従魔は両足で巻物のようなものを握っていた。伝書鳩のような感じで、手紙を届けに来たのだろうか。

「ノアさんから、俺への手紙ということか。ご苦労だった、従魔！」

得意満面に言い放ったラインハルトが手を伸ばす。

だが従魔は笑顔のラインハルトに見向きもせず、すぃーっと旋回しながら私の頭上に移動してくると、両足からそれを放した。

「わわっ」

反射的に両手を前に出し、筒状に丸められた手紙を受け取る。それを見届けた《銀翼鷹》は、満足げに窓をすり抜けて去っていったのだった。

……えっ、なんで？

呆然《ぼうぜん》とする私に、ラインハルトが詰め寄ってくる。

「なぜだ。なぜノアさんの従魔が、お前に手紙を届ける！」

「そ、そんなこと私に言われても……」

こっちが聞きたいくらいなんだけど！

「アンリエッタ嬢。とりあえず、内容を確認したほうがいいと思います。兄君の身に何かあったのかもしれませんから」

「え、ええ。そうですね」

エルヴィスは緊急の連絡だと思っているようだ。それはいいとしてその口調をやめんか。

しかしノアがピンチに陥《おちい》ったとして、私に連絡を取ることはないだろう。なぜなら私に言ったところでどうにもならないからだ。それが分かっているだけに、私は猛烈にいやな予感を覚えた。

わざわざ従魔に手紙を届けさせるなんて、どういうつもりなのか。あの冷酷無慈悲な兄に限って、特訓で疲れた妹を心配して……なんてことも、あり得ないし。

私は震える手で、手紙を広げていく。そこにはたった一文が綴《つづ》られていた。

――今日の授業が終わったら屋敷に戻ってこい。

私の背筋を、ぞぉっと寒気が駆け上る。

なに。なんなのこれは。もしかして、ノアによる死刑宣告？

なんとか最初の土日を乗りきって、学園に戻ってきたのに。ノアの監視がない中、のびのびと……までは行かないけど、ほんのりと心に余裕が持てていたのに！

いろいろ文句を言いたいが、ノアが目の前にいないのが悔やまれる。すると沈黙する私の後ろから、訝しげな声がした。

「これはどういうことだ？」

私はむっとして、手紙を巻き直しながら背後のラインハルトを振り返る。

「人の手紙を勝手に読まないでください」

「なぜノアさ……ノアが、お前を屋敷に戻したがる？」

「殿下には関係のないことでは？」

あと、今さら呼び捨てにしようとしても誤魔化《ごまか》せないからね。さっきノアさんノアさん連呼してたのしっかり聞いてたし。

私がつっけんどんに返せば、ラインハルトが舌打ちする。

「調子に乗るなよ。家柄と魔力に胡坐《あぐら》をかくお前のような人間が、花乙女の名誉を授《さず》かることなど万にひとつもあり得ないからな」

私の顔の筋肉が盛大に引きつる。

ラインハルトに言われなくても、私だって分かっている。アンリエッタは褒められたような生徒ではないし、ノアのように優秀でもない。だから彼女は花乙女にはなれなかったのだ。

でも、こいつは未来のアンリエッタが魔に堕ちることを知らない。知らないから、こんなことを本人に向かって平気で言えるのだ。

暴力的な言葉が人を追い詰めることを、王太子という立場でありながらラインハルトは分かっちゃいない。来月現れるカレンが彼のルートに入れば、それを優しく諭すように教えてくれるのかもしれないけど……。

「てめぇ、ハルトを取ってラインにしてやろうか……」

怒りが頂点に達した私は、低い声でぼそっと呟いていた。

本人に聞かせるつもりはなかったのだが、悪口はどんなに離れていても耳に入るものだという。それを証明するように、ラインハルトはきょとんとしていた。立場上、面と向かって他人から暴言を吐かれたことがないのだろう。

「アンリエッタ・リージャス。今、なんと言った？」

「『王太子殿下のおっしゃる通りです』と」

「いやぜったい違うだろう！」

ライン、ではなくラインハルトが吠える。

このままラインハルトと向き合っていると、おそらく遠くない未来に鼓膜が破れるだろう。私は視線をエルヴィスへと向けた。

「エルヴィス様にはどう聞こえましたか？」

水を向けられるとは思っていなかったのか、エルヴィスが目を瞠《みは》る。

さっきも他の生徒が私を嘲笑ったとき、エルヴィスだけは笑ったりしなかった。彼が私に味方してくれるかは賭《か》けだったが……。

「僕には、アンリエッタ嬢の言う通りに聞こえました」

期待した通り、エルヴィスはそう言ってくれた。こうなってはラインハルトも立つ瀬がないのだろう。眉間に縦皺《じわ》を作ると、ぎろりと私を睨みつけてきた。

「いけ好かない女だ、アンリエッタ・リージャス」

「恐れ入ります」

おもしれー女、とか言われなくてホッとした。興味を持たれたらこっちが迷惑だ。

「ふん、まぁいい。俺は寛容だからな！」

寛容とはほど遠い苛立ち混じりの声で捨て台詞《ぜりふ》を吐くと、ラインハルトが去っていく。

ふぅ、嵐《あらし》が去った、と私は胸を撫で下ろす。そんな私をエルヴィスが見下ろしている。

「アンリエッタ嬢。不敬と取られかねないから、殿下への発言には気をつけてくださいね」

「……はい」

エルヴィス様の演技を続けるエルヴィスだったが、忠告は大人しく受け取っておく。

即処刑、とかはさすがにないと思うけど、現代人のノリで話し続けていたら確かに危険だろう。

相手はあんなんでも一応、一国の王太子なのだ。あんなんでも。

「でも、どうして私の味方をしてくれたんですか？」

それだけは気になって問いかけると、エルヴィスが頬に手を当てて小首を傾げる。

やれやれ、まだまだだね。かわいいけど、エルヴィス様はそこまであざとい仕草はしないから。

か、かわいいけどね！

「君のおかげで、〝カルナシアの青嵐《せいらん》〟と名高いノア殿の従魔を見ることができましたから。……それに」

それに？

「王太子殿下に向かってあんなことを言う人を、初めて見たので」

耐えきれなくなったのか、エルヴィスがくすっと小さな笑みを漏《も》らす。

すれ違いざま、ひっそりと耳打ちされたのは。

「やっぱおもしろい女だな、お前」

「え……」

楽しげに笑ったエルヴィスが教室を出ていく。そんな彼の背中が見えなくなるまで、私はぼんやりと見送った。

お、おもしれー女認定、なぜかこっちからもらっちゃったんだけど？

立ち尽くしていた私は、ハッとする。

「ご、ごはん！」

ラインハルトやノアのせいで、昼休みはとうに半分近く過ぎてしまっている。

午後の授業を乗りきるためにも、食堂でおいしいものをたくさん食べなくては。私は少しだけ軽くなった足で、前へと踏みだした。

◇◇◇

授業が終わり、外出許可を得て迎えた放課後。

キャシーを連れてリージャス家の屋敷に戻った私を、ノアが待ち受けていた。

さながら囚人のように、有無を言わさず彼の執務室へと連行された私は縮み上がっていた。座り心地が抜群にいい革張りのソファに座ってからも、正面に座るノアの顔がまともに見られない。

《銀翼鷹》の姿は、執務室にはなかった。大抵の貴族家には、従魔用に整えられた専用の厩舎《きゅうしゃ》があるからだ。

そんなことを現実逃避気味に思っていると、鋭い声でノアが言う。

「アンリエッタ・リージャス。申し開きはあるか」

「え、ええと。なんのことだか」

「俺はすべて知っているぞ」

「……ええと……」

具体性はないのにどこまでも不穏な言葉に、顔から血の気が引いていく。

ゆっくりと顔を上げると、ソファにもたれ掛かったノアは鋭い目で私を見ていた。

「週末の夜のことだ。お前、瞑想の最中に菓子を食べていたな」

ギクッ！　と私は全身を強張らせる。

というのも二日前の夜。寝る前に瞑想に励んでいた私のお腹が、ぐうぅと鳴った。そんな私を不憫《ふびん》に思ったのか、キャシーが厨房からこっそり焼き菓子を持ってきてくれた。私は泣いて感謝し、瞑想を一時中断……というか瞑想のことをきれいさっぱり忘れて、お菓子を食べてすやすや眠ったのだった。

「それだけではない。昨日、学園に戻ったお前は十分しか瞑想をしていない」

私は全身の汗が噴きだして止まらなくなっていた。

「わ、私の部屋にも寮部屋にも、監視カメ……監視ゴーレムでもつけているんですか？」

差し入れをくれたのはキャシーなので、彼女が今さら告げ口したとは考えにくい。それに鎌をかけた感じでもなく、ノアには強い確信があるようだった。それこそ、まるでその現場を目撃したかのような……。

「監視か。確かに、俺は常にお前を見張っている」

「は？」

「お前に渡した杖だ」

「……はい⁉」

「あれには特殊な魔法が仕込まれている。杖を持つ人間の状態を感知することができるんだ。対になるのは、この水晶だな」

大しておもしろくもなさそうに、ノアが片手に握り込んだ小さな水晶をテーブルの上に置く。

無色透明な菱形っぽい形の水晶の中で、ゆらゆらと小さく何かが揺れているのが見て取れた。見方は分からないが、この波が私の状態を表しているらしい。

「………………」

私は衝撃のあまり、開いた口が塞《ふさ》がらなくなっていた。杖を持たせたのは私を笑いものにするためなのでは？　とか密かに疑っていたが、それどころではなかった。

ノアは杖を通して、私を監視していたのだ！

「高価なものだが、その価値はある。お前が勉学に励んでいるか、寝ているか、瞑想に励んでいるか、サボって菓子を貪っているか……俺には手に取るように分かるんだからな」

「！！！」

とうとう耐えきれなくなり、すっくと立ち上がって指を突きつける。

「プライバシーの侵害です！」

「ばかを言うな。指導のために必要なことだ」

「セクハラです！　セクハラ！」

言葉の意味は伝わったのか、ノアの双眸《そうぼう》が険を帯びる。

「それ以上、俺の名誉を毀損するようなら――」

「すみません、私が間違ってました」

その先を聞くのが怖いので、ノアの言葉を遮《さえぎ》って謝罪する。

それに私自身、ものすごく真面目な人間というわけじゃない。前世でも適度に勉強して、適度にサボり、たまにサボりすぎて失敗するタイプの人間だったのだ。

花舞いの儀までは、まだ一か月ある。もう一か月しかないとも言える。運命を変えるには相応の努力をしろと、ノアはそう言っているのだ。残念ながら、正しいのはノアのほうである。

「それじゃあ、この杖は私の監視用に新しく買われたものなんですね……」

ノアのセンスなのは間違いないが、ちょっとラインハルトに悪いことをしたかも。

私の持つ銀色の杖を、ノアはつまらなそうに見やる。

「違う。それは正真正銘、俺が五歳の頃に使っていた杖だ」

「えっ」

「毎日の修練が両親の求めるレベルに達していなければ、休息や睡眠は許されなかったからな」

思いがけない返答に、私は言葉を失う。

それってつまり、両親はノアの様子をこの水晶で逐一観察していたってこと？　五歳なんて遊び盛りの頃なのに、ノアは両親に冷たく監視されながら日々を過ごしていたのか。

ノアルートでも、彼の過去については語られていた。ノアはどんなに努力して結果を出しても、すばらしい魔法を覚えても、両親にだけは一度も褒められなかったという。男に生まれたというだけで、両親から八つ当たりのように厳しくされてきたのだ。

しかし、そんな二人はアンリエッタにはとびきり甘かった。花乙女としての能力の開花を信じていたからだ。彼女にへそを曲げられては困る、という思いもあったのだろう。

見事な悪循環だと思う。花乙女になれないノアと、花乙女になるべくして連れてこられたアンリエッタ。二人が仲良くなる道は、最初から閉ざされていたのだから。

杖を見やるノアの目には、言葉にはしきれない複雑な感情が浮かんでいた。諦《あきら》めや失望、悲しみや怒り……行き場のないそれらを抱えて、ノアは幼いアンリエッタの前から姿を消した。そんな方法しか、彼には選べなかったのだ。

「今では、古い型の杖だ。買い換えるか」

「……いいえ。私は、この杖がいいです」

意を問うように、ノアが私を見やる。

彼にとって、この杖にまつわる思い出は嫌悪感を催すようなものなのだろう。その思い出を塗り替えることが、自分にできるだなんて自惚《うぬぼ》れているわけでもない。

それでも私は、杖を手放したくなかった。これがアンリエッタの気持ちなのか、私自身の気持ちなのかは、考えてみても分からなかったけど。

「お兄様がいやだとおっしゃるなら、仕方ないと思います。でもお兄様から何かをいただいたのは、これが初めてですから」

ぎゅ、と杖を胸の前で抱きしめる。だってノアはこの杖を捨てていなかった。認めてほしい、褒めてほしいと願った日々の象徴を、なかったことにはしなかったのだから。

「お兄様の偉大さを噛み締めながら、使いたいんです。……いけませんか?」

上目遣《うわめづか》いで見つめると、ノアがため息を吐く。いかにも煩《わずら》わしげな顔つきだったが、このときだけは、ノアのことがあまり怖くない気がした。

「勝手にしろ」

「……はいっ！」

ぱっと顔を明るくする私を、ノアが無表情で見つめてくる。私は首を傾げた。

「お兄様？」

「……今日以降、しばらく寮には戻るな。毎日屋敷に帰ってこい」

「は、はい」

うう。それだけ監視の目を光らせたいってことね。

正直面倒に思えたが口には出せない。出来の悪い妹を指導するノアのほうが、よっぽど面倒だろう。ただでさえ多忙な人なのだ。

「俺が時間を取れない日は、今日のように従魔を送って連絡する」

「えっと。それは、遠慮したいんですけど」

「なぜだ」

なぜも何もない。私はじっとりとした目でノアを見つめる。

「一年生の教室では、従魔というだけで目立ちます。有名人であるお兄様の従魔となると尚更です」

「破った結界はむしろ強固に補修している。教師連中も文句は言わん」

「それだけじゃなくて、ラインハルト殿下にも絡まれますから」

「……ああ、それは確かに面倒だな」

面倒ときっぱり言いきっちゃうノアは、ラインハルトのことをうざがっている。態度にも露骨に出しているのだが、鈍いラインハルトには察せないのがお約束だ。

「なら、予定ができたときは朝までに伝える。それでいいか」

「そ、それでしたら」

「急用がある場合は従魔を送る」

「……あ、はい」

これが妥協のラインだろうと、私は大人しく引き下がった。

「話は終わりだ。これから魔力制御の訓練を始める。そろそろ、魔法でペンを持ち上げる程度はできるようになったか」

「はい。ええと」

私は銀の杖を握り直して、その先端をテーブルの上に転がる羽ペンに向けた。

目蓋を閉じて、すうはあと深呼吸。かっと目を開けて、魔力を使おうとする。

「ふ、ぬぬ、ぬぬぬっ」

喉《のど》の奥で唸《うな》りながら、杖に意識を集中する。

動け。そう心の中で念じてみても、まったくペンを動かせる気がしない。そんな私の様子を観察していたノアが、厳格な口調で言うには。

「緊張しすぎだ。魔力がほとんど発現していない」

「は、はい」

「それと杖はただの媒介に過ぎない。魔力とペンを繋《つな》ぐために、橋を渡しているようなものだ。まずは自分の全身を流れる魔力から感じ取れ」

彼なりの、おそらくは的確なアドバイスなのだろうが、私にはうまく呑《の》み込めない。言うは易く行うは難し、というやつだ。もっと授業を真面目に受けていたら、違っていたのだろうけど……。

「魔法による事象の改変は、少なからず世界を歪《ゆが》めてしまう。だから世界への影響力を抑えるために、相応の形に整える必要がある」

――まだ月花暦が制定されていなかった時代。

魔法というのは、神々だけが行使できる特別な力だったのだという。しかし一部の神は地上を生きる人間を愛し、自らの持つ奇跡の力を分け与えることにした。

カルナシアの人々に魔力を与えたのは、その中で最も強い力を持つとされる女神エンルーナ。カルナシアで生まれる人間は、必ずエンルーナの恩恵である魔力を授かるようになった。彼女の存在が創設のきっかけとなったエーアス魔法学園にも、講堂や噴水広場などそこかしこに高そうな女神像が置かれている。

世界中の人々はそれぞれの神に教えを乞いながら、協力して魔法の仕組みを少しずつ解き明かしていった。そうして魔法は体系化され、六つの魔法属性へと分類されていったのだ。

人々は魔法を使う際に、まず特定の魔法元素に【コール】から始まる呼びかけを行うようになった。その先に続く詠唱内容をあらかじめ限定しておくことで、世界への影響力と術者の負担を最小限に抑えられるようになったのだ。

それは世界の歪みを望まない神々としても、喜ばしいことだったらしい。

しかし魔法による文化や生活の発展もあり、カルナシアの人口は爆発《ばくはつ》的に増え続けた。ひとりずつに自身の魔力を分け与えたことで、エンルーナは力を使いすぎてしまい……しばらくの間、眠りにつくことになる。

別れを惜しむ人々に向けて、エンルーナは別れ際にこう言い残したという。

『我が眠る代わりに、カルナシアには我の魔法を継ぐ少女が生まれる。百年に一度の春の季節、我は少女――花乙女に、祝福の花弁を降らせよう……』

最初に花乙女に選ばれたのは、平民の少女だった。

その年、カルナシアでは新たに月花暦が制定された。彼女はエーアス魔法学園の創設者のひとりとなり、初代花乙女が創設した魔法学園に通うことは国中の少女にとっての憧《あこが》れとなった。

歴代の花乙女の功績は大きなことから小さなことまで数知れず、先頭に立ち動乱を収めた例があれば、飢饉に喘ぐ国民を救うために魔法を使い農業に邁進《まいしん》したという例もある。彼女たちは、眠りについたエンルーナの代わりにカルナシアを導いてくれる――そんなふうに人々から信仰される対象となったのだ。

こういった伝承は魔法歴史学のみならず、一般的な歴史学にも関連している。カルナシア王国の成立とエンルーナは、切っても切れない関係にあるのだ。

ストーリー上では「ふぅん、そうなんだ」と思っただけのゲームの設定。カレンはチュートリアルでも難なく魔法を使いこなしており、魔法の仕組みや使い方について悩む場面も少なかった。

でもそれは、カレンが女神によって選ばれた花乙女だったからこそで――素養だけはある、と言われ続けた暫定・花乙女のアンリエッタとは、まったく置かれた立場が違っている。

考え込むあまり動けなくなった私を一瞥し、ノアが息を吐いて立ち上がった。

呆《あき》れて部屋を出ていくのかと思いきや、なぜか私のすぐ隣に腰を下ろす。彼の体重の分、ソファが沈む。

困惑しながら真横を見ると、ノアは怒ったような顔で机のほうを向いている。

「俺の魔力を、少しだけお前の中に流す。そうすれば、自分の体内を巡る魔力を感じられるはずだ」

「はぁ」

よく意味が分からず生返事をする。なんて呑気《のんき》にしていられたのは、そこまでだった。

気がつけば、ノアがぴったりと身体を寄せて私に密着していた。しかも、私を抱きしめるように片方の腕を背中から首に回してくる。

え？　絞め殺そうとしてます？　急に？

「お兄様。ええと、あの、これは……？」

がたがた震えていると、苦々しげにノアが言う。

「致し方ないだろう。他人に魔力を流すには、こうするしかない」

な、なるほど。そういうことね。首の骨がボキッといっちゃうかと思ったよ。

それにしてもノアは渋い顔つきである。そりゃあ嫌っているアンリエッタに近づいて、しかも自分から触れているのだから、ノアのほうが精神的負担が大きいのだろう。

……といいつつこの人、なんだかんだ面倒見がいいよね。忙しいのに時間を見つけては私の指導に当たってくれるし。相変わらず顔は怖いけど。

「どうだ。感じるか」

「え、っと……そう、ですね」

私は思考を中断して両目を閉じる。集中してみて、数秒で気づいた。ノアが触れている箇所を通して、私の中へと冷たい何かが注《そそ》がれている感覚がある。

ちょっと勢いが強すぎて、ぴくっと両肩が跳ねたのにノアは気づいたようだった。

「調整する。これくらいなら、いけるか」

「ん。まだ、ちょっと。もう少しゆっくり……」

ノアの魔力は怖いくらい研ぎ澄まされている。未熟な私には、ぴりぴりして痛いくらいだ。小さく身を捩《よじ》ってそう言えば、また少しだけ勢いが弱められる。

その直後だった。

「わっ！」

思わず大きな声が漏れたのは、今まで堰《せ》き止められていた何かが、急に音を立てて動き始めたような感覚があったからだ。

どくどくと脈打ちながら、身体の隅々まで巡りだすもの。

これが、私の……アンリエッタの魔力なの？

信じられなかった。今の今まで、アンリエッタはどんなふうに呼吸していたのだろう。こんな圧倒的な熱に蓋をして、どうやって生きていたのだろう。

今ならば、と思う。私はきっと魔法が使える。そう疑いなく信じられる。

しかし私は結局、身動《みじろ》ぎひとつできなかった。なぜならば――。

「行けそうか。なら、やってみろ」

――なぜならば、そんなことを囁《ささや》くノアとの距離が近すぎるから。

がっちりとした逞しい胸板に、首に回された太い腕。触れるほど間近にある、彫刻のように整った美貌。その口元から静かな息遣いを感じるたびに、ドキドキと鼓動が騒いで、身体が強張り、頬が熱くなっていく。

だって私、男の人にこんなふうに抱きしめられたことなんてないんだもん。ノアにそんなつもりはなくても、意識せずにはいられない。一度は乙女ゲームで攻略した仲だし。それにしても密着しないと魔力が流せないなんて、まさしく乙女ゲームのための設定だよね。

現実逃避のようにそんなことを考える私の顔に、意図せずノアの息が吹きかかる。

「おい、だから集中しろ」

ひいい～～～！

その瞬間、全身が強く力んでしまう。

机上で、びしりといやな音が鳴った。驚いて目を向けると、ノアが置きっぱなしにしていた水晶に亀裂が入っている。かと思えば音を立てて真っ二つに割れてしまったので、私はぎゃあっと悲鳴を上げた。

「す、水晶が！」

けっこう高価なものだと言っていたのに、やってしまった。これはたぶん殺される。花舞いの儀が来る前に殺されてジ・エンド。

「あ、あの、これは単なる偶然というか、最初から罅《ひび》が入っていたのかもしれませんね。つまり、私のせいではないと思います」

顔を青くしながら弁明する私のすぐ近くで、ノアが息を吐く。

「安心しろ。魔力の余波だけで魔法具を壊すなんて芸当は、俺にも不可能だ」

「そ、そうですよね！　私なんかに魔法具を壊せるはずがありません！」

「古いものだから、お前の言う通り壊れかけていたのかもしれないが……」

言いながら、ノアが上半身を起こす。抱きしめられたままの私も自然と前のめりな姿勢になる。

砕けた水晶の欠片を手に取ったノアはしばらく訝しげにしていたが、「まぁ、買い直せばいいか」と小さく呟いた。できれば買い直すのもやめてもらいたいなぁと思っていたら、ノアは再びソファに背を深く預ける。

「ひゃっ」

その動きにぐいっと引っ張られた私は、ノアの胸板にとっさに手を置いてしまう。ほとんどもたれ掛かるような姿勢だが、ノアはそんなことはお構いなしに囁いてくる。

「ほら、休んでいる暇はない。もう一回だ」

「……っ」

香水をつけているのか、ノアからいい香りがして、その匂《にお》いに満たされながら私は強く思う。

——むり。この状況で集中なんてむり。ぜったいむり。

一秒ごとに私の意識は掻き乱されていく。心臓がうるさいくらい拍動する。この音もノアに聞こえているのかもと思うと、いてもたってもいられなくなった。

「っお兄様」

「なんだ」

私の耳を、美声がくすぐる。勇気を出して私はノアを見上げ、声を振り絞った。

「こんなに近い距離で特訓なんて、恥ずかしいのですが」

ノアの眉間に皺が寄る。ええい、この朴念仁め！

「私、もう十六歳です。こ、子どもじゃないんです……」

赤い顔でそこまで訴えれば、ノアが目を丸くする。隙だらけの表情にどきりとしたときには、ノアが横にスライドするように素早く身体を離していた。

やっぱり、アンリエッタとくっついているのはノアとしても苦痛だったんだろう。それにしたってあからさまに過剰な反応で、ちょっとへこむけど。

「それなら、ここからは自分でなんとかしろ」

「わ、分かりました」

離れて座り直したノアからの指示に、こくりと頷く。

「ペンが動かせるまでは夕食抜きだ」

それは虐待でしょ！　と言いたいが、ノアの親切心をはね除けたのは自分である。こうなったら、意地でもペンを動かすしかない。胸を張って食事にありつくためにも。

私は再び、胸の前に杖を構える。さっきは集中できずにいたけど、ノアから流し込まれた涼しげな魔力が今も異物として感じられるからか……私の中を巡る魔力の輪郭が浮き彫りになっていく。魔力の流れが、驚くくらいスムーズに感じ取れる。

その感覚は不思議なものだった。自分の身体の中にもうひとつ、液体でできた身体があるような、名状しがたい感覚。でも不快ではなくて、その形をもっと正確に知りたいと思った。

腕から手首。手首から手の甲、そして指先へと意識を集中させていく。身体から魔力を伸ばすのはまだ難しいけれど、ノアが言ったように杖が私の魔力を安定させて、橋の役割を果たしてくれているのが分かる。

先ほどのように、全身が無駄に力むこともなく――私の魔力が、ひとつの奇跡を起こす。

テーブルの上で、誰も触れていないペンがわずかに震えた。

ぐっと眉《まゆ》を寄せて、目を凝らすようにしながら、さらに集中。かたかたと音を立てて小刻みに震えていたペンが、ゆっくりと持ち上がっていく。

私の胸元《むなもと》あたりまでペンを浮かせたところで、一瞬、集中力が途切れた。そのとたん、ペンがテーブルへと落ちてしまう。

でも今、確かに私はペンを動かすことができていた。手で触れずに、魔力だけで！

「で、できた……！　できましたよ、お兄様！」

「そうだな」

興奮して話しかけてみるものの、隣に座るノアの表情に変化はなかった。ただ、目の前の出来事を事実として受け止めているだけだ。

そんなノアの様子を目の当たりにすれば、私の口元から笑みが消える。

それはノアの意地悪というわけではない。ただ単に、彼にとって、なんでもないようなことだから——声を上げて喜んだりはしないのだ。

私ができたことは、他人から見たら大したことじゃない。詠唱を必要とせず、一般的な魔法には数えられない、生活魔法と呼ばれるレベルの単純な事象。五歳のノアがきっと造作もなくできていたことで、教室で話せば誰もが小馬鹿《こばか》にして笑うようなことだ。

でも、と私は思う。それでも、やっぱり。

「褒めてください、お兄様」

杖を握り込んだ私は、俯《うつむ》きがちになりながら続ける。

「褒めて、ほしいです。……一言でいいので」

今までできなかったことを、できるようになったのだ。それを認めてほしいと思うのは、我儘《わがまま》なんかじゃないと思う。

そして私はどうしようもなく怠惰な人間だから、がんばったときは誰かに褒めてほしい。偉いねって言ってほしい。そうしたら、どんなに辛くても次の日だってがんばれる気がするのだ。

そんな思いが届くことはなく、いつまでもノアからの返事はない。

そうだよね。ノアが、私を褒めてくれるわけないか。

諦めて前言を撤回しようとしたときだった。

「よく、やった」

私の鼓膜が拾ったのは、ものすごくぎこちない褒め言葉だった。

ハッとして顔を上げたときには、ノアは私のほうを見てもいない。そっぽを見て放たれた不器用な褒め言葉は棒読みで、心だって込められていなかった。

でも、私はへにゃっとした顔で笑っていた。

ノアが褒めてくれたのが、なんだか言葉にできないくらい――無性に嬉《うれ》しかったから。

「はい。……ありがとうございます、お兄様」

笑顔と共にお礼を告げれば、なんでかノアが硬直している。

「お兄様？」

私は小首を傾げる。気の抜けた顔を他人に見せないノアにしては珍しいことだと思っていたら、無愛想な口調で返された。

「何を笑っている」

えっ。もしかして、私の笑顔が不気味で固まってたの？　失礼すぎない？

まぁでも、いいか。今は機嫌がいいからね、私。

「だって、嬉しいので」

私はペンを手に取る。これを宙に浮かせるのには成功したが、手元に引き寄せることはできていない。もっと持続時間も延ばしたいところだ。

それにしても、と思う。どうやらアンリエッタは今まで、全身のいろんな箇所に蓋をされているような状態だったようだ。魔力がうまく循環していなければ、魔法が使えないのも当たり前である。

でもどうして、いつからそんなことになったんだろう。赤の他人である私がアンリエッタの身体に転生したから？　それとも、もっと前からなのかな？

うーん。なんだか気に掛かるけど……とりあえず今は、魔法を使えた感覚を忘れないうちに反復練習したほうがいいだろう。

「次は、もう少し離れたところにペンを置いてみます」

「ああ。やってみろ」

ノアに褒めてもらえたおかげか。その日、私の集中力はけっこう続いたのだった。

第三章　迷宮図書館と処方箋

今日は三月十四日。私が『ハナオト』の世界に転生してきて、かれこれ二週間が経《た》っていた。

ノアの従魔が学園に現れた日から、私は学園と屋敷を往復する毎日を送っている。寮部屋には一度も戻っていないが、そういう生徒はそこまで珍しくないらしい。

転生したての頃よりも、私の魔法の腕前は上達していた。最近では羽ペンだけでなく、ティーカップや本など重いものも動かせるようになったのだ。

今月の下旬から学園も春休みに入るが、それは王室に関連する行事や催しが増えることを意味する。ああ見えて王族であるラインハルトの外出が増えれば、彼を警護するノアは今まで以上に多忙になる。たぶん、私の面倒を見ている暇はなくなるだろう。

そこで私はちょっとした休み時間や昼休みにも、積極的に魔法の練習をするようにしていた。ノアに言われたからではなく、あくまで自主的な特訓である。机の上に置いた物を動かしたり、手元に引き寄せたりするくらいの生活魔法であれば、周囲の邪魔にもならない。

その日も私は両手で杖《つえ》を握って、教科書よ持ち上がれ〜持ち上がれ〜と心の中で唱えていた。

今では私が杖を持っていようと、正面から絡《から》んでくる人はほとんどいない。ノアにチクられでもしたら困るからだろう。実際は私が言いつけたところで、ノアが制裁に動くなんてことはあり得ないのだが……もちろん、都合のいい誤解を訂正したりはしなかった。

これもラインハルトをぎゃふんと言わせた一件が学園中に広まったおかげである。ノア様々だ。

あれからラインハルトは、私とばったり出会《でくわ》すたびに表情を歪《ゆが》めて苛立たしげに立ち去るようになった。そのたびに私は、離れていく背中をにまにまして見送っている。めげない性格の男なので、油断はできないけどね。

「アンリエッタ嬢。もうすぐ次の授業ですよ」

声をかけられると、とたんに集中力が途切れた。机めがけて落ちてくる教科書を、横から伸びてきた手がすかさずキャッチする。

「エ……ルヴィス、様」

教科書を渡してくれたのはエルヴィスだった。気づけば、教室には私たち以外の生徒の姿がない。集中しすぎて、周りの様子がまったく目に入っていなかったようだ。

急いで教材を用意する私を見下ろして、エルヴィスが続ける。

「確か隣の教室でしたよね。途中まで一緒に行きましょうか」

「いやですけど」

「こんな話を知っていますか？　とあるご令嬢の妄想話で」

「喜んでご一緒させていただきますわ～」

私は一生このネタで強請《ゆす》られ続けるのだろうか。いつか購買でコロッケパン買ってこい、とパシられるようになるのかもしれない。鬱だ。

「ていうか二人しかいないんだから、その話し方やめてよね」

胸に教材を抱えた私が睨《にら》みつければ、エルヴィスがにんまりと笑う。

「へェ、オレとは本音で話したいって？」

「猿真似が不快だって言ってるの。ていうか、いつからそういう荒っぽい喋《しゃべ》り方になったの？」

今さらエルヴィス相手に取り繕っても無意味なので、私は率直に気になっていたことを問うた。

エルヴィスは栄えある辺境伯家の次男である。反抗期だったとしても、ここまで口調が乱暴になるとは考えにくいのだが。

「あ？　オレに薬草について教えてくれた師匠の口調が移っただけだ」

「何それ初耳なんだけどっ⁉」

「当たり前だろ。誰《だれ》にも言ってねーんだから」

エルヴィスは呆《あき》れ顔をしている。エルヴィスルートで師匠の話は何度か出ていたが、その人物像についてはあまり語られていなかったのだ。

私は思わず頰《ほお》を紅潮させてエルヴィスににじり寄る。まだ公式発表されていない垂涎《すいぜん》の情報が、すぐ目の前に！

「も、もうちょっと詳しく」

「ほら、さっさと行くぞ。授業に遅れる」

「あっ、エルヴィス！」

逃げるエルヴィスを追いかけて教室を出てみると、廊下は無人だった。次の授業の開始時刻が迫っているからだろう。

詳細を聞きだしたいところだけど、それはまた今度にしたほうが良さそうだ。のんびりと大股で歩くエルヴィスから距離を空けて、私は早歩きで廊下を進む。

そういえば、ゲームのエルヴィス様は得意とする光魔法と魔法薬学中心に授業を取っていた。魔法薬を飲んでいないエルヴィスでも、そのあたりは変わっていないのだろうか。

「そっちは、これから魔法薬学の授業？」

「おう。この前、魔法薬学の先生が言ってたんだけどな。迷宮にある本の中でしか手に入らない、幻の薬草の話」

あっ、ゲームにも登場した迷宮の話ね、懐かしい……なんて言いそうになるのを喉《のど》の奥に引っ込めて、返事をする。

「ふぅん。それじゃ、午後の授業が楽しみね」

「つっても、今の実力じゃ手に入れるのは難しいけどな」

「エルヴィスなら、きっとすぐでしょ」

適当を言っているつもりはない。周囲から天才だと持《も》て囃《はや》されるエルヴィスだが、どちらかといえば彼は努力の人である。エルヴィスルートでは、放課後もひとりで魔法の特訓をしている彼を見かけるというイベントもあった。そういう本質は、たぶん変わっていないはずだ。

そんなことを思い浮かべながら言えば、なぜか足音が止《や》む。訝しく思って振り返ると、少し意外そうにしていたエルヴィスは得意げに歯を見せて笑ってみせた。

「当たり前だろ」

子どものように無邪気な表情は、エルヴィス様とは似ても似つかないものだった。

それなのに、その笑顔から目が離せなくなる。数秒後、エルヴィスは我に返ったように歩きだしてしまうが、私の心からは刺々しいものが抜けた気がした。

エルヴィスに並びながら、ようやくお礼を言う。

「さっき、その。声かけてくれてありがと」

「あ?」

「だって、放っておけば良かったのに。自業自得だって」

前の時間は共通授業だったから、クラスメイト全員が教室にいた。それなのに誰も私に声をかけてくれなかったのだ。

ちょっかいはかけられないようになっても、クラスメイトたちはアンリエッタを好いているわけじゃない。むしろ授業に遅れればいい気味だ、程度に思われているのだろう。

でもエルヴィスは、私を置き去りにはしなかった。

すると、欠伸《あくび》を噛《か》み殺《ころ》した彼は少し潤んだ目で言う。

「魔法の練習がんばってんだろ。自業自得とか思わねぇよ、別に」

「う、うん」

「髪引っ張っても頬つっついても、いろいろしても――無反応でおもしろかったしな」

「ちょっ、そんなことしてたのっ⁉」

前言撤回。こいつ、乙女になんてことをするのだ。

って、いろいろとは⁉　いろいろって何っ？　何されたの、私？

数分前に好き勝手されたらしい髪やら頰やらを押さえて真《ま》っ赤《か》になる私を見下ろすと、エルヴィスは屈託《くったく》なく笑う。

「嘘《うそ》だよ。焦《あせ》りすぎだろ、ばーか」

んなっ――。

しばらく硬直していた私は、数秒後にまなじりをつり上げる。

「ば、ばかって言ったほうがばかなんですけど！」

「はいはい。ほら、授業遅れんぞ」

「あんたのせいでしょ！」

反論なんてお構いなしにエルヴィスが歩きだす。私はむっとしつつ、そのあとを追う。

そういえばヒロインのカレンは、攻略対象に合わせて受ける授業の種類を変えていた。カレンがエルヴィスルートに進めば、エルヴィスがこうやって声をかけてくれることなんて二度となくなるのだろう。そう思うと、少しだけ寂《さび》しくなった。

……ううん。なんで私が寂しくならなきゃいけないわけ？　エルヴィス様はともかく、猫かぶりしているエルヴィスなんてカレンに選ばれるはずがないのに。

「お前、なに暗い顔してんだよ」

そんな思考が表情に出てしまっていたらしい。エルヴィスに指摘された私は思わず視線を落とす。

「別に。気のせいでしょ。じゃあ私、ここだから」

エルヴィスは納得いかなそうだったが、もうすぐ授業だと思い直したのか隣の教室へと向かう。私も目の前の教室へと足を踏み入れた。

授業に使われる教室の多くは、席が後方に行くにつれ階段式に高くなっている。どこに座っても黒板や教師の姿が見えやすいのが利点だが、逆にいえば居眠りがバレやすい。いや、私は居眠りなんてしませんけどね。

席は自由なので、好きなところを選んでいい。空いている席を探そうとすると、教室中から刺々しい視線を感じた。

目が合うと、だいたいの視線が逸らされる。どうやらエルヴィスと歩いていたのを見られたようだ。攻略対象に選出されていることからして当然なのだが、家柄・容姿・魔力と三拍子揃《そろ》ったエルヴィスは周囲からも注目される立場で、端的に言うとものすごくモテるのだ。

付け加えて、最近のエルヴィスは誰相手にもエルヴィス様モードを解禁している。今までは静かで無口、クラスでもあまり目立たなかったらしい美青年が、話してみれば物腰穏やかで人当たりがいいと判明したのである。知る人ぞ知る魅力的な人物だったのが、一気に人気が出るのもむべなるかな。まぁそれ、みんな騙《だま》されてるんだけど！

そしてアンリエッタは、彼とは逆の意味で注目を浴びやすい。

「また暫定・花乙女が、性懲りもなくエルヴィス様につきまとっているようですわね～」

教室中に鬱陶しい声が響き渡る。私はうんざりしながら、こちらを見下ろす彼女に目を向ける。

……そうだ。この授業も、あの子と一緒だったんだっけ。

前述したように、アンリエッタのカリキュラムの基準は授業の気楽さにある。出欠席の取られない授業、提出物のない授業などを優先した彼女のカリキュラムは、一言でいうとごちゃごちゃしている。一貫性がなく、あちこちに中途半端《ちゅうとはんぱ》に手を伸ばしているような感じだ。

つまり進路や興味のある分野が定まっていない生徒ほど、アンリエッタと同じ授業を取る確率が必然的に高くなり――その中でも顔を合わせる機会が多いのが、とあるクラスメイトだった。

「あら、イーゼラ……ごきげんよう」

私は失礼なことを大声で言ってのけたクラスメイトに、形ばかりの挨拶《あいさつ》をする。

イーゼラ・マニ。マニ伯爵家の令嬢で、クラスを代表する優等生ではあるが興味の向く分野は定まっていないらしい。普段から取り巻き……ならぬ友人たちに囲まれて過ごしていることが多く、この魔法古語学の授業でも二人の友人を連れている。

私はそんなイーゼラに、密かにあだ名をつけていた。

その名も、悪役令嬢！

だってイーゼラは縦ロールの金髪、高飛車な喋り方と、いかにも悪役然《ぜん》とした令嬢なのだ。その悪役っぽさは、全体的にアンリエッタを上回っているといっても過言ではない。

乙女ゲームには、ちょっと意地悪な女の子が登場するものである。「ちょっと、○○様に近づかないでよ」「あのお方に、あんたみたいな女は相応《ふさわ》しくないわ」みたいなことを言って主人公を泣かせたり、その場面を攻略対象に見られて噛ませ犬にされたり……。そういうキャラクターを最近は悪役令嬢と呼ぶのが流行《はや》っていると、本好きの友達に聞いたことがある。

今日もそうだが、イーゼラは私がエルヴィスと話したあとによく絡んでくる。深く考えるまでもなく、同じクラスの彼にご執心なのだろう。今や私に話しかけてくるクラスメイトはエルヴィスとイーゼラくらい、というのがなんとも悲しいところだ。

不思議なのは、こんなに目立つ容姿と性格のイーゼラなのに、まったく私の記憶にないこと。エルヴィスルートに進むともれなく登場しそうなんだけど……よっぽど小物すぎて、印象に残ってないのかな？

私にそんな不名誉なあだ名をつけられているとは知る由もなく、眉《まゆ》を上げたイーゼラは大袈裟《おおげさ》に口を開けて驚いてみせる。

「まぁっ。人並みに挨拶ができるようになったなんて、ずいぶん成長しましたのね。アンリエッタ・リージャス！」

イーゼラに同調して、彼女の友人たちまで笑い声を上げる。

頭数で勝っているからか、やつらの態度は強気だ。しかしここで気弱に振る舞っては、相手の思うつぼ。私は一歩も引かず、にやりと凶悪に口角を上げてみせた。

イメージはノアの笑顔。あそこまでの迫力はないだろうけど、イーゼラはたじろいだようだった。

「そういうあなたは挨拶ひとつ、まともにできないみたいね。講義を受けるよりも、お家《うち》に帰って礼儀作法から学び直したほうがいいんじゃないかしら」

ぴしり、と音を立ててイーゼラの表情が凍りついた。ついでに両脇《わき》の二人も。

追撃してやっても良かったが、私はイーゼラのような性悪ではない。勝利の余韻に浸りながら、自慢の美しい銀髪をなびかせて手近な席に座る。

背後からは、まだ何か言いたげなイーゼラの気配を感じていた。後頭部に殺人級の視線がびしびしと突き刺さってくるのである。

しかしちょうどそこで、魔法古語学の教師が教室に入ってくる。ナイスタイミング。

「それでは、本日の授業を始めます。前の授業の復習から入るので、教科書七十八ページを開いて。……イーゼラさん、どこを見ているの？　早く教科書を開きなさい」

「す、すみません」

しかも先生に怒られている。うっふふ、いい気味ねぇ悪役令嬢さん！

カレンがエルヴィスルートに進んだ場合、きっとイーゼラは彼女を邪険にすることだろう。しかし花舞いの儀をなんとかして生き延びたとして、私はカレンに関《かか》わるつもりはない。

だってカレンの周りでは大なり小なり、何かと事件が起きやすいのだ。花乙女の能力はチート級に強いので、最終的にはなんとかなることも多いけど、その慈愛が私にまで適用されることはないだろう。そもそもアンリエッタはチュートリアルで死ぬ予定なのだから、うっかり巻き込まれたら弾みで死んじゃうかもしれないし。

それにしても、と思う。プレイ中も何度か疑問に感じたが、どうして『ハナオト』製作陣は、攻略対象の妹をチュートリアルで死ぬ設定にしたんだろう？

かなり衝撃的な設定なのに、あんまりゲーム本編でも生かされていない。別のゲーム機にリメイクされて移植したときもそのままだった。

「……リエッタさん。アンリエッタさん？」

「は、はいっ！」

教師に呼ばれているのに気づき、私は慌てて立ち上がる。

白けた顔をした彼女が、壇上で軽く肩を竦めた。

「立たなくてもけっこう。八十ページの三行目を読んでちょうだい」

「……失礼しました」

顔を赤くしつつ、腰を下ろす。私が小さな声で自信なげに音読する後ろからは、イーゼラの嘆きだす声がする。くっ、調子に乗るなよ、悪役令嬢め！

「アンリエッタさん。前の授業でもやったけど、この場合の水のしずく、は涙と訳すように。古語の理解は呪文の最適解を導くのにも役立つのよ、授業に集中して」

「す、すみません」

「暫定さん、がんばってくださいまし。応援してますわよー。……ぷぷっ」

……くぅうっ。調子に乗るなよ、悪役令嬢めぇぇ！

◇◇◇

その日は、午後の時間いっぱいを使って迷宮学の授業が行われる予定になっていた。

先生に続いて、一年Aクラスの生徒は螺旋階段《らせんかいだん》を地下へと下っていく。ゲームの知識もあるし、二週間も経てばそれなりに学園生活には慣れてくるが、まだまだ足を踏み入れていない場所だらけだ。この螺旋階段と、その先に待ち受ける部屋についてもそうだった。

一年生の間は、カリキュラムにもよるが実習自体が少なめである。進級してからしか受けられない授業も多く、今までの成績によっては履修を断られることもあるという。

やはりそれは、魔法が便利であると同時に危険なものだからだろう。実力に見合わない授業を受けることで、魔に堕ちるきっかけを生みだしかねないのだ。

地下二階まで来たところで、前を歩いていた先生が立ち止まる。目的の施設前に到着したのだ。

「これから鍵《かぎ》を開けるから、ちょっと待っとれよ」

ハム、というおいしそうな名前をしたおじいちゃん先生が、胸元《むなもと》に下げた古い鍵を手に取る。重厚な鉄のドアの鍵穴にそれを差し入れ、がちゃがちゃと回す。

ハム先生は昔ながらの魔法使いという感じの見た目で、裾《すそ》の長い深緑色のローブを身にまとっている。手にした大振りの杖は、先端がアンモナイトみたいにグルグルしていて、私のように魔法の補助に使うわけではなく歩行の支えなのだろう。

背丈は百四十センチもないくらい。それに長いヒゲが特徴的で、顔はほとんど見えていない。おとぎ話に登場しそうな、マスコット的なかわいらしさがある先生だった。

彼は謎《なぞ》に満ちた迷宮を解き明かすために、日夜研究に励んでいるらしい。学園の教師の多くが魔法の探求者であり、研究者でもあるのだ。むしろそちらが本職で、空き時間に学生の授業を受け持って給料をもらっている、というほうが正しいかもしれない。

「ここが迷宮図書館じゃ。火気も水気も厳禁じゃから、魔法の扱いにはくれぐれも注意するように」

解錠ができたらしい。ふごふご言いながら、ハム先生が両開きのドアに両手を押し当てて開く。ぎいい、と軋んだ音を立て、ドアが開いていく。

その先に待っていたのは、本の海でできた広大な図書館だった。床から天井《てんじょう》までを埋め尽くす本棚には、数えきれないほどの本が整然と並べられている。

「うわぁ……！」

「なんだこれ、すごい」

「噂には聞いてたけど……」

生徒たちが一斉に館内を見回す。私も同じだった。古い本独特の埃《ほこり》っぽいにおいを嗅ぎながら、頬を紅潮させて館内を見てみる。

エーアス魔法学園には二つの図書館がある。地上にある図書館に対し、平時の立ち入りが禁じられている地下の図書館は迷宮図書館と呼ばれている。迷宮図書館に置かれている本――迷宮の書は、魔法について丁寧に解説するような魔法書とはまったく違う種類の本だからだ。

この図書館にある本は、どれも生きている。神々や古代の魔法士が書き残したとされる本は、人々を誘い込み、自分という物語の中に招待してしまう。たとえば怪物が棲む谷。燃え盛る火山に、虹色の海原。キャンディやクッキーが降り積もる山があれば、人間が獣の姿になって駆け回る野原だってある。迷宮内を流れる時間も、現実とはまったく違っているのだ。摩訶不思議《まかふしぎ》だが、迷宮とは本に綴《と》じられたそれぞれの世界を意味するので、通常の魔法より影響力は小さく、世界そのものを歪めることもない。

ただし迷宮内で命を落としたり、迷宮を抜けだす条件を満たせなかったりした場合、現実には戻ってこられないという。

恐ろしいのは、物語というのは作者の意図にかかわらず変質していく場合があることだ。安全だったはずの迷宮内で行方不明《ゆくえ》になったり、襲われて命を落としたりする人が続出したことから、迷宮の書のすべては魔法の紐《ひも》で厳重な封印を施され、管理されるようになった。

管理先のひとつがエーアス魔法学園の迷宮図書館であり、ハム先生はその管理人なのである。といっても禁書と呼ばれるような危険な本は、生徒が触れられる場所には置いてないだろうけど。

そんなハム先生はといえば、さっそく声を荒らげていた。

「これ、これ。隙を見せるな、本に足を掬われるぞ。そっちのお前さん、おとぎ話に目がないじゃろう。童話をモチーフにした本が、次から次へとひっついておるわ」

いいいいい

見れば、本棚を飛びだしてきた本があちこちを楽しそうに跳ね回っている。どの迷宮の書も、自分を読んでくれる誰かに遊びに来てほしくて仕方がないのだ。

迷宮の危険性を理解しつつも、私は正直わくわくしていた。だって本の中に入れるなんて、いかにもファンタジーって感じだ。『ハナオト』ではカレンも、攻略対象と共に何度か迷宮を探検していた。物語によってお姫様になったり、下働きの女の子になったり、妖精《ようせい》の姿になったり、一時的に魔法が使えなくなったり……危ない目に遭いつつも、楽しそうに冒険していたのが印象的だった。

そんなことを思いだしながら、足元をぴょんぴょん動き回る一冊の本に、背後からそぅっと手を伸ばしてみると。

『——！』

あちこちに散らばっていた本が、雷撃にでも打たれたようにびくんッと身体《からだ》を震わせる。波が引くように一斉に離れていく数十冊の本と私を見比べて、ハム先生がふごふご言う。

「本たちは、勤勉な人間を好むものじゃからな」

何気ない一言が、手を伸ばしたまま固まる私の背にぐさりと突き刺さる。

「イーゼラ様、ご覧になりましたか？」

「ここの本たちは、見る目がありますね！」

「んまぁ、本当ですわねぇ」

友人たちが囃し立てれば、中心に立つイーゼラが機嫌良さそうに口に手を当てて笑う。

「でも、本だって必死にもなりますわよね。アンリエッタ・リージャスが入ってきたら、どんな迷宮だっておばかになっちゃいそうだもの……あら、失礼。本当のことを言っちゃった」

私と目が合えば、おーほっほっほとイーゼラたちが甲高く笑う。気分は完全に、継母継姉《ままははままあね》にいじめられるシンデレラだ。

歯軋りする私に気がつかず、ハム先生は長いヒゲを撫でている。

「この光景、懐かしいのう。文武に秀でる生徒も本に好かれるか嫌われるか両極端でな。ノアもまた、ほとんどの迷宮の書に嫌われておった。あやつが手を伸ばすだけで、本が怯《おび》えて逃げていくから授業にならんかった。優秀すぎるというのも、困ったものじゃ」

フォローのつもりなのか、そんな話を披露するハム先生。クラスにも多いノアファンは〝カルナシアの青嵐《せいらん》〟の知られざる逸話に食いついた顔をしているが、私としてはぜんぜん嬉《うれ》しくない。

だってノアと私は、正反対の理由で本に嫌われているということじゃないか。

「ほれ、ご覧。本たちがハントに夢中になっておる」

ハム先生の視線の先を追えば、私には冷たい本の群れがエルヴィスのもとに集っている。彼の場合はノアと異なり、優秀であるからこそ本に好かれるタイプということらしい。

「すごいわ。さすがエルヴィス様ね」

「彼の魔力のすさまじさを、迷宮の書は見抜いているのか」

クラスメイトから称賛を浴びつつ、困った顔をするエルヴィスと、その隣をちゃっかりキープするイーゼラ。たまに「きゃっ、本が飛びかかってきましたわ。わたくし、こわぁい〜」とか言いながら軽く抱きついたりもしている。本も別に、あんたを狙《ねら》ってるわけじゃないと思うけどね。

「そんなに怯えなくても大丈夫ですよ、イーゼラ嬢」

だんだんエルヴィス様を演じるのも板についてきたエルヴィスは、イーゼラを安心させるように微笑《ほほえ》んでいる。その笑みに、イーゼラを始めとするクラスの女子がこぞって頬を染めていた。

なんか、ちょっとむかっとする。私相手のときとは違い、他の令嬢を相手にするときのエルヴィスは本当に紳士的なのだ。故意にやってそうなので余計に腹立たしい。本性はヤカラなのに。

「ええい、あっち行け！　お前さんたちは、一年生には危険すぎる！　ああっ、そんなに跳ね回ったら、装丁が傷んじまうだろ！」

長い杖を振り回して、ハム先生が本を追い払う。傷んじまうとか言いながら、ハム先生の手つきがいちばん乱暴である。殴られては堪らないと本は一目散に逃げていき、ようやく八割方の迷宮の書が本棚に戻っていった。

ふう、ふう、と肩で息をしながら、ハム先生がこちらを振り返る。血圧が上がりすぎて倒れやしないかと心配になったが、彼は気を取り直したように嗄《しゃが》れた声で宣言する。

「これからお前さんたちには三人一組に分かれて、演習用の迷宮に入ってもらう。安全性の担保された迷宮でな、書のタイトルは『小さな木に初級魔法を当ててみよう』じゃ。本を抜けだすには、ひとりにつき一回ずつ初級魔法を木にぶつける。これだけじゃ」

うわぁ、作者のセンスを疑うタイトルだな。

「ちなみにこの迷宮の作者はワシじゃ」

言い間違えた。分かりやすくて素敵なタイトルですね！

つまりハム先生が用意したのは、指南書の一種ということだろう。迷宮の意味が歪まないように、小さな木、初級など、わざと意味を限定する単語を使っているのだ。

もちろん、このタイトルなら危険な魔物は出てこないはず。授業で魔物との戦闘を経験するのは、エーアス魔法学園でも二年生になってからとされているからね。

厳密には迷宮に出てくる生き物はすべて迷宮生物と呼ばれていて、一般的な魔物のように従魔にすることはできないそうだ。本の中でしか生きられない特殊な魔物ということなんだろう。

それにしても、初級魔法かぁ。さっそく壁にぶち当たったぞ、と私は眉間に皺《しわ》を寄せる。

一年生の冬ともなると、得意属性の初級魔法は二つや三つ習得していて当然の時期だ。だから難易度としては適切なのだろう。落ちこぼれのアンリエッタを除いては、の話だが。

「エルヴィス様は、すべての属性の初級魔法が使えるんですよね」

「すばらしいです、エルヴィス様。演習用の迷宮なんて、相手になりませんね」

左側からは、女子生徒たちのかしましい声が聞こえてくる。その内容に私は目をむいた。

——なんとエルヴィス・ハントさん、一年生にして全属性の初級魔法が使えるらしい。ペンや教科書を動かして喜んでいる私とレベルが違いすぎる。ひとつでいいから分けてくれないかな。

「ほれほれ、さっさと班を作るんじゃ」

欠席者がいないので生徒の数は二十一人。三人の班を七つ作るわけだが、こういうときの若者の動きは尋常でなく速い。あっという間に三人ずつ固まっていくので、私は焦りを覚えた。

「ええと、私は……」

見回すと、少し離れた位置のエルヴィスと目が合う。ぼっちの私は、思わず期待するような目でエルヴィスを見てしまう。またエルヴィスにからかわれるのはいやだけど、背に腹は代えられない！

祈るような表情から、エルヴィスは何かしら読み取ってくれたようだ。仕方なさそうに小さく息を吐いてから、私に向かって一歩を踏みだす。

しかしそんなエルヴィスと私の間に、勢いよく割り込む女子生徒がいた。

「エルヴィス様！　よろしければ、わたくしと組んでいただけませんかっ？」

言わずもがな、他の女子を押しのけて鼻息荒くエルヴィスに話しかけるのは悪役令嬢イーゼラである。折り目正しく振る舞っている最近のエルヴィスなので、迷いを見せながらも「分かりました」とイーゼラの提案を受け入れていた。ちょっと！　裏切り者！

「それじゃあ残りのひとりは、アンリ――」

「あっ。そちらのあなた、相手がいないようですわね。わたくしたちと組みません？」

エルヴィスは何か言いかけていたが、イーゼラは別の男子生徒を呼び込んで班を作ってしまう。

残りのひとりに女子を選ばないあたり、周到さが窺《うかが》える。

しかし困った。めげずに周囲を見回すと、気まずそうにこちらを窺っている男子生徒が二人。

こういうときは、私から話しかけるのが筋だろう。

「よ、よろしくお願いします」

「「…………」」

勇気を出して笑顔で話しかけてみるが、二人からの返事はなかった。というか、サッと目を逸らされた。辛《つら》い。

「さて、班ができたようじゃの。それでは迷宮の書を配っていくぞい」

七冊の薄っぺらい本を、ハム先生が各班に配っていく。

私の左隣の男子生徒が本を受け取る。まだ本の封印は解かれていない。

「裏表紙には本に入れる条件や、迷宮内で適用される法則、それに脱出条件が記してある。今回の場合は先ほど説明したように、初級魔法を木にぶつければ脱出できる、と書いてあるぞい」

男子生徒が本を裏返すと、ハム先生の発言通りの内容が書いてあった。

「では、その班で最も優れた生徒が封印を解くように。誰も光魔法が使えない班は、ワシが代わろう。ああ、そっちの班はハント、そっちの班はリージャス以外じゃ」

ハム先生。お気持ちは分かりますが、「以外」はもはやいじめではないでしょうか！

私が心の涙を流しているとは知らず、ハム先生がエルヴィスに呼びかける。

「ハント、みなに手本を」

指名されたエルヴィスは臆した様子もない。彼は本に手をかざし、すらすらと唱える。

「【コール・ルーメン】――封を解け」

まず魔法元素へと呼びかけることで、続く詠唱内容を限定する。最小限の力で最大の効果を発揮する、現代魔法の基本形とされる呪文だ。今回は単純な一節詠唱の初級光魔法だが、これが二節だと中級、三節以上だと上級魔法が発動する。

エルヴィスの足元に、魔法文字が刻まれた黄金の魔法陣が自動的に浮かび上がる。淀みなく発動した初級光魔法によって、本を縛っていた紐がひとりでに千切れたかと思えば、どこへともなく消えていく。

そしてエルヴィスがページをめくるまでもなく本が開き、にわかに輝きだす。視界を焼くような強い光に、私はとっさに目を閉じる。

数秒後、クラスメイトが大きくどよめいた。恐る恐る両目を開けて確かめれば、そこにエルヴィスたち三人の姿はなくなっていた。床に残されたのは、開きっぱなしの一冊の本だけ。エルヴィスやイーゼラは、物語の中……迷宮へと吸い込まれたのだ。

ざわめく生徒たちを落ち着かせるように、ハム先生が杖の先で床をコツコツ叩《たた》く。

「ほれ、お前さんたちもやってみるんじゃ」

私の班では、本を手にした生徒がエルヴィスと同じように唱える。あっという間に本の封印が解かれて、私たちも迷宮内へと吸い込まれていった。

現実世界から迷宮には、体感ではあっという間に到着する。

身体に違和感や痛みがあるわけでもなく、今回は外見上の変化もなかった。それでも不思議な気分で手足を軽く動かしながら、周囲を見回してみる。

演習用の迷宮は、小さな森の一角をイメージして作られているようだった。

頭上には、妙に低く感じられる青空。地上には三本の小さな木が等間隔で並んでいて、足元に控えめな芝生が生えている。子ども向けゲームのチュートリアルに使われるような空間は、よく言えばシンプルで、悪く言えばおもしろみのないものだった。

一見、普段いるのと変わらない世界に見えても、やはりここは本の中なのだろう。少し歩いてみると、見えない壁があるように行き止まってしまう。見た感じ本は数ページしかなかったから、木のある空間の他には何も用意されていないようだ。

「ええと、課題の内容は……」

私が言い終わるより早く、ひとりの男子生徒が片手を構えて唱える。

「【コール・イグニス】！　放て！」

かなり力んではいたが、問題なく初級炎魔法が発動する。彼の手のひらから生みだされた小さな火球が、向かって右側に立つ木に向かってまっすぐ飛んでいった。

「わっ、すごい！」

私は思わず拍手する。たぶんひとつの魔法として、そこまで練度が高いわけではないけど……今の私にとっては、どんな魔法だろうと尊敬に値する。

しかし拍手をしたときには、魔法を使った男子生徒は迷宮内から忽然と姿を消していた。課題クリアと見なされたのだろう。

残ったのは私と、先ほど光魔法を使ってくれた男子生徒だ。私はこほんと咳払《せきばら》いした。

「あの、すみません。どうやったら魔法が使えるように」

「【コール・アクア】……放て」

いやちょっと待って！　まだ唱えないで！

と引き止める暇もない。勢いの弱い水流は、左の木に軽くヒット。彼もまた迷宮を離脱していく。

残されたのは幹が焦げた木、枝葉が濡《ぬ》れた木、なんの変哲もない中央の木の前で呆然《ぼうぜん》とした私だけ。

「お、置いてかれたー！」

たぶん、二人にそんなつもりはなかったと思う。

今までの迷宮学はすべて講義形式で、そこで散々迷宮の恐ろしさを教えられてきたのだ。初めての迷宮に緊張するのも、一秒でも早く初級魔法を成功させて、ここから出たいと思うのも当然のこと。親しくもない私のことを気遣う余裕なんて、彼らにはなかったのだ。

ひとりになったとたん、私はぶるりと身体を震わせた。悪意も攻撃性もないはずの演習用の迷宮が、急に何か恐ろしいものに変質したような気がしたのだ。

「……でも、そろそろ初級魔法だって使えるはずじゃない?」

自分に言い聞かせるように、そう呟く。

今まで、私は一度も魔法の詠唱をしていない。生活魔法の練習だけを地道に続けてきたからだ。だけど特訓の甲斐あって、魔力を使う感覚にはかなり慣れてきた自負がある。

「そうよ。今日こそステップアップのとき……私の晴れ舞台なんだわ!」

そう自分を鼓舞する。

自力で迷宮を抜けだした私を見れば、周囲はさぞ驚くことだろう。暫定・花乙女が魔法を使えるようになったなんて、と注目の的になり、イーゼラは悔しげにハンカチを噛むに違いない。

その暁には、ちゃんとノアにも報告しよう。私は杖を構えて、はっきりとした声で唱える。

「【コール・アニマ】――切り裂け!」

カレンや攻略対象が唱えていたときは、スチルやボイスつきなのもあって、とにかくかっこ良くて印象的だった呪文。

「【コール・アニマ】――切り裂け!」

ひとり暮らしをしていたから、たまにお風呂《ふろ》場で物真似して、恥ずかしくなったりもしたっけ。

「【コール・アニマ】——切り裂け！」

ノアは基本四属性の中でも風魔法がいちばん得意なことから、〝カルナシアの青嵐〟と呼ばれるようになった。だから私だって、風魔法なら！

「【コール・アニマ】切り裂け。【コール・アニマ】切り裂け。【コール・アニマ】……」

一縷《いちる》の望みをかけて、何度も何度も繰り返す。

そのうちに、声は消え入りそうに萎んでいく。とうとう私は肩で息をしながら、その場に座り込んでしまった。これ以上、どんなに唱えても無駄だと理解したからだ。

「……やっぱり、だめだ」

やっと生活魔法が使えるようになった、というのが現状の私なのだと思い知らされる。一足飛びに、なんでもできるわけがないのは分かっている。でも、私の心はひどく揺さぶられていた。

花舞いの儀まで、あとたった半月しかないのに。私はもうすぐ死んじゃうかもしれないのに。

——やっぱり、だめなのね。

数秒前の私が呟いたのと同じ言葉が聞こえてきて、ギクリと肩を跳ね上げる。

しかし、辺りを見回しても誰の姿もない。それも当然だった。その声は、私の脳に反響するように響いているからだ。

「アンリエッタ・リージャス……？」

確信する。以前にも聞こえてきたこれは、やはりアンリエッタ本人の声だ。

——何をしたって、だめなのね。

私の不出来さを責めるような口調ではなかったが、ネガティブなことばかり淡々と繰り返すアンリエッタに、なんだかむかむかしてくる。

「なんなのよ。たまーに出てきたと思ったら、文句ばっかり言って」

本当は私だって、アンリエッタになんて転生したくなかった。十六歳の女の子に向かって大人げないかもしれないが、堪えきれずに文句を言ってしまう。

「あなた……アンリエッタこそ、一年近く学園に通って何をしてたの？　少しだけでもがんばってくれたら良かったじゃない。そうしたら花舞いの儀だって、無事に乗りきれたかもしれないのに！」

感情的に声を荒らげる私に対して、反論はない。というのも、すでにアンリエッタの声は聞こえなくなっていた。代わりにその場に響いたのは——。

「リージャス」

驚いて振り返ると、そこにはハム先生が立っていた。

どうやら独り言は聞かれていなかったようだ。私はお尻《しり》の土を払って立ち上がりながら、おずおずと問いかける。

「あの、ハム先生。クラスのみんなは」

「全員が、すでに迷宮を出ておる」

……うん、そうだよね。私以外の生徒はみんな、いとも簡単に初級魔法を成功させた。この景色の中に取り残されているのは、私だけだったのだ。

「むりなもんは仕方がない。左隅の切り株が緊急用の出口になっておるから、そこに触れて迷宮を出るんじゃ」

ハム先生の口調には私への叱責が含まれていない。だからこそ辛かった。エーアス魔法学園は実力主義の学園だから、出来の悪い生徒に寄り添ってくれたりはしない。できないのなら、学園を去るべき。去りたくないのなら、やれるようになるべき。それだけのことなのだ。

「ノアは優秀な生徒じゃった。お前さんも気を落とさず、今後も修練を積むようにな」

「……はい」

兄妹といっても、私とノアに血の繋《つな》がりはほとんどない。なんてことは、ハム先生に言えるわけがなかった。

ため息を吐きそうになりながら、私はとぼとぼと切り株に向かって歩く。その一秒後。

――背後で、何かが大きく爆《は》ぜた。

そう私が思ったのも無理はない。まるで、唐突に台風のまっただ中に放りだされたような暴風が全身を襲ったのだ。

衝撃に巻き込まれた身体が容赦なく浮き上がり、吹っ飛ばされる。未《いま》だかつて味わったことのない未知の感覚に、私は叫ぶことしかできなかった。

「ひゃあああっ⁉」

そして偶然ながら、悲鳴を上げる私の手が切り株に触れた――。

──私が迷宮から出てきても、注目している人はいなかった。

クラスメイトはとっくに散らばって、楽しげに図書館内を歩き回っている。再び本に追われている生徒もいる。残りの授業時間は、図書館の見学時間として使われているようだ。

そんな平和な光景を、絨毯《じゅうたん》の上に四つん這いになった私は唖然《あぜん》として見つめていた。自慢の長く艶《つや》やかな銀髪はぐちゃぐちゃに乱れ、制服は跳ねた土で汚れている。

「い、今の、なに？　なんなの？」

まだ心臓が騒ぎ立てている。

だが気になることがあった。私よりも危うい位置で、先ほどの爆風に巻き込まれた人がいるのだ。

「ハム先生はっ⁉　まさか死──」

「これ、勝手に殺すでない」

うひぃっ。

謝罪する前に、いつの間にか背後に立っていたハム先生が唱える。

「【コール・ルーメン】浄化し、整えよ」

中級光魔法。そのおかげで乱れていた私の髪は櫛を入れたようにふんわりと広がり、服の汚れは染みひとつ残さず取れていった。

「あ、ありがとうございます」

慌てふためきながら立ち上がる私を、ハム先生は見ていない。その視線の先を追って、私はあっと声を上げた。

「迷宮の書が……」

絨毯の上に置かれていた本。つい先ほどまで私たちが入っていた本の装丁が、見るも無惨にズタズタに引き裂かれているのだ。まるで、私やハム先生を襲った暴風が本の外まで飛びだしてきて、容赦なく切り刻んだかのように――。

ハム先生が手に取ると、本は触れたところから灰になるようにぱらぱらと崩れ落ちていく。そのまま一冊の本は、跡形もなく消えてしまった。

「リージャス、授業の復習じゃ。迷宮の書が壊れる原因を述べよ」

えっ、急に出題？

しかし私は狼狽《うろた》えなかった。唐突な出題は、ノアのスパルタ教育で慣れている。

「迷宮の書が壊れる原因は、大きく分けて二つあるとされます。ひとつは、外側から書が破壊されるとき。本である以上、どうしても炎や水には弱いものです。ですが迷宮には魔法強度があり、それを超えない限り壊れることは絶対にないとされます」

「うむ」

「もうひとつは、物語の内容を誰からも忘れ去られたとき。その日が訪れれば、本は寿命を終えて自壊していきます。迷宮の書が壊れるのは、圧倒的にこの理由によるものです」

「よく復習しておるな」

そう言いつつ、老爺の目が疑《うたぐ》り深く私に向けられる。

「…………」

「…………」

「リージャス、何かやったか？」

「な、何もしてません！」

私はぶんぶんと勢いよく、首と両手を横に振って否定した。

「私は初級風魔法を何度も繰り返し唱えただけで、それも発動に失敗したんですから！」

課題をクリアできなかった挙げ句、演習用の迷宮まで破壊したなんて疑いをかけられては、堪ったものではない。弁償しろとか言われても困る。主にノアへの報告にすっごく困る！

「ふむ。そういえば迷宮の書も、風の刃で引き裂かれたように見えたような……？」

「よく分かりませんが、私にはまったく関係ないと思います！　ハム先生だって、私の魔法の実力はご存じでしょう？」

言ってて悲しくなっていると、ハム先生がやや申し訳なさそうに言う。

「そうじゃな。今のはワシが悪かった。そもそも迷宮を内側から破壊するような魔法など、今まで一度も聞いたことがない。そんな芸当は歴代の花乙女にも不可能じゃろうて」

「そ、そうですよね！　ただの事故か何かですよね！」

容疑者からは外れたようで、ホッとする。私はその傍からそそくさと離れることにした。

「しかしこれは……むむう……？」

離れたところから確認すると、短い腕を組んだハム先生が首を捻《ひね》っている。迷宮の書が壊れた原因ははっきりしないみたいだけど、私に余計な疑いが飛び火することは、もうなさそうだ。

胸を撫で下ろした私は、残りの時間をどう過ごそうかと思案する。正直、呑気《のんき》に迷宮図書館を見学するような心境じゃなかった。

ぎっしりと本が詰まった本棚の間を、息苦しく感じながら歩いていく。しばらくすれば、背後の喧噪は遠くなっていった。

辿《たど》り着いたのは、いくつかの鉱石ランプに照らされるだけの埃っぽく薄暗い空間だった。かなり奥まった場所にあるし、この一角にはほとんど本が置いていないようなので、他の人が好き好んで足を伸ばすことはないだろう。

私は背の低い本棚に背中をもたせかけるようにして、両膝《ひざ》を抱えて座り込む。頭を腕の上に置いて、大きなため息を吐いた。

耳が痛くなるほどの静寂だけが、私を見下ろしている。

アンリエッタを待ち受ける死の運命を変えるために、この二週間、必死にがんばってきたつもりだった。ノアに教えを乞うて、魔力について学んだ。瞑想に励み、魔力制御の特訓をしてきた。

それなのに私は、授業で出された簡単な課題ひとつクリアできなかったのだ。

「なんで、だめだったのかな」

情けなさに声が震える。前世の記憶を持っていても、なんにもうまくいかない。むしろエルヴィスの魔法薬の調合を邪魔したりと、失敗のほうが多いかもしれない。アンリエッタらしき声の主が、何度もネガティブな発言をする理由も分かろうというものだ。

「このままだと、本当にチュートリアルで……死ぬのかも」

言葉にすれば、今までなるべく見ないようにしていた恐怖が泡のように浮かび上がってくる。

ずしりと身体が重くなったとき——すぐ近くから、人の声がした。

「こんなとこで、何してんだ」

現れたのはエルヴィスだった。

顔を上げた私は、正面に立つ彼を見て顔を顰《しか》める。どうせまた私をからかいに来たのだろう。だが、今の私にはエルヴィスの相手をする余裕がない。

「なんでもない」

「なんでもないって顔じゃねぇだろ」

許可もしていないのに、エルヴィスは私の隣にどっかりと腰を下ろす。距離がやたら近いのが気になって、私はお尻で横に移動した。

「話してみれば」

隣を見ると、片膝を立てて座ったエルヴィスはこちらを見ずに正面に視線をやっている。端整な横顔が何を考えているのか、私にはよく分からない。

「……どうせ、ばかにするでしょ」

「しねーよ」

言い返してくる口調は存外静かなものだった。

そのせいだろうか。なんとなく、私は十数分前の出来事を話していた。宣言を守るつもりなのか、エルヴィスは表情を変えず、ほとんど相槌を打たずに話を聞いていた。

「なるほどな。それで落ち込んでんのか」

話の終わりには、納得したように頷《うなず》く。

けれどそのあとの反応はない。本当に話を聞くつもりしかなかったらしい。それが嬉しいような、切ないような、ちょっと複雑な気持ちになる。

ふつう、なんかあるでしょ。爆笑は論外だけど、慰めとか励ましとかさ。女の子が落ち込んでるのに、そういうのなんにもないわけ？

膝の上に頭を乗せて、じぃっと食い入るように見つめていると、エルヴィスはすぐに視線に気がついた。うざったそうに目を眇《すが》めている。

「なんだよ」

口調は粗暴だけれど、エルヴィス様だなぁ、と思う。頬に影を落とす長い睫毛《まつげ》も、宝石のような翠《みどり》の目も、人形のように整った鼻筋も。すべてが、私の大好きなエルヴィス様そのものだ。

それをまざまざと実感したとき、私はひとつの要求を口にしていた。

「……ジェネリック・エルヴィスして」

「は？」

「聞こえなかった？　ジェネリック・エルヴィスして！」

「いや、そうじゃなくて、ジェネリック・エルヴィスってなんだよ！」

「代替医薬品のエルヴィス様よ！」

私にもよく分からないが、とにかくそう言い張る。その場に正座すると、胸に手を当てて勢いよく説明を始めた。

「落ち込んだ私にはエルヴィス様による癒やしが必要なの。この際、ジェネリックでも構わないわ。顔と声と身体は紛うことなきエルヴィス様なんだから！」

「お前、マジで何言ってんの？」

自分でも突拍子もないことを言っている自覚はあったが、思いつけばもう止まらない。今までエルヴィスには散々恥ずかしいところを見せているのだ、今さら何を躊躇《ためら》うことがあるのか。

私は制服のポケットから生徒手帳を取りだし、振り返って本棚の上にそれを置く。後ろの余白のページを開くと、一心不乱に文字を書き連ねていった。

エルヴィス様にしてほしいこと、と思うだけで、湯水のように頭の中に文字が浮かんでくる。叶《かな》うならば、エルヴィスルートでの名台詞《ぜりふ》を生で聞きたい。それと耳元でかわいい、好き、もう離さない、愛《いと》おしい人、キスしたいとか囁《ささや》いてほしい。

しかし過度な要求はエルヴィスにも酷だろう。あくまでジェネリック処方なのだと弁《わきま》えなければ。いくばくかの冷静さを取り戻した私は、三ページを消費したところで満足するとページを破り、エルヴィスにそっと手渡した。

「そこに書いたことを、精いっぱいの思いやりを込めて唱えながら私を励まして。想像を膨らませるために両目を閉じておくから、むりに表情は作らなくていいから！」

「…………」

一ページ目に目を落としたエルヴィスの表情筋は完全に引きつっている。自分がとんでもない事態に巻き込まれていると思い至ったらしい。

「おい、これ。おま」

「一生のお願いだからー！」

私はその場に身を投げだすようにして土下座する。

勝手なことを言っている自覚はあった。普段はエルヴィス様の振りをしているエルヴィスにうんざりしているくせに、調子良く彼を利用しようとしているのだから。

もうエルヴィスはちんぷんかんぷんだろう。呆れて帰ってしまうかもしれない。私の妄想癖をクラスで言い触らすかもしれない。もう、それでもいい。どうなったっていい。

すると一世一代の覚悟で待ち続ける私の耳に、こほん、と咳払いの音が聞こえた。

それだけで心音が、怖がりの兎《うさぎ》のように跳ねる。両目を閉じたままその場にぺたんと座り直す私の耳朶《じだ》に、さらに響くのは。

「……アンリエッタ嬢。アンリエッタ嬢は、いつもがんばってますね」

「っ」

「がんばりやのアンリエッタ嬢は、とっても偉いです」
エ、エ、エルヴィス様だぁあっっ……！
感激と興奮で声が漏《も》れるのを押さえるために、私は口元に両手を当てる。閉じた目蓋の合間からは涙がにじんだ。きゅううううん、と胸の真ん中がトキメキの鐘を鳴らし、全細胞が喜びの声を上げているのが分かった。

男性にしては少し高めの声は、耳にしているだけで心地よい。演じるエルヴィス自身の照れがあるのか、やや舌っ足らずな口調もヒロインと出会ったばかりで甘さより羞恥心がにじんでいた時代のエルヴィス様の再現度が高く、非常にポイントが高い。点数をつけるなら控えめに見積もって百億点満点。

「あなたはとても素敵な女性です。まぶしくて、ときどき直視できないほどに」

ヤバい。幸せ三大ホルモンがどばどば放出されている。

「そんなあなたでも、辛くて、めげそうになるときがあるかもしれません。でもそんなときは、僕のことを思いだしてください。僕も、いつだって……あなたのことを、想《おも》っていますから」

むしろ麻薬？　麻薬かな？

私はさらにその声をよく聴こうと、やや前傾姿勢になりながら全神経を集中させて意識を研ぎ澄ませる。

ここから後半戦が始まるのだ。一字一句聞き逃さず、脳髄に刻まなければ！

そんなことを決意した直後。

「っ……？」

鼻先を森林の香りがくすぐる。なぜか私は、エルヴィスに抱きしめられていた。

え？　何事？　と驚いて身動《みじろ》ぐが、エルヴィスはびくともしない。

さすがに、抱きしめてほしいなんて紙に書いた覚えはない。混乱のまま心臓が高鳴るが、背に回された腕は優しく、温かかった。

その腕に包まれていると、次第に、自分でも不思議なくらい心が安らいでいく。そんな私の耳元をくすぐるように落とされるのは、紙に書いた通りの言葉だ。

「きっと大丈夫。あなたなら、どんなことでも乗り越えられます。僕が見ています。あなたの傍に、いますから」

その響きには、演技とは思えないほど強い思いが込められている気がして、また胸がドキドキしてしまう。

そんな私の髪を撫でながら、エルヴィスが続ける。

「あなたは、死んだりなんてしません」

書いた覚えのないことを囁かれれば、私は思わず息を呑《の》む。

もしかして、エルヴィスには——私の独り言が聞こえていた?

チュートリアルという言葉の意味は分からなかっただろうけど、何か大きな不安を抱えていることには勘づいたのかもしれない。それで、こんなふうに抱きしめてくれたのだろうか。

だとしたらエルヴィスは、エルヴィス様には負けるけど……私が思っているより、本当は優しい人なのかもしれない。

どちらからともなく私たちは身体を離す。目を合わせられないまま、私は声を絞りだした。

「あり、がとう。かなり、元気になったかも」

まさかエルヴィスが、ここまでしてくれるなんて思わなかった。ジェネリック・エルヴィスのリップサービスはあまりに手厚かった。

すると身体を離すなり後ろを向いたエルヴィスは、ぐしゃぐしゃと自分の髪を掻《か》き乱《みだ》している。

不審に思って見つめれば、ひとつの変化に気がつく。

「どうしたのエルヴィス。耳、赤いけど」

乱れた茶髪の間から見える耳が、朱の色に染まっている。

「……なんでもねーよ」

すっくと立ち上がった背中が歩きだしてしまうので、私は焦って声をかける。

「あのっ、今日のお礼。私にできることなら、なんでもするから！」

「いい。弱った女に何か要求するほど、落ちぶれちゃいない」

「遠慮しないで！　また頼むと思うから！」

漫画のようにエルヴィスが転《こ》けた。

ようやく振り返った彼の顔は、びっくりするくらい真っ赤っかである。

「ッおい。さっき一生のお願いって言ってただろ！」

「だって、ドキドキしたけどすっごく落ち着いたし、幸せだったから。ジェネリックでも効き目十分だった。というか最高だった！」

目の前の問題は何も解決したわけじゃない。それでも推しの温かな言葉の数々が、こんなにも私を元気にしてくれた。

心からの感想を述べれば、エルヴィスは大きな手で自分の顔を覆《おお》っていた。

「お前、マジでさぁ……」

「え？　なに？」

にこにこしながら首を傾げれば、ジト目をしたエルヴィスが盛大なため息を吐く。

「なんでもない。じゃーな、アホ」

「あっ、ちょっと。エルヴィス？」

それ以降は呼んでも振り返らず、エルヴィスは本棚の間をすり抜けて去ってしまう。

今だけは、もうちょっと話していたかったのにな。普段は飄々《ひょうひょう》としているが、慣れない真似をしてエルヴィスなりに照れていたのだろうか。

「あいつも、少しはかわいいところがあるじゃない」

その後、しばらくジェネリック・エルヴィスの記憶を反芻して悶えまくってから、私は出入り口のほうに戻ろうと立ち上がる。

来たときと同じように代わり映えのしない館内を歩いていると、前方をさっと横切る人影があった。

ん？　今のって、イーゼラ？

本棚の陰からそぅっと顔だけ出して様子を窺うと、珍しくひとりのイーゼラはこそこそと本棚の間を動き回っている。

見るからに怪しい。こそ泥のようだ。

私はなんとなく足音を殺して、イーゼラのあとを追う。幸い気づかれることはなく、イーゼラはとある本棚の前で立ち止まった。

本棚に張りつくように背表紙に目を走らせたかと思えば、一冊の本を手に取る。すると隠しきれない高揚感をにじませて、小さな歓声を上げた。

「ありましたわ、これですわね！　この本さえあれば、エルヴィス様もわたくしを――」

「エルヴィス？」

思わず呟くと、イーゼラが振り返る。

「んまっ。アンリエッタ・リージャス！」

私を視認したとたん、イーゼラの厚い唇の形がンゲェーという感じに歪む。いやがりすぎでしょ。

取り乱しながらも本を戻すイーゼラを見つめて、私は首を傾げた。

「イーゼラ、こんなところで何してるの？」

「別に、なんでもありませんわ！」

「いだっ」

わざと私に肩をぶつけて、イーゼラが去っていく。

相変わらず腹立つなぁ、悪役令嬢め。私は痛む肩をさすりながら、本棚を見上げた。

ええっと、イーゼラが見ていた本はこれだったかな？

背表紙に書かれた掠れ気味のタイトルは、『一年生のための薬草図鑑』。きっといろんな薬草が出てくる迷宮なんだろうな、と簡単に想像がつくものだ。

だが手に取ってみると、タイトルの取っつきやすさとは真逆に――その本は、何十本もの太い紐で縛られて厳重に封印されていた。

表紙を眺めるだけで、背筋がぞわりとする。危険すぎる何かが、この本の奥から私のことをじぃっと見つめている気がした。

私は慌ててそれを本棚に戻した。あと一秒でも長く触れていたら、指先さえ本に侵食されてしまうような、そんな恐ろしい予感がしたからだ。

そういえば、とそこで私は思いだす。午前中にエルヴィスが話していたことを。

『この前、魔法薬学の先生が言ってたんだけどな。迷宮にある本の中でしか手に入らない、幻の薬草の話』

そして先ほどの、意味深なイーゼラの発言。

『この本さえあれば、エルヴィス様もわたくしを――』

……いやいやいや。まさかね？

第四章　乙女よ、ドラマCDを履修せよ

迷宮図書館の授業から一夜明けて。

早起きした私は、今日も瞑想に取り組んでいた。今では日課となった瞑想を終えたところで、侍女のキャシーが私を呼びにやって来る。

「お嬢様、ノア様がお呼びです」

聞こえない振りをしてベッドに寝転がりたくなったけど、なんとか我慢する。

びくびくしながら執務室を訪ねてみると、開口一番ノアが言い放った。

「今日の特訓は休みだ」

「はい？」

言い間違いかと首を捻《ひね》る。しかしノアが言い直さないので、私は怖々と問うた。

「お兄様、もしかしてお身体《からだ》の具合でも悪いのですか？」

「なぜそうなる」

だって怪しいんだもん、とは言えない。

どうやら、ノアには何か裏がありそうだ。ここで私が呑気《のんき》に「じゃあ遊びに行ってきます！」とはしゃごうものなら「ふざけるな、そんな暇があると思うのか愚かな落ちこぼれめ」と激怒され、さらに厳しい特訓が課せられるパターンだろう。

むしろそれ以外は考えられないが、私だって少しは成長している。見え見えの罠《わな》に引っ掛かるもんですか！

「いいえ。私は本日も誠心誠意、魔力制御の特訓に励みます！」

私はきりっとした真顔で答えた。文句のつけようのない真面目《まじめ》かつ勤勉な態度である。これにはノアもびっくりかつ大感激して、少し手心を加えようと思い直すことだろう。

だがノアは、やれやれと言いたげに肩を竦める。

「そう疑うな。罠にかけるつもりはない」

あれっ、心が読まれてます？

「睡眠や食事だけでは、魔力は回復しても気力を万全にはできん。……お前はこの二週間、よくやっていた。たまの息抜きくらい必要だろう。俺《おれ》も午後は出かける用事があるから、指導ができないしな」

「お兄様……」

もしかして、と思う。すっごく、すっっごく分かりにくいけど――これって、ノアなりに私を気遣ってくれてるのかな？

だとすると私は、彼に申し訳ない。だってノア、たぶん誤解していると思うのだ。

授業の内容は逐一報告しているので、昨日の迷宮での失敗についてもノアは知っている。その際に私は、ジェネリック・エルヴィスの囁《ささや》きや抱擁を思い返しては、目元にハンカチを当てて感激の涙を耐えたり、口元を覆《おお》って限界オタクの嗚咽《おえつ》を堪えたりしていた。

私の報告の間、ノアは執務机に向かって仕事をしていたが……そんな私のいろんな仕草を、失敗を引きずって泣きそうになっているものだと解釈してもおかしくない。

しかしそんな事実を冷血な兄相手に馬鹿《ばか》正直に打ち明ければどうなるだろうか。決まっている。私の首は確実に胴体から離れることになるだろう。

そこで私はいかにもむりをしてますよという感じの、儚げな笑みを浮かべて答えた。

「お気遣いありがとうございます、お兄様……」

しずしずと執務室を辞した私は、そこで待機していたキャシーに目を輝かせて伝える。

「キャシー、街に出かけましょう！」


こうして私は街へと繰りだした。

普段は学校の行き帰りで往復しているだけの道に、馬車で降り立つ。

お出かけ日和の、冬晴れの日。澄んだ空気を肺いっぱいに吸い込んで、私は心の中で元気よく叫ぶ。カレンと攻略対象が、よくデートしてた街だー!!

カルナシアの王都セディムは、カラフルなパステルカラーの建築物が立ち並ぶおしゃれな街だ。北の外れに魔法学園、中央に王城を抱えるセディムは言わずもがな、国内でも主要な物流拠点のひとつである。隣町の港からは毎日のように商品が運ばれてきて、衣服も食べ物も魔法具も、目移りするくらい多くの品が揃《そろ》えられている。

ゲーム本編ではあまり出てこなかったけど、東洋の国の文化や特産品も入ってきているという設定だったはずだ。もし日本料理が食べたくなったら、食材や調味料を買い集めてみようと思う。前世ではほとんど自炊してなかったから、簡単なものしか作れないけど、最近はしょうゆや味噌が恋しいのだ。

週末というのもあってか普段以上に人混みで賑わう道には、エーアス魔法学園の生徒も多い。日頃から魔法の訓練に取り組む生徒たちにとって、休日の街は憩いの場所である。

背景イラストだけでは分からなかった細部まで眺め回す私はお上りさん全開だっただろうが、キャシーは明るい声で話しかけてくれる。

「お嬢様、やっぱりとてもお似合いですね！」

えへへ、そう？　衒《てら》いのない褒め言葉に、私は思わずはにかんでしまう。

休日なので、外出時の制服着用の義務はない。そこで今日の私はおめかししていた。

深藍色のドレスは装飾やフリルが少なく上品なデザインだ。身体を冷やさないように、ドレスの上からは黒い外套をまとっている。

お出かけと聞いたキャシーは私以上に張りきっており、手間暇かけて私の髪を梳《と》かしあげ、化粧を丹念に施してくれた。というのもアンリエッタは年頃の少女らしくなく、週末に屋敷に戻ってきても引きこもりがちだったらしい。そんな主人が街に出かけると言ったのだから、侍女としては腕の見せ所だったのだろう。

そんなキャシーの努力の甲斐あって、本日の私は可憐極まりなかった。

なんせ素材はピカイチのアンリエッタである。何を着てもびっくりするくらい似合う。キャシーに変に思われるので、今朝《けさ》はあんまり鏡に見惚《みと》れてばかりもいられなかったが。

「本日はどちらでお買い物をされますか？」

「そうね、まずは魔法具店から回りたいわ」

意外な回答だったのだろう、キャシーがぱちぱちと瞬きする。

「ほら。魔法の発動を手助けするとか、集中力が持続するとか、精神が安定するとかね。そういう便利な魔法具を手に入れたいの」

もっと早く思いつかなかったのが不思議なくらいだ、と自分でも思う。

アンリエッタには、リージャス家から――というか、ノアから支給されているお小遣《こづか》いがある。ゼロの数が多すぎて、一般家庭出身の私からすれば白目をむくくらいの金額だ。

世の中のことは、だいたいお金の力があれば解決する。これぞ現代日本を生き抜いてきた私が辿《たど》り着いた真理。お小遣いパワーで便利なアイテムを買いあされば、初級魔法なんてあっという間に使えるようになるのではなかろうか。

最初は似たような効能を持つ魔法薬を買おうとしたのだが、どれもお値段が張るわりに、一時的な能力上昇の役には立っても常用には向かないらしい。そこで魔法具を探したわけだが、魔法学園の購買には売っていなかった。

私と同じことを思いついた他の生徒が買い占めてしまったんだろうけど、街中ならどんな魔法具でも揃っているはずだ。うん、私ってば冴《さ》えてる！

「さぁ、行くわよキャシー」

「あ、はい！」

キャシーは緊張した面持ちで頷《うなず》くと、「それではあちらの魔法具店から……」と私を案内してくれるのだった。

――そうして、二時間足らずで買い物を終えたとき。

私は、頭の上に禍々《まがまが》しく絡《から》み合《あ》う二体の人形、顔には幾何学紋様が描かれた仮面、それに星モチーフの巨大な耳飾り、左腕には紫色の鎖のブレスレットを巻きつけていた。偶然ながら黒い外套とも雰囲気がマッチしていて、いい感じである。

「さて、これくらいで買い物はいいかしらね」

明るい気持ちで九店目の魔法具店をあとにして、賑わう大通りに出る。

そんな私を目にしたとたん、幼い子どもは硬直し、声を上げて泣き始めた。その親が私を見るなり悲鳴を上げ、通りを歩く人波がざぁっと引いていく。気持ちは海を割るモーゼである。

「あれ、まるで邪神の……」

「街中であんなに堂々と？　あり得ないだろう」

よく聞こえないが、ひそひそと何かを囁き合っている人たちもいる。

「出がけはあんなに、あんなに素敵な装いだったのに……！」

「何言ってるの、服は何も変わってないわよ。でも家に帰ったら、さっきの店で買ったドレスに着替えるわね」

「今日はドレスや小物を新調されるとばかり思っていたのに！」

「だから、ちゃんと買ったじゃない。精神安定ドレス」

「あれはドレスとは呼べません……」

さめざめと泣くキャシーを引き連れて、すっかり人気《ひとけ》の少なくなった大通りを歩く。

ご機嫌に道を行く私は、そこで足を止めた。通りかかったのは、女性向けの装飾品を扱うお店の前だ。ショーケースには、かわいらしいリボンがいくつも並んでいる。

「キャシー。この赤いリボン、あなたの髪色に似合うんじゃないかしら」

興味を引かれたのか、ハンカチで目元を拭いたキャシーがまじまじとリボンを見つめる。しかし、それとなく値段を見たところで目を伏せてしまった。

「とても素敵ですけど、あたしにはもったいないですね」

私が聞きだしたところによると、彼女は地方貴族の出身らしい。伯爵家でもらう給金はそれなりの額だと思うけど、家に仕送りもしているというから、あまり自分のためにお金を使う余裕がないのかもしれない。

それならば、と私は胸を叩《たた》く。

「じゃあ、私からあなたにプレゼントさせて」

「えっ？　でも」

「普段からお世話になっているから、そのお礼よ」

授業やら特訓やらで忙しくあまり構えていないが、今後のためにもキャシーとはもっと仲良くなっておきたい。それに年頃の女の子が自分のための装飾品も買えないだなんてあんまりだ。

私がキャシーと同じ十五歳の頃なんて、毎日だらだら学校に通い、友達と遊び、お母さんに食事やお風呂《ふろ》を用意してもらって自堕落に生活していた。この世界と私のいた世界の常識は違うけど、キャシーの働きには誠意を返したい。

「お嬢様。お気持ちは嬉《うれ》しいんですが、店員が驚くと思うので次の機会に」

「すみませーん、これくださーい」

「お嬢様！　せめて仮面だけでも外してください！　お嬢様ー！」

店内でも一悶着あったが、なんとか目当てのリボンを購入することができた。

キャシーは感激したのか途中から泣き笑いのような表情を浮かべていた。彼女のポニーテールを彩《いろど》る赤いリボンに私は目を細める。

「思った通りよ。かわいいわ！」

「あ、ありがとうございます。お嬢様」

私が太鼓判を捺《お》すと、キャシーが照れくさげに微笑《ほほえ》んでお礼を言う。これで問題児のお嬢様、から多少は格上げされたかもしれない。

買い物疲れした私たちは、円形広場へと足を向ける。

この広場からは放射状に五つの通りが延びていて、その形が空から眺めると花のように見えることから、花色広場と呼ばれ親しまれている。周りを木々や季節の花が咲く花壇が囲んでおり、とても居心地のいい場所だ。

いくつか屋台が出ているので、キャシーがクレープシュゼットを買ってきてくれる。四つ折りにしたクレープで、確かフランスの料理だったはずだ。空いている木陰の席に座り、カットしたオレンジとカラメルソース、それにバターの効いたクレープ生地を味わう。疲労回復に甘いものは最適だ。私が着席したとたん、周りからごっそり人がいなくなったのは……たぶん気のせいだろう。

お皿はすぐに空になる。口元を軽くナプキンで拭った私は、キャシーに話しかけた。

「キャシー。これから、お兄様にも賄賂……じゃなくてプレゼントを買おうと思うわ」

「ノア様にですか？」

「ええ。お兄様にはお世話になっているもの」

でもキャシー。男の方って、どういうものをお渡ししたら喜んでくださるのかしら？　なんて、小首を傾げてかわいらしく相談したりはしない。

なんてったって私は、『ハナオト』をプレイしているのだから！

攻略対象の趣味嗜好、好物や苦手な物。分からないことなどひとつもない。乙女ゲーマーとしての知識を総動員すれば、ノアの好物をプレゼントするなんてお茶の子さいさいである。

好みに合うものをプレゼントされて好感度を上げない攻略対象なんていないし、そんなやつは攻略対象の風上にも置けない。この機会に、冷風吹きすさぶノアの好感度は少しでも上げておくべきだろう。焼け石に水かもしれないけど。

……と思いつつ、正直ちょっとせこい気もする。

だがしかし初見の乙女ゲームをプレイするとき、攻略サイトを見ない人間がいるだろうか？

まぁ、そういう人もいるのかもしれないけど、少なくとも私は違う。社会人になってからは攻略にミスって一からやり直す体力がなくなり、スマホで攻略サイトを開きながらゲーム機を操《あやつ》るタイプにシフトチェンジしていた。

というか別に、これは卑怯《ひきょう》なことではない。私は前世で獲得した知識を用いて、人間関係を円滑にしようとしているだけなのだ。いったい誰《だれ》に責められることがあるだろうか。

「ちょっと歩いて、お店を探してみようかしらね」

えーっと。背景イラストでよく見かけたあのお店って、どの通りにあるんだったかな?

それぞれの通りの名が書かれた看板を見ながら立ち上がった私は、そこでぴたりと硬直した。人通りの向こうから歩いてくる人物に気づいたからだ。

あの遠目でも目立つ赤毛――間違いない、ラインハルト!

「キャ、キャシー。次はあっちの通りに行くわよ」

私はきょとんとするキャシーの背中を押して、見つからないうちに移動しようとした。

だがこういうときばかりは鋭く、ラインハルトの視線が私を捉《とら》える。ラインハルトは両目を見開くと、大股で近づいてきた。くっ、ゲームみたいにクイックロード機能があれば良かったのに!

こうなると知らない振りもできず、私は舌打ちしつつ彼に向き直る。

一応お忍びの体なのか、ラインハルトは飾り気のない服を着ている。むしろそのせいで本人の素材の良さが浮き彫りになっているし、背後に三人の護衛――ノアの同僚だろう【王の盾】を従えているのもあり、高貴な身分はまったく隠せていなかったが。

ずんずん近づいてきたラインハルトが、私の前で立ち止まる。

「巡回の騎士は何をしている。こんな怪しげな女に往来を歩かせるな」

ぴく、と私は眉《まゆ》を寄せた。出会い頭に、ずいぶんなご挨拶《あいさつ》じゃないか。

しかし仮にも王太子が相手となると、売り言葉に買い言葉というわけにはいかない。私は努めて心を落ち着かせると、カーテシーを披露した。

「ごきげんよう、ラインハルト殿下」

返ってくるのは沈黙だ。不審に思って顔を上げると、ラインハルトはなぜか親の仇《かたき》を見るような目で私を睨《にら》んでいた。なんで？

「その仮面や奇妙な装飾品、さては俺を狙《ねら》うドロメダ教の刺客か。即刻取り押さえろ」

「はっ」

なぜか私は【王の盾】に取り囲まれた。

そのうちのひとりに腕を掴《つか》まれそうになり、仰天する。なになになにっ⁉

「殿下！　わ、私ですよ、私！」

オレオレ詐欺みたいな主張をしつつ、仮面を外してみせる。顔の上半分を覆っていた仮面が取れると、ラインハルトが「んなっ」と声を上擦らせた。

「おま——アンリエッタ・リージャスッ⁉」

素っ頓狂な悲鳴じみた叫びに反応して、【王の盾】が私の傍から飛び退く。「リージャスって、ノア殿の妹？」「嘘《うそ》だろう、これが？」なんてやり取りも聞こえてくる。これってなんだよ、これって。

「こんなところで何をしている。というか、その珍妙な格好はなんなんだ」

とりあえず私は事の仔細を説明した。黙って話を聞くラインハルトはそれなりに真剣な顔をしていたが、途中から小刻みに震え始め、やがて耐えかねたように噴きだした。

「魔法効果を補強する魔法具ならまだしも……精神の安定？　集中力の持続？　そんな効果を持つ魔法具、見たことも聞いたこともないぞ」

「でも、近くの魔法具店で買ったものですよ。この左腕のブレスレットなんて、なんと一か月間身につけるだけで筋肉量が三倍になって、魔力を練り上げる速度が五倍になるって店主が！」

意気揚々と店主直伝の売り文句を語ってみせるが、ラインハルトは冷めた顔つきになる。

「そんな紛い物を恥ずかしげもなく並べていたのはどこの店だ？　どうせ、魔法省から正式に販売許諾を得ている魔法具店ではないのだろう？　つまりお前は、効果が保証されていない魔法具を高値で売りつけられただけだ。世間知らずだと見抜かれて、格好のカモにされたわけだな」

ぐ、と私は言葉に詰まる。キャシーの案内してくれたお店では、そういった商品は取り扱っていないと申し訳なさそうに断られるばかりだったのだ。だから私は裏路地などに構えた怪しげな店に、片っ端から入っていった。キャシーが止めるのも聞かずに……。

私はむっすりと頰《ほお》を膨らませた。

「……まじない程度の効果しかなくても、こっちは藁《わら》にも縋《すが》りたい思いなんです。別に殿下に迷惑はかけてませんし、いいでしょう？」

「何を言っている。不審者に王都を歩かれたら王家の権威が下がるだろう」

当然のように言い返された。

「不審者なんて言いすぎです！　私はちょっと珍しい魔法具を身につけてるだけなのに！」

「そこの侍女。不憫《ふびん》な主《あるじ》に鏡でも見せてやったらどうだ」

「は、はいっ。ただいま」

ラインハルトに声をかけられたキャシーが、慌てて私に手鏡を向ける。

頬を膨らませながら見てみると、そこには真っ黒くて不気味な人形を頭に乗せ、巨大な耳飾りをつけ、左腕に中二病をこじらせたような鎖を巻きつけた人物が映っていた。

「えっ、なんなの、この珍妙かつ奇抜で異様なアクセサリーの数々を身につけた不審者は⁉」

誰？　いったい誰？　あれ、もしかして。

これが、私……？

「いわゆる――魔法具ハイ、だな」

侮蔑ではなく哀れみを瞳《ひとみ》に浮かべたラインハルトは、混乱する私を一言で評する。

「エーアス魔法学園に入学したばかりの一年生が、授業に追いつけなくなると陥《おちい》りがちな現象だ。いかがわしい魔法具を手当たり次第に買い漁って一時の自信を得るんだが、実力にはまったく反映されず我に返ったときには懐も寂しくなっているという。まぁ、ここまでひどいのにお目に掛かるのは俺も初めてだが」

私はショックのあまり、痙攣《けいれん》するようにわなわなと震える。

ま、魔法具ハイ。この私が、魔法具ハイ。

正直、自分ではちょっとイケてる気がしていた。今まで見たこともないようなアイテムを身につけることで、蛹《さなぎ》が蝶に羽化していくような快感を覚えていたのだ。

だが鏡に映る私は、表通りを歩いてはいけないタイプの人間になっていた。これに仮面もセットになっていたのだから、人々が私を避けたのもさもありなん。目が合っただけで呪われそうだ。

私が呆然《ぼうぜん》としていると、向こうの通りから爆竹が弾《はじ》けたような音がする。私の気も知らないで、ウェイ系の若者が昼間から盛り上がっているのだろうか。腹立つ。

【王の盾】のひとりが「見てまいります」とその場を素早く離れる。そんなに大きい騒ぎじゃなさそうだけど、王太子の安全確保のために念には念を入れて、ということなのだろう。

その間も、ラインハルトはぶつぶつと何か言っている。

「しかも偶然のようだが、邪神ドロメダにそっくりの外見になっているぞ。紛らわしい」

私が小首を傾げると、ラインハルトは眉間に皺《しわ》を寄せる。

「邪神ドロメダ?」

「知らないのか? 隣国アリエスで信仰されている女神だ。説明すると長くなるが、簡単に言えば我らが花女神エンルーナに仇《あだ》する邪教だな。隣国では星女神ドロメダ、と呼ばれ崇拝されている」

「あー……」

私はゲームの知識を思い返す。前世ではあまり宗教を意識することはなかったけれど、『ハナオト』の世界では国ごとに別々の神が信じられていて宗教が盛んなのだ。

カルナシア王国で信奉されているのは花女神エンルーナ。国民に魔力を与えているのはエンルーナと信じられているので、支持が厚いのは当然だ。

これに対してアリエス帝国では、同じ立場にある星女神ドロメダが人気を誇るわけだが、ラインハルトが邪教と断じたのは隣国との関係値が最悪だからだ。

帝国には百年前に花乙女を国がらみで誘拐しようとした疑いがあり、それ以降、国交はほぼ断絶状態にある。最近も王族がドロメダ教徒から命を狙われる事件があったとかで、両国は一触即発の空気になっている。一部の暴徒の行いだと帝国は主張しているが、王国側は聞く耳を持っていないのだ。

ラインハルトや隠しキャラのルートではこの隣国が関《かか》わってくるのだが、エルヴィスルートにはぜんぜん関係してこないので、無意識に頭の片隅に追いやっていたらしい。また近いうちにノートを読み返しておかなくては。

だが今はそれよりも重要なことがあった。

「え？　もしかして、その邪神とやらと私の外見が似てるってことですか？」

「もしかしなくても、そう言っている。頭に趣味の悪い人形を乗せているのも、顔を隠す幾何学模様の仮面も、耳飾りの形状までけっこう似ているぞ」

「それはもはや、邪神が私の真似をしているのでは？」

本気で疑わしげな顔をしていたら、ラインハルトがため息を吐いてキャシーを見やる。

「そこの侍女、同情しよう。このじゃじゃ馬に仕えるなど、並大抵では務まるまい」

「お、恐れ入ります王太子殿下！」

なぜか私そっちのけで分かり合っている二人だった。

しかもキャシーの頬は赤くなり、まぶしげにラインハルトをちらちら見ている始末である。私の侍女が見た目だけの王太子に誘惑されては堪らないので、焦《あせ》りながら割って入る。

「ラインハルト殿下は、本日はこちらで何を？」

「俺は傷んだ剣帯を新調しに来たんだ」

「へぇ、剣帯……」

なんだかその単語が胸に引っ掛かるような気がして、首を捻る。なんだっけ、と思いながら何気なく薄青い空を見やったときである。

「――え？」

太陽とちょうど重なる位置。商店の屋根の上から、真っ黒い影がさっと躍り出た。

見間違いかと片目をこすったときには、事態は急転していた。私たちの周りを、屋台の裏やテーブルの下から飛びだしてきた五人組が取り囲んでいたのだ。

目深にフードを被って顔を隠し、いかにもといった感じの黒ずくめの装束を身にまとった彼らは、それぞれの凶器を握っている。これこそがラインハルトを狙う本物の刺客なんだろうと、私は不思議と冷静に考えていた。

「きゃああっ！」

陽光を反射して禍々しく光る刀身にキャシーが甲高い悲鳴を上げ、広場で和んでいた人々が異変に気づいて逃げ惑う。その混乱を合図にするようにして、五人が一斉に襲いかかってきた。

【王の盾】の二人は、腰に佩《は》いた剣を抜刀してこれを食い止める。さすが選び抜かれたエリートなだけあり、人数差があってもそう簡単にはやられないが……。

今思えば、先ほどの爆竹は護衛を誘いだすためのものだったのだ。騒ぎを起こされたことで、こちらは戦える人数をみすみす減らされてしまったのである。

午後の広場に不釣り合いな剣戟《けんげき》の音が鳴り響く。

たった数秒で、私が立つ場所は戦場へと様変わりしていた。護衛に向かってテーブルを蹴倒《けたお》し、その剣先を紙一重ですり抜けた暗殺者のひとりがラインハルトへと迫る。

「王太子、覚悟！」

鎌のような形状の武器を持つ男が叫ぶのを聞いたとき、時間が止まったような気がした。

ゆっくり流れる景色の中で、私の脳裏を走馬灯のように過《よ》ぎったのはドラマＣＤの記憶だ。『ハナオト』限定版予約特典のドラマＣＤ。時系列的には本編二週間前――まさに今日――攻略対象がカレンに出会う前の何気ない一日を描いたミニストーリーが五本収録されたものだ。

ラインハルトのストーリーは、彼が剣帯を新調するためにお忍びで街を訪れるというもの。買い物の帰り道、暗殺者集団に襲われるが、街に来ていたノアが見事な剣の腕前でそれを撃退することで、ますますノアに心酔するようになるという内容だったはずだ。

だけど私の視界にノアの姿はない。ドラマＣＤと違って、まだノアはこの場に駆けつけていない。

幼い頃から自身を鍛えているラインハルトは、剣にも魔法にも優れる才気溢《あふ》れた若者だ。エーアス魔法学園で年に一度行われる闘技大会では、炎魔法の使い手として周囲を圧倒し、華々しく二年連続の優勝を決めたことからも天才の呼び声が高い。

そもそも本来の彼の実力が発揮できたなら、ノアがおらずとも暗殺者の凶刃なんて簡単に跳ね返せていただろう。――ドラマCDと同じように、はぐれた親を捜す男の子が、暗殺者とラインハルトの間に立ってさえいなければ。

その瞬間、私の目の前で。

ラインハルトが男の子の腕を引っ張り、自分の後ろに庇う。

「ッ、【コール……】」

唇は暗殺者に向かって小さく動いている。魔法の詠唱をしているのだ。

それはたぶん、正しい判断ではないのだと思う。王太子である彼は、誰よりも安全な場所に隠れなくてはいけないはずだ。

でも私は、かっこいいじゃん、と思う。カルナシアの王太子は、とっさの判断を迫られたとき、自分ではなく目の前の子どもを身を挺して守ろうとする人なのだ。

だから私は、そんな彼を守るために暗殺者とラインハルトたちの間に飛び込む。

背後で、驚いたようにラインハルトが息を呑《の》む音すらはっきりと聞こえた。恐怖をかなぐり捨てるように不敵に笑った私は、手に持っていた仮面を再び装着している。

そうだ。ドラマCDの後日談で、ノアはラインハルトに報告していた。捕まった男たちを取り調べたところ、その正体は女神エンルーナに反発する、邪神ドロメダの暴徒だったと――！

「止まれー！」

息を吸った私は、空に響き渡るような大声で叫んでいた。

私に迫っていた鎌が寸前で動きを止め、くっと後ろに引かれる。頬のすぐ横で、自慢の銀髪が数本切り飛ばされた。

正直泣きそうなくらい怖かったが、広げた両手と両足にますます力を込めて踏ん張る。男の目は、信じられないというようにそんな私を見つめていた。

「あ、あなた様は——ドロメダ様⁉」

「そうだ。我こそが、お前たちの崇拝する星女神ドロメダ様だー！」

喉《のど》に力を込めて言い張る。ドロメダがこういう口調で喋《しゃべ》るのかは分からないけど、とりあえず自信満々にしておいたほうが説得力は増すはずだ。

後ろで戦っている暗殺者たちもこちらに気を取られると、【王の盾】は隙を見逃さず攻勢に出ている。足元にはすでに二人の暗殺者が倒れているので、この調子なら近いうちに決着がついてラインハルトのもとに駆けつけてくれるだろう。

そう信じて、私は必死に時間稼ぎを続ける。

「哀れな教徒め、なぜ王太子の命を狙うのだ。我はこんなこと命じておらんぞー！」

「そ、そんな。我々はドロメダ様のご意志に従って……」

おお、意外なことになんか押しきれそうな空気になってきたぞ。私はさらに畳みかけようとしたのだが、ここで邪魔が入ってしまう。

「騙《だま》されるな。ドロメダ様の喋り方がおかしいぞ！」

「そうだ。それに星巫女《ほしみこ》様の託宣では、ドロメダ様はもっと口数が少ない！」

えっ、そうなの？

というか星巫女ってなに？　そんな胸中の疑問に答えてくれるはずもなく、【王の盾】の攻撃を躱《かわ》す仲間に諭された男は狼狽《ろうばい》から立ち直り、憤怒を湛えた目で私を睨みつける。

「貴様、よくも！」

だが、その鎌が無造作に振るわれることはなかった。

キン、と一際《ひときわ》高く響き渡ったのは、男の手から鎌が弾かれる音だった。あえなく武器を失った男の首に、いとも容易《たやす》く剣の切っ先を突きつけているのは——。

「お、お兄様！」

そこに立つのは銀髪の美丈夫、ノア・リージャスだった。ドラマCDの展開通りだけど、遅い！

一分くらい遅い！

とか思いながらも広い背中を見た私は力が抜けて、その場にへなへなと座り込んでいた。私にとっては怖すぎる兄でも〝カルナシアの青嵐《せいらん》〟と呼ばれる無敵の人物の登場に、どうしたって安心せずにいられなかったのだ。

一瞬だけ動きを止めた男の顎を、ノアが長い脚を振り上げて容赦なく蹴《け》り飛ばす。その向こうでは、ノアと共に駆けつけた助っ人が残った暗殺者の頸動脈《けいどうみゃく》を絞めて意識を落としていた。

こうして暗殺者五人組は、終わってみれば呆気《あっけ》なく伸《の》されていたのだった。

「お嬢様ぁ！」

私の胸に飛び込んでくるのはキャシーである。

「キャシーったら。そんなに怖かったの？」

「当たり前です。あたし、お嬢様が死んでしまったかと……」

キャシーの細身の身体は小刻みに震えている。基本的に治安のいいとされる王都でこんなことが起きれば、怯《おび》えるのは当たり前だろう。

『ハナオト』だと街中でも定期的に襲撃や誘拐やらのイベントが発生するので、いまいちその評判には信が置けないけどね。まぁ、乙女ゲームだから致し方ないのか。

「ごめんなさい。心配かけちゃったわね」

私が眉尻《まゆじり》を下げていると、すぐに身体を離したキャシーが潤んだ目を拭う。

「あっ、今のうちに仮面や人形は外しておきますね。また邪神だと誤解されたら困りますから！」

うちの侍女、切り替えが早い！

キャシーは私の装備をてきぱきと外しては紙袋に収めていく。もうちょっと心配してほしかった気がするものの、できる侍女を持って幸せである。

そこに重役出勤してくるのは巡回騎士団の面々だ。巡回騎士団は、近衛以外の各騎士団が持ち回りで担当している。ドラマCDによると巡回中の団員は暗殺者に襲われていて動けなかったという話だから、こっぴどく叱られないといいんだけど。

彼らによって、広場はしばらく封鎖されることになった。怪我人《けが》の手当や、縄で縛った暗殺者の移送の準備も着々と進められている。

いつまでも座り込んでいたら邪魔になってしまうだろう。顔を見合わせた私とキャシーが立ち上がると、団員たちに指示を終えたノアが振り返った。

私と同じ青い双眸《そうぼう》に見据えられると、反射的にどきりとする。

常と変わらない感情の抑制された口調で、ノアが言う。

「俺は息抜きをしてこいと言ったつもりだが」

「実は、これが私なりの息抜き方法でして」

「凶刃の前に飛びだすのが息抜きとは、よっぽどの命知らずだな」

「おいおいノア、頭ごなしに叱ってやるな。王太子殿下を庇ったなんて勲章ものだぞ？」

嘆息するノアに軽く声をかけるのは、『ハナオト』で見覚えのある顔だ。

ノアの補佐官を務めるシホル・ダレス。痩せマッチョのノア以上に、シホルは筋肉の密度が高い。魔法の腕ではノアに敵《かな》わないと悟って肉体を鍛えたそうだが、顔つきに人の良さが出ているので、街中で会った気さくなお兄さんのような親しみやすさがある。

短い黒髪と黒目がちな瞳が印象的なシホルは、先ほど呆気なく暗殺者を落としていた人物である。

年齢はノアと同じ二十一歳。平民出のシホルは、エーアス魔法学園の特待生でもあった。

学生時代はノアの好敵手として競い合う関係だったが、卒業時期に自分の副官にならないかとノアに誘われて今に至る。功績が認められ、現在は男爵の地位とダレスの姓を授《さず》かっていた。

なんでも一位を取ってしまうノアだが、そこに正面から張り合ってくるシホルは唯一無二の存在だったのだろう。シホルがいたから学園生活はそれなりに楽しかった、とノアが漏《も》らすイベントもあったはずだ。

凍てつくほどの冷気をまとうノアに対し、シホルは暑苦しいほど陽気だ。締めつけるだけでは口を噤《つぐ》む相手にはシホルが距離を詰め、警戒心を解く。シホルを舐《な》める相手ならば、ノアの脅しで落ちる。そのあたり二人は非常にバランスがいい。容赦のないノアと世話焼きなシホルの関係は、寓話における『北風と太陽』みたいである。

そんな関係性も話題を呼び、『ハナオト』ではノアとの主従コンビが大人気だった。ファンディスクでは脇役《わきやく》から昇格され追加攻略ルートが作られた人物だ。乙女ゲームあるある。

私は頭の中で軽く情報をおさらいしつつ、ごくりと唾を呑み込む。というのもシホルは仕事やらなんやらで屋敷を長らく留守にしており、転生後に顔を合わせるのは初めてなのだ。アンリエッタとシホルの関係については、キャシーから聞いた話でしか知らない。

「ダレス卿、お久しぶりです」

とりあえず私はにこやかに挨拶してみた。目が合ったシホルはといえば——まるで数年来の友人に会ったかの如《ごと》く、明るく顔を輝かせる。

「久しぶり、お嬢さん！」

大型犬が飛び掛かってくるように両手を広げて迫るシホルを、私はキャシーを盾にして躱す。あっさり躱されたシホルはぱちぱちと目をしばたたかせていた。

「ありゃ。どったのお嬢さん？」

やはりキャシーから聞いていた通り、シホルは問題児のアンリエッタ相手にも積極的に関わる姿勢を取っている珍しい人物のようだ。

ゲーム本編では見えない部分だったが、きっと没交渉の兄妹の橋渡し役になろうとしていたのだろう。しかし私に、シホルと親しくするつもりはなかった。

「ほらほら。シホル兄さんと再会のハグしようぜ」

頬に手を当てた私は、小首を傾げて笑う。

「えっと、うふふ。今まで一度もしたことがないような？」

あと、たぶんアンリエッタがシホル兄さんと呼んだこともないと思う。

そう。問題は――シホルが抱きつき魔である、ということだ。シホルはスキンシップの激しい人物で、『ハナオト』でもカレンやノア相手にしょっちゅう抱きついていた。後者にはすべて躱されていたが。

だが考えてみてほしい。男性経験ゼロの私に、イケメンの抱擁はあまりに刺激が強すぎる。エルヴィスに抱きしめられたとき気絶しなかったのも、今思い返すと奇跡なのだ。

「そんな冷たいこと言わないで。ね、お嬢さん！」

「え、えっと」

そんなシホルの暴走を止めてくれたのは、意外なことにノアだった。

「やめろ。いやがっているだろう」

「なんだよノア。いつもは気にしないくせに」

唇を尖らせるシホルには答えず、ノアは改めて私に視線をやる。

「アンリエッタ」

「は、はい」

名前を呼ばれると、自然と背筋が伸びる。顔を強張らせる私を見下ろしたノアの目に、怒りがにじんでいるのに気づいたからだ。

「確かに、王太子殿下を庇うというお前の行動は立派なものだ。だが戦う手段がないのに前に出るな。今頃《いまごろ》、お前は死んでいたかもしれないんだ」

普段なら、この局面で言い返すことはなかっただろう。けれど私は、躊躇《ためら》いながらも口を開いていた。

「でも、その」

「なんだ」

「お兄様が駆けつけてくださると思ったので……」

もちろん怖かったけど、明確に死の恐怖を感じたりはしなかった。ノアを信じた――というよりは、ドラマCDの内容を信じていたというほうが正しいかもしれない。

ノアが目を瞠《みは》り、真正面から私を見つめる。どこか困惑が伝わってくる視線にはいつものような圧迫感を覚えず、私は緊張しながらもノアをまっすぐ見返すことができた。

彼は神経質そうにため息を吐くと、横髪をぐしゃっと掻《か》き上げる。

「だとしてもだ。俺がどんなときでも間に合うとは限らない。二度とああいう真似はするな」

「す、すみません。もうしません！」

ぎろりと睨まれて縮み上がった私は、この通りですと頭を下げる。ノアの言う通り危険な真似をしたのは事実だし、私の行動は褒められたものではなかったのだ。

しかしそれも元を正せば、待てど暮らせどノアが登場しなかったからである。

「というか、あの。お兄様、到着が少し遅かったような……？」

睨まれた私は縮み上がる。

「な、なんとなく、お兄様ならもう少し早く騒ぎを察知されてたのでは、なーんて」

「ああ、それはおれと喋ってたから」

「え？」

シホルがなはは、と軽い調子で笑う。

「ノアが最近、お嬢さんの特訓に付き合ってるとか言いだすからさ。質問攻めにしてて」

「おい、余計なことを話すな」

「いいじゃん、別に」

親しげな二人の会話を、私は途中からほとんど聞いていなかった。

それじゃあノアの到着が遅れたのって、一周回って私のせいなのでは？

肝《きも》が冷える。私が本来のアンリエッタとは異なる行動をすることで、ゲーム……この場合はドラマCD……の内容と展開が変わってしまうこともあるのだ。

今後は少し気をつけるべきかも。そんなことを考える私の耳に、涙混じりの女性の声が飛び込んでくる。

「本当に、なんとお礼を言えばいいか……！」

「むしろ巻き込んだのはこちらだ。すまなかったな」

振り返ると、危機一髪だった男の子と手を繋《つな》いだ女性がラインハルトと話していた。

男の子の手当が終わったらしい。軽い怪我で済んだようで、膝《ひざ》にガーゼをしている彼は母親の隣できょとんとしていたが、私を見るなり「あっ」と指さしてきた。

「変なお姉ちゃんだ！　さっきは助けてくれてありがとう！」

「どういたしまして」

でもお姉ちゃん、その修飾語はいらないと思うなぁ。

母親は何度も私とラインハルトに頭を下げながら、息子としっかり手を繋いで帰っていく。

「ばいばい、お兄ちゃん！　変なお姉ちゃん！」

男の子に手を振られて、私は笑顔で振り返した。見ればラインハルトもしっかり手を振っていたが、私と目が合うと慌てて下ろしてしまった。

気を取り直すように軽く咳払《せきばら》いしたラインハルトが、問うてくる。

「アンリエッタ・リージャス。どうして、邪神の振りをしたんだ」

よく通る声がいつになく柔らかく聞こえる。まるでカレンと出会ったあとのラインハルトのようだと、少しだけ思った。

「本編のみならず、ドラマＣＤを履修してましたから」

「本編？　ドラマシー？」

「……ではなく。暗殺者の足首にドロメダ教の刺青《いれずみ》が見えたので、私の格好が役立つかもと」

ほう、とラインハルトが感嘆の吐息を漏らす。

「大した観察眼だな。あの数秒間でそこまで読み取るとは」

嘘八百《うそはっぴゃく》だが、カルナシアで捕らえられる暴徒の足首には例外なく刺青があるとゲーム本編で言っていた。この嘘が見抜かれることはないはずだ。

「だがドロメダ教のことも知らないのに、なぜ刺青のことを知っているんだ？」

あれ？　もう見抜かれた？

「わ、私の中に眠っていた知識を呼び起こしただけです。ピンチはチャンスといいますからね。火事場の馬鹿力《ばかぢから》ともいいます」

苦し紛れの言い訳をすると、ラインハルトは変に突っ込んできたりはしなかった。

「それはまぁいい。だが、なぜ俺を助けた。今まで、いろいろといやみな態度を取った自覚はある。お前に命がけで助けられる理由が分からないんだ」

困惑が強い様子のラインハルトだが、答えを悩む必要はない。

「あなたが立派な王太子殿下だからです」

きっぱりと返せば、ラインハルトは意表を突かれたように目を見開く。

「とっさの判断で民を庇うところを見て、強く思いました。あなた様は、こんなところで倒れていい人ではないと。これからたくさんの人の期待を背負って、たくさんの人の未来を守るために生きていく人なのだと」

ラインハルトルートのエピローグでは、カレンを王太子妃に迎えた彼が、国民の信頼厚い為政者へと成長した姿が描かれている。他のルートで彼がどうなるのかは分からないけど、悪政を敷くということはさすがにないだろう。

「個人的にラインハルト殿下にいろいろ思うところはありますが、それとこれとは話が別ですからね」

それまで固まっていたラインハルトが、眉根《まゆね》を寄せる。

「あるのか、いろいろ」

まずい。うっかり口が滑っちゃった。

だが両手で口元をサッと隠す私に説教することもなく、ラインハルトはどこかばつが悪そうに私を見つめる。

燃え上がるように美しい瞳には、まっすぐに私の姿が映しだされていた。

「とにかく、だ。――助けてくれてありがとう、アンリエッタ」

「……！」

そんなふうに真摯なお礼を言われるとは思わなくて、私は言葉に詰まる。

たぶんそのときの私は、自分でもびっくりするくらい嬉しかったのだと思う。アンリエッタに転生してから失敗の連続だったけど、そんな私が初めて誰かの役に立てた気がしたから。

私は胸に込み上げてくる嬉しさを形にするように、にっこりと笑みを浮かべていた。

「もったいないお言葉です」

すると見上げる先で、ラインハルトの頬が徐々に赤くなってくる。見ているうちに逆上《のぼ》せたような色になっていったので、私は目を丸くした。

なんだか林檎《りんご》みたいだと思う。髪も目も、顔まで赤くしたラインハルト。普段はあんなに偉そうなのに、今だけはやたらと幼げに見える。

「殿下？　どうされました？」

「い、いや。なんでもない」

「でも、真《ま》っ赤《か》ですよ。まさか毒にやられたのでは」

ドラマＣＤではそんな展開はなかったはずだが、暗殺者が毒を隠し持っていたのかもしれない。

おろおろする私に、ラインハルトはムキになったように激しく首を横に振る。

「やられてないと言っているだろう！　それより、怪我はしていないのか？」

「え？　怪我？」

「ああ。簡単な傷なら俺にも治せるからな」

そういえばラインハルトは、炎魔法の次に光魔法を得意としていた。でも別に身体に痛いところはない。

「特に怪我はありませんよ。強いて言うなら、髪の毛を数本切られただけ……」

「髪の毛だとっ⁉」

鼓膜が破れるくらいの大声を出したラインハルトが、急に距離を詰めてくる。それに驚いた直後、自分のものではない大きな手が頬に当てられていた。

「このあたりか。確かにここだけ短くなっているな」

皮膚の分厚い――剣を持つ人の指先が、確かめるように私の髪ごと頬に触れている。その感触に私は跳び上がり、大慌てで身を引いた。

「へ、平気ですよ！　髪の毛の十本や二十本くらい！」

「何を言っている。女性にとって大事なものだろう」

さらりと返されて言葉に詰まる。確かに、貴族令嬢だったら大騒ぎするべき場面なのかも。自慢の縦ロールを持つイーゼラとかだったら失神してそうだ。

「私は気にしませんので。どうぞお構いなく！」

「そういうわけにいかないだろう！」

再び迫ってくるラインハルトから逃げていると、背後からノアの声がした。

「アンリエッタ、俺は殿下を王城へお送りする。シホルを護衛につけるから、買い物は切り上げて屋敷に戻れ」

今日は非番だったノアだが、急遽ラインハルトの護衛につくことになったようだ。他に暗殺者が潜んでいないとも限らないので、【王の盾】を指揮する立場にある彼がそうするのは必然だろう。

私はといえば返答に迷ってしまう。いろいろあって、まだノアへのプレゼントが買えていない。

そんな躊躇《ちゅうちょ》を、ノアは即座に見抜いたようだった。

「まだ用事があるのか」

しかしここで「お兄様へのプレゼントを買いたいんです」なんて答えるのは憚《はばか》られる。プレゼントはサプライズ感があったほうが喜ばれるものだし、襲撃に巻き込まれたのに自覚が足りないと怒られてしまう可能性もある。好感度を上げるどころか下げる結果になったら大惨事だ。

どうしたものかと困っていると、それまで放置していたラインハルトに腕をぐいっと引っ張られる。そんなに強い力じゃないので大人しく従うと、ノアたちには背を向けて、少し離れた位置に連れてこられた。

「何か事情があるのか」

内緒話のつもりなのか、小声で尋ねられる。

うーん。何かの解決になるとは思えないけど、とりあえず話してみるか。

「実は、お兄様へのプレゼントを買いたくてですね」

ひそひそ声で明かすと、ラインハルトは少し悩んだあとに頷く。

「そうか。それなら、俺が一緒に行ってやってもいい」

「はい？」

戸惑う私を尻目《しりめ》に、振り返ったラインハルトはノアに向かって言う。

「ノアさん。少し用事があるので、あともう一店だけアンリエッタと寄ってもいいですか」

めちゃくちゃなことを言いだすラインハルトに、ノアは眉を寄せているし、【王の盾】の面々は一様に困った顔をしている。護衛対象が襲われた帰りに後輩と寄り道したいとか言いだしたのだから、当然の反応だ。

「だ、だめです殿下」

思わず袖《そで》を引っ張って、また広場の隅っこまで移動する。

「なぜだ。何がいけない？」

ラインハルトは何がだめなのか分からないという表情で、顔を近づけてきた。

ちょちょちょ、だから近いんだって。いくらラインハルトでも美形に近づかれると、こっちは弾みで心臓止まりそうになるんだから。

私は興奮した動物を落ち着けるように両手を前に出しながら、真横に一歩分移動する。

「ラインハルト殿下。お兄様のことが好きすぎるのは分かりますが、【王の盾】の皆さんも困っています」

「……え？」

「お兄様へのプレゼントのことは気がかりでしょうし、殿下のご提案はありがたいです。でも、今日はまっすぐ帰ったほうがいいと思います。ラインハルト殿下は、臣下を困らせる暴君ではないのですから」

不敬に取られないかと心配になりつつ、そう諌《いさ》める。

きっと忌々しげな舌打ちといやみが返ってくるだろうと覚悟していたが、ラインハルトはどこか呆然とした面持ちをしていた。

「で、殿下？」

呼んでみると、しきりに瞬きを繰り返している。かと思えば再び顔が赤く染まっていった。

「あ、ああ。そうだな。俺は、ノアさんのことが好きだからな！」

「そうですね」

私は緩やかに頷いた。殿下がノアオタクであらせられるのは、よく知っておりますとも。

「だ、だから、つまり――勘違いするなよアンリエッタ・リージャス。俺はお前のことが気になるとか助けたいとか、そういうことを思ったわけではない！　断じて違うからな！」

どんなに勘の悪い人でも、そんな勘違いをすることはないので安心してほしい。

指さされても生温かい目で見上げていた私だったが、それにしてもラインハルトの顔が赤い。煌々《こうこう》と燃えるような目の色に負けないくらい赤い。

やはり毒か、毒なのかと警戒するが、気分が悪いわけではないらしく、口元を手の甲で覆い隠したラインハルトはごにょごにょと続ける。

「その、そ、そうだ。ノアさんへのプレゼントのことが気になるから、今度、何を贈ったのか詳しく教えてくれ」

「はぁ。それはいいですけど」

本音を言うといやだったが、ここで断ればノアオタクは暴《あば》れだすかもしれない。大人しく了承しておいた。

納得したラインハルトは、ノアを始めとする【王の盾】に周りを固められて去っていった。大通りに馬車を待たせてあるようだ。

そういえば今日のラインハルトは、ノアを目の前にしていたのにゲームと比較すると静かめだった気がするな。『ハナオト』のラインハルトだったら、ノアがいるだけで「ノアさんノアさん！」と尻尾《しっぽ》を振るように騒ぎ立てていたはずだけど、それだけ襲撃のショックが大きかったのかも。

私はといえば、しばし立ち尽くして飴色の夕陽《ゆうひ》を見上げていた。街に遊びに来てから相応の時間が経《た》っていることを実感すれば、今さらのように身体が重くなる。遊びに来ただけのつもりだったのに、大変なことに巻き込まれちゃったな。

「あたしたちも行きましょうか、お嬢様」

「……うん、そうね」

キャシーに声をかけられた私は、よし、と頬を叩いて気合いを入れ直す。

呆然と立ち尽くしている場合じゃない。屋敷までの護衛を務めてくれるシホルに理由を話して、お店に寄ってもらおう！

◇◇◇

俺にとって、アンリエッタ・リージャスはこの世で最も妬ましい存在だった。

なぜならあの少女は〝カルナシアの青嵐〟を兄に持つという史上最高の幸運に恵まれながら、その地位に胡座《あぐら》をかいているからだ。

ノアさんの名前は子どもの頃から知っていた。パーティーで会えば挨拶される程度の関係でしかなかったが、魔法騎士団の入団試験会場に気まぐれで立ち寄った三年前のあの日、俺の運命は変わった。

研ぎ澄まされた剣技に、無駄のない魔法の連携発動。ノア・リージャスは、俺が知るどんな剣士より速く、どんな魔法士よりも鋭い牙《きば》だった。圧倒的な実力によって対戦相手をねじ伏せる彼に、俺が痺《しび》れるほどの憧《あこが》れを抱いたのは必然だっただろう。

俺に兄姉はいない。女王陛下――母には恥ずかしくて言ったことはないが、ノアさんのような兄がいれば良かったのに、と焦がれたこともある。その場で【王の盾】にと勧誘したのは、兄にできないなら、せめて誰よりも近くで彼の活躍を見ていたいと思ったからだ。

命を擲《なげう》ってでも王族を守るべき役割に誘うなんて、振り返れば不用意ではあったが、ノアさんを倒せる人間など世界中を探しても見つからない。

その事実を証明するように、俺の護衛を務める彼はいつしか〝カルナシアの青嵐〟と勇ましい異名で呼ばれるようになり、その名を国内外に轟《とどろ》かせるようになっていた。俺が我が事のように誇らしく思ったのは、言うまでもない。

完璧《かんぺき》超人で知られるノアさんだが、そんな彼の人生にも一点の曇りがある。それが、妹のアンリエッタだ。

アンリエッタは高慢で知られる令嬢で、その評判は社交界でも学園でも最低最悪。一学年下のアンリエッタの素行に、俺は目を光らせるようになった。

噂通り――否、噂以上にアンリエッタは学園の劣等生だった。教師陣も認める魔力の素養はあるものの、それを生かすだけの力と知識がない。教室で他の生徒と言い合いになり、ヒステリックに叫ぶ姿を見たこともある。高位貴族としての教養の欠片《かけら》も感じさせない振る舞いに、俺は呆《あき》れを通り越して業腹だった。

なぜ、こんな女がノアさんの妹なのか。なぜあんなにすばらしい兄を持ちながら、恥ずかしげもなく図々しく振る舞えるのか。俺は腹立たしくなって何度かアンリエッタに声をかけたが、俺が叱責する間、いつもアンリエッタは唇を引き結んで俯《うつむ》くばかりだった。言い返す度胸もないのかと、俺はひたすら呆れるばかりだった。

だが、そんなアンリエッタにここ最近になって変化があった。

魔法の練習に積極的に励むようになり、授業にも真面目に取り組んでいるらしい。しかもノアさんからは、お下がりの杖《つえ》を授かったのだという。

そうとは知らず下級生の教室に赴いた俺は、古くさい杖だと散々こき下ろしたのだが、口幅ったい物言いで真実を明かされて強い衝撃を受けた。

その晩はひどい悪夢にうなされた。

「はて?」

「なんでしたっけぇえ」

「はてはてはて?」

大量のアンリエッタがニヤニヤしながら俺を取り囲み、ぴーちくぱーちく囀《さえず》る夢だった。最悪の気分だった。

その出来事を境に、俺はアンリエッタに近づくのをやめた。別にあいつにまた言い返されるのを恐れたとかではない。単純に学業で忙しかったのである。

そうして今日。しばらくぶりに街で気分転換していると、なんと広場でアンリエッタと遭遇してしまった。

「殿下！　わ、私ですよ、私！」

「おま――アンリエッタ・リージャスッ⁉」

怪しげな格好の暗殺者かと思いきや、その正体はアンリエッタだった。

会話しながら、やはり人が変わったようだと思う。方向性はおかしいが魔法具を調達してまで魔法が上手になりたいなんて、以前の怠けたアンリエッタなら考えられないことだ。面と向かって俺に言葉を返してくるところも大きな変化だった。

しかし邪神ドロメダを知らないあたりは、やはり世間知らずである。挙げ句の果てには『邪神が私の真似をしている』とまで言いだした。この主張にはきっと邪神も度肝を抜かれたことだろう。

そんな話をしている矢先、暗殺者集団が襲いかかってきた。護衛のひとりは誘《おび》きだされてしまったが、他の二人が即座に対応する。

しょっちゅうというわけではないが、年に一度はこういうことが起きる。みっともなく慌てふためくほど珍しい事態ではない。本来であれば護衛に誘導されて安全な位置に下がるべきだが、人数が足りないせいでひとりの暗殺者が突破してくる。

「王太子、覚悟！」

そのとき、俺の視界を過ぎったのは年端もいかぬ少年の姿だった。

「ママ、どこー？」

心の中で舌打ちするが、身体は勝手に動いていた。脅威に気づいていない少年を力尽くで引っ張り、抱き寄せて庇う。そうしながら唇は詠唱に入っていた。

「ッ、【コール……】」

だが、間に合わない。そもそも魔法の間合いではないし、致命的に遅すぎる。迫る死の予感に、身体が緊張を帯びる。致命傷さえ喰《く》らわなければ魔法での治癒は可能だが——。

そのときだった。

俺と暗殺者の間に、小さな影が飛び込んでくる。それが先ほどまで話していたアンリエッタの後ろ姿だと分かったとき、俺は激しい動揺と共に息を呑んでいた。

嘘だろう、と思う。そんな俺を庇う少女の声が、空高く、凛《りん》と響き渡る。

「止まれー！」

……どうして。

なんでお前は、そんなふうに動けるんだ？

俺よりもずっと細い両手と両足が、俺たちを守るためだけに懸命に広げられ、暗殺者に決死の覚悟で向き合っている。

アンリエッタが稼いでくれた数秒のおかげで【王の盾】は巻き返し、ノアさんや彼の補佐官であるシホルも駆けつけてくれた。形勢は逆転し、暗殺者は捕縛される。

すぐに声をかけたいと思ったが、アンリエッタはノアさんたちと話している。その場から離れると、近衛である【王の盾】や巡回騎士団に這いつくばるように頭を下げられた。

「申し訳ございません、殿下。我々がついていながら……」

「私たちこそ暗殺者相手に後れを取り、殿下を危険に晒《さら》してしまい……！」

真《ま》っ青《さお》になって謝罪を繰り返す彼らに、俺は首を横に振る。

「いや。まず【王の盾】に落ち度はない。あまり人数がいると自由に買い物ができないと突っぱねたのは俺だからな。巡回騎士団については、巡回の人数やルートを再確認するべきだろうが」

「……は……」

彼らが唖然《あぜん》とした様子で顔を見合わせたのは、俺の様子がいつもと違っていたからだろう。普段の俺なら失敗した人間を役立たずと罵り、必要以上に重い処罰を与えるのが常だからだ。

だが今は、そんなことを考える余裕がなかった。俺の頭の中は、アンリエッタのことで占められていたからだ。

「ああ、良かった！　もう、心配したんだから！」

「ママ、ごめんね」

抱き合っている親子の姿には、ホッと胸を撫で下ろした。

俺が引っ張ったときに転んだ少年は膝を擦りむいていたが、大した傷ではない。駆けつけた騎士に処置を施されると涙目になっていたが、その傷を魔法で治してやるつもりはなかった。すぐに傷が塞《ふさ》がってしまえば、人は恐怖や警戒心も一緒に忘れ去ってしまうからだ。

「ばいばい、お兄ちゃん！　変なお姉ちゃん！」

親子を見送ったあと、俺はようやくアンリエッタに向き合う。

「どうして、邪神の振りをしたんだ」

述べられたのはいろいろ不自然な理由だったが、そもそも理由があったからといって簡単に動けるような局面ではなかった。

第一、俺とアンリエッタは親しいわけではなく、彼女に愛国心があるとも思えない。わけが分からず戸惑う俺に、アンリエッタは迷いのない瞳で庇った理由を告げた。

「あなたが立派な王太子殿下だからです」

俺は、全身を雷に打たれたような心地がした。

そのすぐあと、脳天を突き抜けるような猛烈な羞恥心をも覚えていた。

今までノアさんは、一度もアンリエッタを悪く言ったことはない。だからノアさんのためではなく、ましてアンリエッタのためでもない。俺は、俺自身の憂さを晴らすためだけに、今までアンリエッタを見下して頭ごなしに叱りつけていたのだ。

俺は今まで、何を偉そうに上っ面だけの説教をし、ふんぞり返っていたのだろう。クラスメイトの目の前で王太子から一方的に説教され、黙って俯いていたとき、いつも彼女は何を思っていたのだろう。本当は悔しくて、言い返したくて仕方なかったはずなのに、拳《こぶし》を握って耐えていた。それは少なくとも、リージャス伯爵家の人間として相応《ふさわ》しい態度だったのではないか。

自分が今までやってきたことの愚かしさを痛感したとき、俺は絶望的な心地になった。こんな矮小《わいしょう》で性根の腐った人間が、どうして人々の上に立つことができるだろうか。

だが、王の資質なんてない俺にアンリエッタは言う。俺は立派な王太子だと。たくさんの人の未来を守るために生きていく人なのだ、と。

だから俺は謝罪ではなく、せめて心からの感謝を伝えようと思った。身を挺して俺を庇ってくれた、誰よりも強く勇敢な少女に。

「とにかく、だ。――助けてくれてありがとう、アンリエッタ」

礼を言えば、アンリエッタの瞳の中で、星のようにぱちりと光が弾ける。

その数秒後、ふんわりと花が綻んでいくように、アンリエッタが微笑んだ。

「もったいないお言葉です」

「――、」

あどけない笑みに、どくんと心臓が鼓動を打つ。

頬が熱を帯びていく。今日何度も感じた羞恥心からではない。今まで出会ったどんな令嬢のものより、目の前の笑顔が魅力的だったからだ。

俺は今まで一度たりとも、アンリエッタを真正面から見ていなかったのではないか。

それを証明するように、俺の尊敬する人とよく似た、けれど少しだけ色合いの異なる銀の髪が目に入る。水底を思わせる透き通った瞳も。艶《つや》やかな白磁の肌に、色づいた小さな唇も。

何を見てもきれいだと思った。そのせいか、彼女が髪を切られたのだと口にしたとき、俺は反射的に手を伸ばしていた。

絹糸のような髪の毛が、指先に触れる。驚いたのは、髪と一緒に触れた頬が信じられないくらい柔らかかったからだ。すぐにアンリエッタは飛び退いてしまったが、触れたばかりの頬がほんのり染まっているのに気がつけば、ひどく胸が騒ぎだす。

ノアさんが、そんなアンリエッタにすぐ家に帰るよう促す。危ない目に遭ったのだから当然の判断だ。しかし返事を渋るアンリエッタには、何か事情があるようだった。

「実は、お兄様へのプレゼントを買いたくてですね」

なんとアンリエッタは、健気《けなげ》にもノアさんへのプレゼントを購入する予定だったらしい。それなら と、俺はノアさんや【王の盾】にも聞こえるように言う。

「ノアさん。少し用事があるので、あともう一店だけアンリエッタと寄ってもいいですか」

これで買い物の許可が得られるだろう。少しでも償いになればいいと思ったのだが、そんな短絡的な思考は、他でもないアンリエッタによって諌められてしまった。

「ラインハルト殿下。お兄様のことが好きすぎるのは分かりますが、【王の盾】の皆さんも困っています」

しかし指摘されたとき、俺の思考は止まっていた。

俺は、ノアさんへのプレゼントが気になるから買い物がしたいと言ったのか？

自問して、すぐに答えが見つかる。そうではない。俺はアンリエッタの力になりたかったのだ。

もちろん、ノアさんへの憧れの気持ちに変化はない。だが熱に浮かされたような感覚は消えていた。その代わり胸に芽生えているのは、アンリエッタへの強烈な……。

何かを自覚しかけたとき、全身が猛烈に熱くなる。

「だ、だから、つまり――勘違いするなよアンリエッタ・リージャス。俺はお前のことが気になるとか助けたいとか、そういうことを思ったわけではない！　断じて違うからな！」

気がつけば俺はアンリエッタを指さし、大声で叫んでいた。

ノアさんへの尊崇の念とはまったく異なるもの。その意味を考える前に、何やら慈愛の目をして俺を見つめるアンリエッタと目が合った。たったそれだけのことに、自分の心臓がドッ、ドッ、ドッ、とうるさいほどに拍動するのが分かる。

いったい、俺はどうしてしまったのだろうか。アンリエッタが言うように毒にやられたのか？

こんなことは生まれて初めてで、混乱したまま口元に手の甲を当てる。目の前のアンリエッタを直視できず、しどろもどろになりながら口にする。

「その、そ、そうだ。ノアさんへのプレゼントのことが気になるから、今度、何を贈ったのか詳しく教えてくれ」

それなのに了承が返ってくれば、俺は堪らなく嬉しくなった。

これでまた、アンリエッタと話す機会が――ではない。そう、俺はノアさんのことが好きで、だからこんなにも嬉しいのだろう。そうに決まっている。

そう自分を無理やり納得させ、【王の盾】に護衛されながら王城へと戻る。アンリエッタと距離が開くにつれて、動悸は少しずつだが治まってくれた。

よく分からないながら、俺はひとつだけ心に決める。

王城に着いたら、とりあえず医者に掛かったほうが良さそうだ、と。

◇◇◇

買い物を終えて屋敷に戻ってくると、玄関前には一台の馬車が停まっていた。

どうやらノアが帰ってきているようだ。もう護衛の仕事は終わったのだろうか。馬車を降りて玄関に向かうと、そこから出てきたノアとばったり出会《でくわ》した。

「あ、お兄様！　護衛のお仕事、お疲れ様です」

ノアに何か言われる前に、先手を打つ。

「実はお兄様にお土産があるんです。王都のパティスリーで、おいしそうなタルト・シトロンが売っていたものですから。もちろん、ダレス卿の分もあります」

これこそ、私がノアに用意したプレゼントである。

掲げるように見せつけるケーキボックスの中身は、タルト・シトロン――すなわちレモンタルトだ。今はレモンの旬とはかけ離れているように思えるが、王都でも屈指の人気店『果実のささやき』では、品種改良された冬レモンを使ったタルトが販売されているのだ。

ふふん、どうよノア。気の利《き》く妹にお見それした？　私がわくわくしながら反応を待っていると、それまで黙っていたノアからは予想だにしない返事があった。

「いらん」

「えっ」

嘘。なんで？　大好きなタルト・シトロンだよ？

面食らう私を、ノアがばっさりと斬る。

「甘いものは好きじゃない」

その回答に、私は固まる。というのも今さらになって、重要なことを思いだしたのだ。

そうだ、そうでした。

ノアがタルト・シトロンを好きになるのって、カレンと一緒に『果実のささやき』に行ってからじゃない！

街中を歩いていると、ラインハルトの警護帰りだというノアに出会うカレン。甘いもの好きなカレンにこれなら甘さ控えめみたいですよと勧められて、ノアは渋々、タルトを食べることになる。

帰り道、いつも以上に口数の少ないノアに「タルト、おいしくなかったですか？」とカレンが不安そうに問うと。

――初めて、好物らしい好物ができたな。

そうノアが独り言のように呟き、空白だった彼の好物の欄にタルト・シトロンの文字が追加される……という心温まるイベントは、もちろん発生前である。だってカレン、まだいないから。

つまりここにいるノアは、まだ一度もタルト・シトロンを食べたことがないのだった。

うわぁ、どうしよう。完全にやっちゃったよ。穴があったら入りたい気分になりながら、私はなんとか取り繕おうとする。

「でも、あの、このケーキは甘さ控えめなので、甘いものが苦手なお兄様でも食べやすいと思います。きっと病みつきになります。だから……」

言いながら、ケーキボックスを持つ手をゆっくりと下げてしまう。カレンを真似る私の言葉は、どこまでも上滑りしていて空虚だった。後ろに立っているだろうシホルやキャシーも言葉を差し挟んでこないから、それくらい痛々しかったのだろう。

リージャス家の食卓には、滅多に甘いものは出なかった。正しくは、アンリエッタの食事には出てもノアには与えられなかった。そのせいでノアは甘いものに興味を持たず、学園でも口にすることがなかった。そんな彼の認識を変えるのが、ヒロインのカレンなのだ。

だから——私の言葉で、ノアが心変わりするはずがない。

好感度を上げたいからって、余計なことはするもんじゃないな。私が悄然《しょうぜん》としていると、これ以上は聞いていられなかったのか、ノアが低い声で言う。

「これから王城に戻る。今は荷物を取りに戻ってきただけだ」

タルトを食べている暇なんかないと、言外に告げられている。私はなんとか作り笑いを浮かべた。

「そう、ですよね。それではお兄様。どうかお気をつけて」

ぺこっと頭を下げて、ノアの真横を通りすぎようとする。

そのとき、聞き間違いかと思うほどに小さな声が私の耳朶《じだ》を打った。

「だから、取っておけ」

「え？」

「帰ったら食べる」

思わず立ち止まって、ノアを見上げる。私が呆然としているせいか、横目でこちらを一瞥したノアは仏頂面で繰り返した。

「帰ったら食べる、と言った」

「そ、それでしたら。お兄様の分は、厨房で冷やしておいてもらいますね！」

ようやく再起動した私が上擦った声で言えば、背を向けたノアが何かを呟く。

「次は……」

その続きは、声が小さすぎてうまく聞き取れなかった。

ノアはもう振り返ることはなく、まっすぐに馬車へと向かう。

「お疲れ、お嬢さん」

シホルは笑み混じりの小声で言うと、ノアの後ろについていった。

そんな二人を見送って、私はううんと首を傾げる。タルトを食べてもらえるのは嬉しいけど、ノアはなんて言いかけたんだろう。

もしかして——次は一緒に食べよう、とか？

浮かび上がった考えを、苦笑して打ち消す。あのノアに限って、それはあり得ないか。

「それじゃあキャシー。タルトは食後にでも一緒に食べましょう」

不思議そうにするキャシーに、私はぱちりとウィンクした。

「大丈夫よ、お店でたくさん注文したでしょ？　あなたの分と、他の使用人の分もあるから」

「アンリエッタお嬢様……！」

キャシーの表情がぱぁっと明るくなる。うんうん。やっぱり女の子はスイーツ好きが多いよね。

いろんなことがあったけど、最終的にはいい休日、といえなくもない一日だったな。

第五章　チュートリアルで死ぬ令嬢は運命に抗う

時間ばかりは順調に流れて、三月二十日。

春休み初日を二日後に控えたその日の昼休み。私は魔法実験室で魔力制御の特訓に勤しんでいた。

花舞いの儀までは残り十一日だけど、相変わらず初級魔法の発動には成功していない。いよいよ追い詰められてきたなぁと思いつつ、私は余裕を残していた。

だってよくよく考えてみれば、私の目標は魔に堕ちずにチュートリアルを乗り越えることなのだ。

私はノアの指導のもと、自分をがんばって鍛えてきた。魔法士に必須とされる三要素のうち、精神・技術の二要素は、特訓前よりかなり成長している自負がある。

あとはゲームの強制力というか、本編を遵守する力みたいなものがどの程度働くのかというところが問題だけど、もうそのあたりは私が気にしても仕方がないと思う。

変に焦る必要はないと思い直してからは、心にゆとりが持てるようになった。そのおかげか、最近はけっこう調子がいい。

「本は一度に数冊浮かせられるし。軽いものなら、手元に引き寄せられるようになったしね」

自分でも、むふふと笑ってしまう。生活魔法については、いよいよ免許皆伝といったところか。

ちなみに屋敷で特訓するときは、諦《あきら》めきれずにクローゼットの奥に隠した仮面や人形を装着することもあるが、ラインハルトの言った通り結果に大きな変化はなかった。この前はキャシーに見つかって泣かれてしまったので、なるべく控えるようにしている。

「さて、そろそろ昼休みも終わりね。教室に戻らないと」

意気揚々と実験室を出る私の前を、ひとりの女子生徒が通りかかる。特徴的な縦ロールでそれが誰か気づいたときには、こちらから声をかけていた。

「イーゼラ、またハム先生の手伝いをしてるの？」

「アンリエッタ・リージャス……」

悪役令嬢なだけあり、私を睨みつける視線はつんと鋭い。まぁ、私が勝手にそう呼んでいるだけなんだけど。

「だったらなんなのかしら？　あなたには関係ないでしょう」

イーゼラが両手に抱えているのは、迷宮学に関する古書ばかりである。たぶん地上の図書館に本を返しにいくところなのだろう。

この学園に部活はないし、○○係とか○○委員会とかもない。授業の準備が必要なときは、先生が事前に手の空いている生徒に声をかけたりするくらいだ。学園は貴族の社交場でもあるため、定期的に友人同士や同好の士が集まるサロンとかは開かれているそうだが、私は今のところ誰からもお呼ばれしたことがない。泣ける。

でも迷宮図書館での授業以降、イーゼラは毎日のようにハム先生の手伝いをしている。先生が特定の生徒に手伝いを頼むとは考えにくいので、イーゼラ自ら志願しているのだろう。

これがカレンだと「イーゼラさんって勤勉なんだなぁ。わたしもたまには、先生たちのお手伝いをしなきゃね！」みたいな前向きかつ鈍感な感想で見逃される出来事だろうが、私は歴戦の乙女ゲーマー。イーゼラが着々と立てているフラグに、一抹の不安を覚えていた。

……だってイーゼラ、迷宮図書館に忍び込もうとしてるよね？

それもエルヴィスがほしがっている薬草が出てくる迷宮の書があると知って、やっちゃおうとしてるよね？

迷宮図書館は危険な場所だと授業で習ってはいても、恋は盲目という。イーゼラはエルヴィスに好いてほしいがあまり、無茶なことをしでかそうとしているようだ。

しかし迷宮図書館は普段から立ち入りが禁止されており、鍵《かぎ》はハム先生が管理している。恋する乙女といえど、忍び込むのは容易ではないはずだ。

「悪いことは言わないから、やめといたほうがいいと思うけど」

「なんなんですの、意味が分かりませんわ」

あくまでしらを切るイーゼラだったが、私は廊下に人気《ひとけ》がないのを確かめてから核心に触れる。

「『一年生のための薬草図鑑』、でしょ？」

「っ」

私にはバレているから、今のうちにやめておいたほうが身のためよ。そう忠告したつもりが、逆効果だったようだ。

「暫定・花乙女のくせに」

「なっ」

私がかちんと来たときには、イーゼラも眉《まゆ》をきりりとつり上げている。

「わたくしに説教なんて、何様のつもりなのかしら？　お優しいエルヴィス様に少し気にかけてもらっているからと、いい気にならないでくださいまし！」

「今、エルヴィス……様の話は関係ないでしょ？」

「ふんっ。あなたや他のミーハーな女子と違って、わたくしは入学した頃からエルヴィス様のことをお慕いしておりましたの。ようやく彼の魅力に気づいたあなたなんかに、とやかく言われたくありませんわ！」

イーゼラは好き放題に文句をつけると、肩を怒らせて廊下を歩いていってしまった。ただただ彼女の剣幕に圧倒されていた私は、ようやく我に返る。

「な、何あれ。こっちは親切心で言ってるのに……ていうか私もエルヴィス様推しとしては古参勢なんですけど⁉」

思わず頬《ほお》を膨らませて、同担拒否のイーゼラ相手に張り合ってしまう。

でも、現時点でイーゼラは何か問題を起こしているわけじゃない。ハム先生に訴えたところで、まともに取り合ってはもらえないだろう。

それどころか、私が罪のないクラスメイトを陥《おとしい》れようとした、みたいな悪評が流れる心配だってある。ただでさえアンリエッタの評判は最悪なのだ。これ以上の尾ひれがつくのはご遠慮願いたい。

「あっ、そうだ」

そこで私は、ぽんと拍手を打つ。

「だったら、私が先に幻の薬草とやらをゲットしちゃえばいいんじゃない？」

迷宮の書に出てくる薬草でも、現実世界でぜったいに手に入らないというわけじゃないだろう。アンリエッタのお小遣《こづか》いをもってすれば、大抵のものは買えるはずだし。

それをイーゼラの机の中にでもこっそり入れておけば、イーゼラはエルヴィスに薬草をプレゼントしてアピールできるし、迷宮図書館に忍び込む必要もなくなる。ついでにエルヴィスとしても、ほしかった薬草が入手できて万々歳だろう。前に魔法薬作りを邪魔した負い目もあるしね。

なぜ私がイーゼラの恋の手伝いをしなくちゃならんのだと思わなくもないが、放っておいて大事になるよりはよっぽどマシな気がした。うん、そうしよう！


善は急げである。その日の放課後、私はさっそくエルヴィスのもとに向かった。

「エルヴィス様。もしご都合がよろしければ、一緒にお茶会に参加しませんか？」

しかしそこには先客の姿があった。同じクラスの女子生徒三人が、エルヴィスを囲んでいるのだ。

私は慌てて回れ右して、自分の席へと戻った。エルヴィスに話しかけられる、もとい絡《から》まれることが多いせいで、増え続ける彼のファンから冷ややかな視線を浴びることがしばしばあるのだ。

さりげなく様子を窺《うかが》うと、三人のうちのひとりが頬を赤くしながら続けている。

「先輩が貴重な茶葉を手に入れたそうで……エルヴィス様も、きっと気に入られると思います」

「ええ。ぜひエルヴィス様と話してみたいという方も、たくさんいらっしゃって」

「えっと、すみません。今日は、薬草園の世話を先生から頼まれていますから」

エルヴィスは申し訳なさそうに眉尻《まゆじり》を下げる。薬草園、と出されれば他の生徒は強く出られない。特別棟近くにある薬草園は、許可を得ている一部の生徒しか立ち入りできない決まりなのだ。噂では、不法侵入した生徒は必ず見つけられ強制労働の任を負わされるとかなんとか。

「そ、そうなんですね。がんばってください」

「ありがとうございます」

エルヴィスはにっこりと微笑《ほほえ》み、教室を出ていく。その背中を、残念そうにため息を吐いて見送る女子生徒たち。

そのやり取りを見ていた私はといえば、すっかり感心させられた。女子の誘いを躱《かわ》すスマートさは『ハナオト』のエルヴィス様にはなかったものだけど、演技にはどんどん磨きがかかっていて、次のジェネリック処方にも期待が持てそうである。

……って、今はそんなことを考えている場合じゃない。私だって薬草園に入る許可なんてもらってないんだから、早くエルヴィスを追いかけないと！

教室を出ると同時に、先を行くエルヴィスがちょうど廊下の角を曲がる。向かう先はやはり校舎の西側、特別棟付近にある薬草園のようだ。

足の長さが違うせいか、なかなか追いつけない。ぜえぜえ言いながら追跡していると、遠目に薬草園が見えてきた。しかし薬草の育つ畑や、階段上にあるドーム型の温室を目前にしたエルヴィスは、なぜか途中の道端で立ち止まっている。

景観木に隠れた私は、こっそりと様子を窺う。何をしているのかと思えば、制服が汚れるのも構わず膝《ひざ》をついたエルヴィスは、両手に軍手みたいな分厚い生地の手袋を装着して土いじりをしていた。

あ、あれは──間違いない。一心不乱に薬草を探している！

そうだった。エルヴィス様が薬草園にも薬学室にもいないときって、大抵は土のあるところで薬草採取をしてるんだよね。外見は品行方正な貴公子って感じなのに、ちょっと気になる植物が生えていると所構わず薬草を探しちゃうギャップもいいんだよねぇ。

すると気配に気づいたのか、エルヴィスが顔を上げて振り返る。思いっきり目が合った私は、観念して木の陰から姿を現した。

「なんだ。アンリエッタか」

「エルヴィス、薬草園に行くんじゃなかったの？」

「このあとな。つかお前こそ、なんでこんなところにいんだよ。オレのストーカーか？」

「スッ」

言うに事欠いてストーカー。しかし否定できる材料がないのも、また事実。

だってゲームをプレイしていたときも、放課後のたびに約束もないのにエルヴィス様に会いにいっていた。攻略情報を逐一チェックし、必ず彼とエンカウントして好感度が上がるように仕向けていたのだ。

自分がゲームの中に転生した今だからこそ分かる。行く先々に顔を見せるクラスメイトって、めちゃくちゃ不気味だと。

「イエス。アイアムアストーカー……」

「素直に認められると、逆にこえーんだけど」

反省を込めて項垂《うなだ》れると、肩を竦めながらエルヴィスが立ち上がる。手袋、膝、それにマントのように広がる上着の裾《すそ》も土で汚れていた。

「【コール・ルーメン】――浄化し、整えよ」

かと思えば、エルヴィスが唱える。迷宮図書館でハム先生が使ったのと同じ魔法によって、エルヴィスの服の汚れは皺《しわ》ひとつ残さず消えていく。私はその光景に唖然《あぜん》とした。

「に、二節呪文ですって……？　エルヴィス、もう中級魔法が使えるの？」

「覚えたてだ。たまに失敗するし」

自慢する素振りもなく、あっさりと認めるエルヴィス。全属性の初級魔法のみならず、まさか中級光魔法まで習得しているとか、もはや頭が追いつかないんだけど。

私が惚《ほう》けていると、エルヴィスが髪を掻《か》き上げる。

「んで、ストーカー。オレに告白か？」

「ここ告白ぅっ⁉」

どうしたらそんな発想になるのか。

「なんだ。最近はそれで呼びだされることも多いから、てっきり」

モテていると露骨に明かすエルヴィスを、私は鼻で笑う。

「女子に激モテで調子に乗っているみたいね。さっきも鼻の下伸ばしちゃって」

「ヤキモチか？」

「だから違うってば！　えっと、話があるの。座って話さない？」

先ほど私が隠れていた木の傍にはベンチが置かれている。季節柄、草花が少なく寂《さび》しげなベンチに並んで座るなり、私は切りだした。

「ねぇエルヴィス。前に幻の薬草のことを話してたよね」

「ん？　あー、魔喰《まく》い花《ばな》のことか」

ベンチの背に寄りかかったエルヴィスは、長い脚をこれ見よがしに組みながら答える。

魔喰い花。どこかで聞いたことがあるような、と思いながら尋ねる。

「それって、迷宮の書以外だとどこで手に入るの？」

「あれはもう絶滅してるから、特定の迷宮以外の場所では入手できねェけど」

「えっ」

「オレが調合に使ったのは運良く手に入ったやつだが、数年かかってようやく一本だ。それくらい稀少価値があるっつーこと」

よくよく考えれば、エルヴィスはリージャス伯爵家以上に裕福なハント辺境伯家の生まれである。お金の力だけでどうにかなるなら、とっくに追加で入手しているだろう。

「じゃあ、やっぱり迷宮に……『一年生のための薬草図鑑』に入らないとだめなんだ」

「いや、それも難しい」

ん？　どういうこと？

首を捻《ひね》っていると、顰《しか》めっ面のエルヴィスが言う。

「前にも言ったろ。今のオレじゃ難しいって。ハム先生に実力が認められないと、あの本に入る許可は得られない」

「でもエルヴィスは、一年生なのに全属性の魔法が使えるんでしょ？　さっきは中級魔法だって」

「それくらいじゃまともに戦えねーよ。魔喰い花ってのは、つまり《魔喰い》のことだからな」

「《魔喰い》……？」

「《魔喰い》はBランクの迷宮生物で、土と闇《やみ》の属性を持つ。魔喰い花ってのは、《魔喰い》を倒すことで手に入る種子を使って育つ花のことでな。この花を育てるのも難しいが、それ以上にヤバいのが《魔喰い》だ。最初はあの迷宮に、危険な生物は出なかったらしいが……調子に乗って薬草を乱獲して売りさばく一年生が続出したらしくてな。いつしか《魔喰い》っつー怪物が生まれちまったらしい」

気楽に薬草を摘む生徒が多かったせいか。あるいは生徒自体の出入りが激しいことでそれぞれの迷宮の解釈に変化が生まれ、新たな怪物が生まれてしまったのか。

迷宮内で命を落とす人が多いのは、その迷宮が本来の内容から変質し、逸脱することがあるからだ。優しい愛の物語が、憎悪と血に塗《まみ》れた復讐劇に。国を追われる姫と騎士のお話は、関係を許されなかった二人の身勝手な逃避行劇に……。

こんなに貴重な薬草が大量に手に入る迷宮なら、それを守る凶悪な番人がいてもおかしくないのに——多くの生徒がそう考えてしまったなら、迷宮はその解釈を取り込んでしまう。

渋い顔のまま、エルヴィスは説明を続ける。

「その名の通り《魔喰い》は相手の魔力を喰らう。魔力ごと心を喰われちまえば、その魔法士は抜け殻同然になる」

「魔力と、心を……」

私は、エルヴィスの解説に重ねるようにノアから聞いた話を思いだしていた。

魔力をなくしたいと言う私に、ノアは安全に魔力を失う方法はないと答えた。つまり安全でなければ、この世界には魔力を失う方法があったのだ。

まだエルヴィスは何か話していたが、耳に入ってこない。とんでもなく重大なことに気づいてしまったからだ。

私はイーゼラに悪役令嬢、なんてあだ名をつけていた。でも彼女が恋するエルヴィスルートにも、他のルートにも、イーゼラなんて名前の女の子は登場しない。あんなにクラスで目立つ生徒であるにもかかわらず、だ。

その理由は——ゲーム本編が始まった時点で、イーゼラが学園にいなかったから？

クラスの人数が二十一人と中途半端《ちゅうとはんぱ》なのも、それなら説明がつくのだ。イーゼラが学園を去って二十人。アンリエッタが魔に堕ちて十九人。そこにカレンが加われば、二年Ａクラスはちょうど二十人に落ち着くのだから。

頭の中で辻褄《つじつま》合わせを終えたとき、私は全力で走りだしていた。校舎沿いを突っ切って、一心不乱に学生寮へと向かう。後ろからエルヴィスの声が聞こえた気がしたが、振り返る余裕はない。

数時間前、私はイーゼラの企《たくら》みに気づいていることをほのめかしてしまった。負けん気の強いイーゼラのことだから、あれで諦《あきら》めるはずがない。むしろ邪魔をされないようにと、作戦の決行を早めてしまうかもしれない。

イーゼラは一時の熱に浮かされているわけではなく、本気でエルヴィスに好意を抱いているようだった。だから彼の力になりたくて、魔喰い花を手に入れようとする。でもその結果、彼女はエーアス魔法学園からいなくなってしまうのだ。

息を切らしながら女子寮に入り、一階の部屋から順番に見ていく。イーゼラと仲の悪い私は、彼女の部屋番号を知らなかった。

広い寮内を走り回り、二階の突き当たりでようやくイーゼラの名前を発見した。

どんどんとドアを激しく叩きながら、ドア越しに呼びかける。

「イーゼラ、いる？　私よ、アンリエッタ！　お願いだから開けて！　ねぇ、イーゼラ！」

何度も何度も呼びかけていると、室内で小さな物音がした。

ハッとして身体《からだ》をどけると、恐る恐るというようにドアが開く。だが顔を見せたのはイーゼラではなく、どうやら彼女の侍女のようだった。

「イーゼラは⁉」

焦りながら尋ねると、口ごもりながら「留守ですが」と返事がある。

「留守って、じゃあどこに？　行き先は？」

「はぁ、急に言われましても」

「心当たりはないっ？」

詰め寄る私に迷惑そうに表情を歪めると、侍女はドアを閉めてしまう。部屋の中から「なんなのよ、もう」と苛立ったような声がしたときには、私は踵《きびす》を返していた。

寮に戻っていないなら、イーゼラがいるのはハム先生の研究室だろうか。

たぶんイーゼラはハム先生が持つ迷宮図書館の鍵を奪おうとしている。正面から頼んだところで貸してもらえるはずがないので、何かの手段を用いて先生の隙を突こうとしているはず――！

「アンリエッタ！」

寮から飛びだした私は、そこで立ち止まる。

「エルヴィス……」

「どうした。急に血相変えてよ」

エルヴィスは女子寮には入れないので、建物の外で私が出てくるのを待っていたようだ。すぐには何も言えずにいると、そんな私の顔を見たエルヴィスが顔を顰める。

「……おい。何があった？」

その一言に、瞳《ひとみ》が揺れたのが自分でも分かる。迷宮図書館で落ち込んでいたときもそうだ。ぶっきらぼうなくせに。意地悪なくせに。エルヴィス様とは、ぜんぜん違うくせに。

どうして――私がどん底にいるとき、いつもエルヴィスは来てくれるのだろう。

「話せよ。歩きながらでいいから」

気がつけば私はエルヴィスと一緒に校舎まで戻りながら、自分の考えについて話していた。

「なるほどな。それでハム先生の研究室に向かってるわけか」

何か考え込んでいたエルヴィスは、素っ気ない口調で言う。

「なら一緒に行く」

「えっ？」

「無関係じゃねーんだろ、オレも」

可能な限りぼかしたのに、エルヴィスは現状を正しく把握したようだった。あれだけイーゼラに好意を露わにされていれば、察せざるを得ないのかもしれないが。

「……ありがとう、エルヴィス」

意図せず巻き込んでしまった形になるが、エルヴィスの申し出はありがたかった。問題児で通る私がひとりで行動するより、優等生のエルヴィスがいてくれたほうが格段に動きやすくなるからだ。

私たちは特別棟へと向かう。教師は、ここにそれぞれの研究室を持っているのだ。

ハム先生の研究室を訪ねると、室内から返事はなかった。私とエルヴィスは顔を見合わせ、「失礼します」と断りながらドアを開ける。鍵はかかっていなかった。

書架に囲まれた研究室の机には、いくつもの本の山ができていた。崩さないように気をつけながら側面を回ってみると、そこにハム先生を発見する。

「あっ」

小柄な老爺は本の山に埋もれているせいで、入り口から見えなかったようだ。

ハム先生は、すやすやと寝息を立てて気持ち良さそうに眠っていた。なんと漫画みたいな洟提灯まで出ている。椅子《いす》に反り返るように眠る彼の胸元《むなもと》を確かめて、私は唇を噛《か》んだ。

「迷宮図書館の鍵がないわ」

「……この紅茶、かなり強力な眠り薬が煎じられてるな。たぶん、イーゼラ嬢が盛ったんだろ」

湯気のほとんど出ていないお茶のにおいを嗅ぎ、エルヴィスは厳しい面持ちをしている。

「お前の推測通り、イーゼラ嬢は鍵を盗んで迷宮図書館に向かったってことだ」

それは、最悪の事態が進行していることを意味していた。

絶句する私から視線を逸らし、エルヴィスはハム先生の肩を何度か叩《たた》いて揺さぶる。先生はふごふご言うばかりで、起きそうもない。

「薬が効きすぎてる。こりゃ当分起きねェな、他の教師を呼ぶぞ」

「でも、エルヴィス。それじゃイーゼラは……」

凪のような翠《みどり》の目に見つめ返されて、私は言葉に詰まる。

「オレたちじゃ《魔喰い》には敵《かな》わねーよ」

エルヴィスは不自然なくらい淡々と言う。

「イーゼラを、見殺しにするってこと？」

責めるような口調になってしまったのを、私は悔やむ。それでも言葉は止められなかった。

「だって、あの迷宮の書には一年生しか入れないんでしょ？　先生たちじゃ、本の中には入れない。

「イーゼラを助けられない……」

『小さな木に初級魔法を当ててみよう』と同じだ。どんな迷宮でも、その世界に入るためのルールが事前に設けられている。

イーゼラの手にしていた本のタイトルは『一年生のための薬草図鑑』。つまり、あの本に入るための条件は魔法学園の一年生であることなのだ。だから実力のある上級生に助けを求めることもできない。ラインハルト、ノアやシホルでも不可能だ。

それに今から一年生の有志を集めようにも、学年で最も実力のあるエルヴィスが勝てない相手だと断言しているのだ。他に誰《だれ》を頼ればいいというのだろう。

唇を噛み締めていると、誰かの声がする。しばらくぶりに聞こえるアンリエッタの声だ。

――もう、いいじゃない。

私もそう思う。もう、いいんじゃないかなって。

できる限りのことはやった。エルヴィスの言う通り、あとのことは先生たちに任せるべきだ。

そもそも、ゲームにおけるアンリエッタの役割はチュートリアルで死ぬだけの令嬢。生き残るには自分のことだけで精いっぱいで、他人にいちいち構う暇なんてない。

イーゼラがどうなろうと知ったこっちゃない。魔力を失おうと、心を喰われようと、学園にいられなくなろうと、どうだっていい。そもそも私はイーゼラと仲がいいわけじゃない。むしろ嫌われていて、いやみなことだってたくさん言われた。あの子と話すとむかつくことばかりだ。

でも別に、私はイーゼラのことが嫌いじゃなかったりする。

他の生徒とイーゼラは、ちょっとだけ違う。露骨すぎる悪意はいっそ清々しいし、イーゼラから売られる喧嘩《けんか》は正面切ってのものばかりだ。だから——。

「エルヴィス。私、行ってくる」

そうはっきり宣言したとたん、心がすっと軽くなった気がした。

「どこに？」

短い問いかけに、私は即答する。

「迷宮図書館に。イーゼラのところに行ってくる」

そう決めたからには、一分一秒を無駄にできない。歩きだす私の手を、エルヴィスが掴《つか》んだ。

「乗りかかった船だ。オレも行く。一年の間に一回は、《魔喰い》に挑戦するつもりだったしな」

「……迷宮内では何が起こるか分からないもの。エルヴィスは先生たちに助けを」

「アンリエッタ」

真面目《まじめ》な口調で呼ばれれば、意識的に逸らしていた目が彼に引き寄せられる。

「お前よりオレのほうが魔法の練度が高い」

「！」

悔しいが、エルヴィスの指摘通りである。

「むしろお前は、ここに残っとけ」

「っそんなのむり！」

弾《はじ》かれたように返せば、エルヴィスが我が意を得たりというように頷《うなず》く。

「だろ？　じゃあ、二人で行くしかねェな」

「エルヴィス……」

それでも私は悩んでいた。

もしもこれでエルヴィスの身に何か起きてしまったら、取り返しがつかない。そう思ったとき、根本的な思い違いに気づく。

だって私は、自分の運命を変えようとしてゲームに抗っている真っ最中じゃないか。そのためには、エルヴィスを巻き込んで――イーゼラの運命だって一緒に塗り替えるくらいじゃなきゃ、きっと足りない。

私は迷いを振りきるように、自身の胸をどんと叩いてみせた。

「じゃあ、もしエルヴィスに何かあったときは、私が責任を取るから！」

エルヴィスがぽかんとする。

「……あ？　それって、お前」

「エルヴィスが《魔喰い》に心を喰われたときは、私が介護する。朝は顔を洗って髪を梳《と》かすし、ごはんはフーフーして食べさせる。おむつも替える。夜は子守歌を歌って絵本を読む！」

心を喰われる、というのがどんな感じなのかはほぼ想像だったが、それを聞くなりエルヴィスはため息を吐いて肩を竦めた。

「そりゃお前にとっては単なるご褒美だろ」

「そうとも言う！」

自信満々に認めてから、同時に噴きだす。下らないことで笑い合えれば、張り詰めていた空気が少しだけ緩んでいた。

エルヴィスが掴んだままだった私の手を離して、ふっと笑う。

「行くぞ、アンリエッタ」

「うん！」

研究室を出た私たちは、螺旋《らせん》階段を下りて地下に向かう。

予想通り、迷宮図書館に続くドアは開いていた。

奥の本棚に向かうと、絨毯《じゅうたん》の上に一冊の本が落ちている。封印が解かれたその本はもちろん、『一年生のための薬草図鑑』である。

「すでに開かれている迷宮の書には、ページに手を触れれば入ることができるんだよね」

私は勢いそのままに本に触れようとしたが、その場にしゃがみ込んだところでエルヴィスが口火を切った。

「アンリエッタ、迷宮に入る前によく聞いとけ。前にも軽く話したと思うが、この迷宮について先生から話を聞いたことがある。迷宮としてはかなりシンプルな構造で、内部は延々と緑の森が広がってるが、《魔喰い》の居所まではほぼ一本道で迷うことはねェらしい」

「それって、《魔喰い》の居場所が固定されてるってこと？」

「そうだ。『一年生のための』って銘打ってるから、そこだけはご丁寧に難易度低めにされてんのかもな。イーゼラ嬢もたぶん、変に森には踏み込まず道を辿《たど》っただろ」

「じゃあ、この迷宮から出る条件は？」

本に触れると迷宮に吸い込まれてしまうので、ルールが明記してある裏表紙はもう確認できない。しかしそこは期待通り、淀みない答えが返ってくる。

「条件は、魔喰い花の種子を手に入れること。あるいは、ひとりにつき二十種類の薬草を採取すること。どちらかを達成すれば脱出できる。道中には《魔喰い》以外にも植物系の迷宮生物が棲息してるっつーから、オレが魔法で倒す。お前は前に出ず、基本的にオレの指示に従え」

「ん、分かった」

私の緊張が伝わったのか、エルヴィスはこんなことを付け足した。

「オレは辺境出身だからな。何度か魔物とは戦ったことがある。《魔喰い》とは比べものにならねェくらい、下位のやつばかりだが」

「ううん。頼りにさせて、エルヴィス」

エルヴィスの存在は本当に頼もしい。彼がいてくれれば何かが変わるかもしれないと、勇気が湧《わ》いてくるほどに。

私が真面目な顔で返すと、エルヴィスが口元を緩める。

「普段からそれくらい素直だと、かわいげがあるけどな」

「あのね、それはこっちの台詞《せりふ》だから」

覚悟を決めた私とエルヴィスはほぼ同時に手を伸ばし、開きっぱなしの光るページに触れた。

迷宮に入った私たちは、かなり順調に一本道を進んでいた。

というのも次々に飛びだしてくる迷宮生物を、エルヴィスが片っ端から蹴散《けち》らしてくれているからだ。

『一年生のための薬草図鑑』に出てくる迷宮生物は、人参やヒマワリの形をしていたりと、どれもどことなくかわいらしいというか、愛嬌のあるデザインだ。私たちを見つけると容赦なく攻撃してくるけど、エルヴィスの初級魔法は評判に違《たが》わず高度なものだった。中級魔法かと見紛うほど大きな火球を飛ばしては、研ぎ澄まされた風刃で魔物を次々と切り裂いていく。

「【コール・イグニス】――放て」

早くも十体目の魔物を倒してみせるエルヴィスに、私はぱちぱちと拍手を送る。

「エルヴィス、すごい！」

「この程度で感動すんな。オレを誰だと思ってんだ」

「よっ、オレ様エルヴィス様！」

「ま、聞いてたより迷宮生物の数が少ねェからな。たぶんイーゼラ嬢が倒したんだろ」

高い木々に見下ろされながら、私たちは先に進む。森の中には川が流れているのか、さらさらと水の流れる音が絶え間なく聞こえていた。

足を進めるごとに、迷宮生物の数は徐々に少なくなっていく。否応なしに身体が強張るのは、ひりつくような空気を感じるからだ。

私は背中にじっとりと汗をかきながら、一歩前を歩くエルヴィスを見る。

「エルヴィス……」

「ああ。お出ましらしい」

余裕のある横顔は変わらないが、それは私を気遣ってのものだと思われた。

やがて、私たちは一本道の終わりへと辿り着く。というのもページが途切れているのか、その先の景色がぼやけて見えるからだ。

ふいに、エルヴィスが振り返る。かと思えば唐突に、私は彼の腕に抱き寄せられていた。

「……！」

声を上げそうになるのを寸前で堪えたのは、エルヴィスの表情が今まで見たことがないほど真剣なものだったからだ。

エルヴィスに引っ張られるまま地面にしゃがみ込む。茂みの陰に隠れて、身を寄せ合うような格好だ。ドキドキと高鳴っているのが、どちらの心音なのかも分からない。私はエルヴィスの胸に横顔を当てたまま、しばらく動けずにいた。

しばらくそうしていると、強引《ごういん》だった腕の力がわずかに緩む。それを何かの合図のように感じて顔を上げると、エルヴィスは油断のない目で茂みの奥を見据えていた。

私の視線に気がついたエルヴィスが、そっと囁《ささや》く。

「気をつけろ。頭を出しすぎると、気づかれる」

耳元に落とされる声は、低く掠れている。彼がふざけていないのは明白だが、その声も表情も体温も、私にはあまりに刺激が強いものである。

私は羞恥心を押し殺して、そっと促す。

「ねぇ、エルヴィス。そろそろ……」

目をしばたたかせたエルヴィスが、ハッとしたように身動《みじろ》ぎする。

「わりー」

あっさりと身体を離されれば、なんだか肩すかしを食う。これじゃあまるで、私ばっかり意識しているみたいじゃない……。

って、どうしちゃったの私ったら。目の前にいるのはエルヴィスであって、エルヴィス様じゃない。意識するも何もないでしょうに。

「う、ううん」

私は気を取り直して、茂みに隠れながら窺ってみる。一本道の終わりに待ち受けていたのは――場違いなくらい美しい花畑と、その中心に佇《たたず》む迷宮生物だった。

目にしたとたん、底知れない恐怖に肌が粟立つ。

「あれが《魔喰い》……」

全長は、優に二メートルを超えるだろうか。人間でいう顔の位置に、ラフレシアのような赤く不気味な花が咲き誇っている。花の中心部にはひとつ目の眼球が埋まっていて、あちこちを見回している。そんな顔の部分を太い蔓が束《たば》になって支え、自立しているのだった。

純粋に咲き乱れる花々の中で、黒のオーラを身にまとう異質な生き物を前にして、私は本能的に理解する。あ、これ勝ち目ないやつだ、と。

道中遭遇した迷宮生物たちと《魔喰い》では、威圧感がぜんぜん違う。グロテスクな外見も、風に乗って漂ってくる鼻が曲がるような異臭も、すべてが敵を害すことだけに特化している。

きっとこの《魔喰い》は、贄《にえ》となる人間を本の中で待ち続けていたのだろう。学生の魔力を吸うことだけに執着して、何年も。

そんなおぞましいほどの迫力を感じながらも引き返さなかったのは、隣にエルヴィスがいるのと、色とりどりの花畑に倒れるイーゼラ。その身体には、《魔喰い》が手足のように伸ばした蔓が何重にも巻きつけられている。

《魔喰い》の足元に見覚えのある金髪縦ロールが見えたからだ。

遠目に見ても、イーゼラの顔色は悪い。意識もないようだが胸元は小さく動いていた。魔力を吸われて弱っているのだろう。

私の傍《かたわ》らで、エルヴィスもつぶさに観察している。

「今も《魔喰い》が拘束してるっつーことは、イーゼラ嬢は魔力を吸い尽くされたわけじゃねェ。それに、《魔喰い》は地面に根を張ってる。周囲にろくな遮蔽物がねェのが厄介だが……」

エルヴィスの分析を聞いて、《魔喰い》がわざとそういう空間を選んで陣取ったのだと気づかされる。花畑の中心では、身を隠すものがひとつもない。《魔喰い》にとっては、数十本の蔓を自由自在に伸ばせる舞台というわけだ。

「植物である以上、《魔喰い》もあの位置からは動けねェだろ。一定の距離を取れば、オレたちに攻撃は当たらない」

「なるほど」

となるとイーゼラの度胸もすごい。あんないかにもヤバげな相手に、自分から近づいていったなんて……と私は恐れ戦いた。

「アンリエッタ。迷宮に入る前に話した通り、ここから出るための条件は二つある」

ただし、とエルヴィスが言葉を継ぐ。

「《魔喰い》が苦労して捕らえた獲物を、魔力を吸いきらずに離すことはない。つまりイーゼラ嬢を助けるためには、あれを倒して魔喰い花の種子を手に入れるしかねェってことだ」

エルヴィスの口調には迷いがない。それと同時に、自信を感じさせるものでもある。

「もしかして、何か策があるの？」

エルヴィスは躊躇《ためら》わず頷く。

「言ったろ。この迷宮に一回は挑戦するつもりだったって」

私は口を挟まず、《魔喰い》を倒すための作戦を大人しく聞いた。

頭の中でその内容を反復していると、暑いのか上着を脱いだエルヴィスが、逡巡したように隣の私を見つめる。

「アンリエッタ、お前の役割のほうが危険だ。やっぱりお前は――」

「ううん。私もちゃんとやる」

私はエルヴィスの言葉を遮《さえぎ》った。作戦を成功させるには、私の存在が鍵となる。いくらエルヴィスが一年生の中で優れた生徒だといっても、ひとりで格上の迷宮生物と戦うなんて無鉄砲すぎる。

私がここで引くとはさすがに思っていなかったはずだが、エルヴィスは眼差《まなざ》しを強めている。

「約束しろ。ぜったい無茶しねェって」

「もちろん。私も、こんなところで死ぬつもりはないし」

まだチュートリアルすら始まっていないのだ。

それに、と私は付け足す。

「エルヴィスが言ったんじゃない。私は、死んだりなんてしないんでしょ？」

私があえて強気に笑ってみせれば、エルヴィスが目を見開く。

「……蒸し返すな、あほ」

恥ずかしいのか、注視していないと分からない程度に目元がうっすらと赤く染まっている。おかしくてくすくす笑っていると、頭をチョップされた。

「いだッ」

「それだけの余裕があるなら平気そうだな」

ふん、とエルヴィスが鼻を鳴らす。彼の目は、すでに私ではなく《魔喰い》だけを見据えている。

エルヴィスが鋭く息を吸う。私は膝のあたりにぐっと力を入れた。

「じゃあ、本番だ。……三、二、一！」

カウントダウンに合わせて、同時に立ち上がる。

「こっちよ、《魔喰い》！」

わざと大声を上げながら茂みを出て、《魔喰い》に堂々と姿を見せてやる。身を隠せるような遮蔽物に乏しい地形上、正面から挑むしかないのだ。

《魔喰い》の不気味なひとつ目が、私たちを捉《とら》えた。触手のように波打つ数十本の蔓が、こちらに向かって一斉に伸ばされるが――まだ距離がある。私の影にすら届いていない。

「蔓の射程は五メートル弱、か」

エルヴィスは呟きながら、ちょうど五メートルの距離を取ってその場に片膝をつく。先端の尖《とが》った木の枝を片手に握った彼は、地面に向かって一心不乱に何かを描き始める。

作戦は至ってシンプルなものだ。

エルヴィスが《魔喰い》を倒すための強力な魔法を準備する。私は、彼が魔法を発動させるまでの時間を稼ぐ。

魔法の有効範囲は、魔法の種類や術者の力量によって決まる。魔法そのものが届かなければ元も子もないので、エルヴィスはぎりぎりの位置に陣取ったのだ。

「どうしたの《魔喰い》。そんなんじゃ私には届かないわよ！」

《魔喰い》の注意を引きつけるために挑発すれば、蔓がざわざわと波打つ。伸びてくるそれを、後ろに下がって避けた。蔓攻撃は素早いものの、距離があるので見切れそうだ。

これならいけるかも、と私がわずかに気を緩めたときである。

ラフレシアみたいな花部分がもぞもぞと動き、そこから得体の知れないものが勢いよく発射された。

「うぎゃーっ⁉」

私の顔面めがけてまっすぐ飛んでくる何かを、奇声を上げつつ間一髪で避ける。恐る恐る後ろを見ると、それが当たった木の幹の表面がどろどろに溶けていた。

「な、なにこれ。消化液？」

もしもこれを喰らっていたら、と背筋がぞっとする。続けざまに《魔喰い》は消化液を繰りだした。私はどうにか攻撃を避けるが、そこで致命的なことに思い至る。

消化液は十メートル以上飛んでいる。この攻撃、私は動き回れば避けられるけど……！

「エルヴィス、危ない！」

「っ！」

《魔喰い》が放った消化液が、その場から動けないエルヴィスに向かって飛ぶ。

その攻撃を、エルヴィスは——左腕で受け止めていた。

「エルヴィス！」

「平気だ。こっちのことは気にすんな」

そんなの信じられるわけがない。青ざめながら注視すれば、エルヴィスは怪我《けが》を負ってはいなかった。脱いだ上着を左腕に巻きつけて、盾のように構えたことで消化液を防いだのだ。

ホッとするが、よく見れば早くも上着の一部が溶けかかっている。これでは、何十回も消化液を凌《しの》ぐことはできないだろう。

それなのに、エルヴィスは地面から片時も目を離していない。魔法を使うためにはそれだけの集中力が必要になるのだ。集中が乱れて線を歪《ゆが》めたり、注《つ》ぎ込《こ》む魔力の量を間違えたりしたら、魔法陣は効力を失って初めから描き直さなければならなくなるから。

本来であれば魔法陣は、魔法の詠唱と共に自動的に浮かび上がるものだ。しかし自身の実力を上回る強力な魔法を使う場合、世界は術者を助けてはくれない。だからこそ、エルヴィスは危険を承知で魔法陣を描いているのだ。

だから私が、ここで踏ん張らないと！

エルヴィスから《魔喰い》の注意を逸らすため、あえて私は前に出る。完全に蔓の射程内だ。表情のない《魔喰い》が、ほくそ笑んだような気配を感じた。

地面をばしんと鋭く打ち、一斉に蔓が伸びてくる。そのうち一本の先端が、私の頬を掠めた。

「……っ！」

じゅっ、と焼けるような痛みが頬に走るが、歯を食いしばって声を出すのを堪える。エルヴィスの集中力を妨げたくなかったのだ。

エルヴィスから離れた方向に逃げると、消化液が飛んでくる。距離を少し詰めれば蔓攻撃が来た。それを何度か繰り返すうちに読めてきた。本来はターン制バトルの『ハナオト』らしく、《魔喰い》にも攻撃のパターンがあるのだ。

敵が近づいてきたときは、蔓を伸ばして迎撃。敵が遠ざかったときは、消化液を飛ばして追撃。《魔喰い》にとって優先すべきは接近してきた敵だから、その場合は蔓攻撃が優先となり、消化液は使わなくなるようだ。

となると、私が選ぶべき道はひとつだった。

私は地面を蹴って、《魔喰い》に向かって一直線に駆けだす。

「おい、アンリエッタ⁉」

地面を蹴る足音で気づいたらしいエルヴィスが叫ぶが、振り返らずに答える。

「心配しないで、私は大丈夫だから！」

叫んでから、さっきのエルヴィスと似たようなことを言っちゃったな、と少しおかしくなった。

こんなときに笑えてしまうのは、大量のアドレナリンが出ているからだろうか。頰だけじゃなく、すでに肩や膝にも何回か蔓を喰らって出血しているのに、まるで痛みを感じない。交通事故に遭ったときとか、時間が経《た》ってから怪我を実感するっていうもんね。

果敢というより無茶な突撃を試みる私に、数十本の蔓がここぞとばかりに襲いかかってくる。一般的な運動能力しか持たない私は呆気《あっけ》なく波状攻撃に捕まり、右腕に蔓が巻きついてきた。

「うっ」

そのとたん、くらりと身体から力が抜けそうになる。

これが強制的に魔力を吸われる感覚なのか。不快極まりない感触に耐えながら歩を進め、私はさらに《魔喰い》へと近づいていく。

蔓の攻撃力自体は大したものじゃない。その理由は《魔喰い》がその名の通り、相手の魔力を吸うことに特化した迷宮生物だからだろう。

つまり蔓に捕まってさえしまえば、それ以上の攻撃は加えられないということだ。あとは《魔喰い》の注意が、エルヴィスに向かないようにだけ気をつければいい。

とうとうイーゼラの傍までやって来た私は花畑に膝をつくと、彼女の肩を全力で揺さぶる。

「イーゼラ！　イーゼラ、起きて！」

「う、うぅ……」

「ほら、早く起きてってば！　助けに来たよイーゼラ！　起きろー！」

「うううぅ」

ぐったりしていたイーゼラだが、必死に呼びかける私の声に気づいたらしい。その両目が焦点を結んだかと思えば、信じられないものを目にしたように見開かれる。

どうやら魔力も心もまだ喰われきってはいないようで、少しだけ安心──。

「アンリエッタ・リージャス⁉　あなた、こんなところで何をやっていますのっ⁉」

う、うるさ！　耳がキーンとするほどの大声で怒鳴られて、私はささっと左手で片耳を塞《ふさ》ぐ。

「イーゼラ。今はとりあえず、協力してほしいんだけど」

耳栓を外してから本題に入ろうとするが、上半身を起こしたイーゼラは私の右手を注視している。

「あ、あなた、その蔓は」

「ああ、さっき私も《魔喰い》に巻きつかれちゃって。いやー、魔力を吸われる感覚って辛《つら》いね」

他者とのコミュニケーションにおいては共感が重要とされる。肩から腰のあたりまで蔓でグルグルにされたイーゼラなので、私も同じ立場なんですよ、辛いですよね、と寄り添う姿勢を示せば、私に心を開いてくれることだろう。

「……わたくし、あなたのことを見誤っていましたわ。まさかこんなにも愚かだなんてね！」

あれ？　まったく開いてない？

私の予想と異なり、目をつり上げたイーゼラは早口でまくし立ててくる。

「《魔喰い》がどれほど危険か分かっておりませんの⁉　捕まったら最後、死ぬまで魔力を搾り尽くされるんですのよっ！」

「うん、えっとね、これは作戦通りで」

「暫定・花乙女のくせに、わたくしを助けられるわけでもないくせに、勝手にこんなところまでのこのこ来て！　それでわたくしが泣いて感謝するとでもお思いなら、びっくりするほど能天気でおめでたい頭で――」

「う――るさいなぁっ、悪役令嬢のくせに！」

最初は冷静に話を進めようとしていた私だが、あまりにもイーゼラが話を聞かないので、気がつけば彼女に負けないくらいの大音声で言い返していた。

「あ、あくやくれいじょう？」とぽけっとしているイーゼラを、問答無用で睨《にら》みつける。

「ていうか、頭お花畑なのはそっちでしょうが。惚《ほ》れた男のためだかなんだか知らないけど、格上の迷宮生物がいる迷宮に単身乗り込むとか」

真っ当な指摘をすれば、一瞬イーゼラが怯《ひる》む。

「だ、だって。今しかチャンスがなかったから……」

私だって理解はしている。この薬草図鑑には、進級すれば入れなくなるのだ。そうなる前に、イーゼラはどうしてもエルヴィスに魔喰い花を届けたかったのだろう。

だけどそんなの、恋心を理由に勇気と無謀をはき違えているだけだ。

「だからって、それであんたが死んじゃったらどうすんの。好きな人に会えなくなったらどうすんの！　そんなの、誰も救われない。悲しいだけじゃない！」

「そ、それなら、こんなところまで来てわたくしに説教しているあなただって、おかしいじゃありませんか！」

「そうよ、本当にばかなことしたわ。あんたなんて見捨てておけば良かった！」

「ななななんですってぇ⁉」

「仕方ないでしょ！　今だって怖くて仕方ないし、この場から逃げだしたい。ぜんぶ忘れて、何も見なかったことにしたい！」

途中から売り言葉に買い言葉で、私たちの口喧嘩は白熱する。

だって私は乙女ゲームにおけるヒーローでも、ヒロインでもない。だからこれが、弱くて情けない、チュートリアルで死んじゃう令嬢な私の本音だった。

「でも、ここで逃げたら寝覚めが悪くなる！」

数秒間の沈黙を経て、イーゼラがさらに顔を真っ赤《まっか》にする。

「なっ、によそれ⁉　結局、ぜんぶ自分のためなんじゃありませんのッ！」

「そうよ。別にいいでしょうよ、自分のためでも！」

だって、私がこの場に踏み止まっている理由はたったひとつなのだ。

「私はねぇ、自分の運命を変えるためにがんばってる真っ最中なの。そのついでにちょっと寄り道して、あんたの運命も変えてやろうって。そう、思っただけ！」

今のイーゼラは未来の私そのものだ。形は違えど、お互いに最悪の結末へと辿り着くことが決まっている。

ここでイーゼラを見捨てれば、自分の人生を諦めちゃうことと同じだから。

「できるかどうかなんて、関係ない。とにかくやるの。何がなんでもがんばるの」

あと私が壁になって見えてないみたいだけど、ちょっと離れたところにあんたの大好きなエルヴィスがいるんだからね。教室では隠してるあんたの本性、とっくにエルヴィスにバレバレだからね！

「っっ……」

なんて心の中で悪態を吐く間にも、ごっそりと魔力が抜かれる感覚に私は歯を食いしばる。イーゼラと言い合って、体力まで無駄に消耗してしまった。自業自得だけどサイアクだ。

そんな私の言葉のすべてが理解できたわけじゃないだろう。それでも何かは届いたのか、イーゼラの色を失った唇がわずかに震える。

私はそんな彼女に、挑むように伝える。

「だからお願い。今だけはあんたの力を、私に貸して！」

しばらく、イーゼラからの返事はなかった。

イーゼラの協力が得られないなら、私ひとりでもやらなくては。そう思ったときだった。

「何をすれば、いいんですの？」

「！」

それは、ここに来て初めての前向きな言葉だった。私はイーゼラの気が変わる前にと、もつれそうになる口を動かす。

「《魔喰い》の属性は土と闇だから、風魔法が有効なはず。イーゼラ、風魔法が得意だったでしょ。だから、私と一緒に風魔法を《魔喰い》にぶつけてほしい」

ちらっと目を向けて確認すると、まだエルヴィスの準備は終わっていない。やれることはやっておくべきだ。

それを聞いたイーゼラが、えっ、と目を瞠《みは》る。

「あなた、この状態のわたくしに魔法を使わせるおつもりですの？」

何しろ、魔力を吸われ続けて満身創痍《そうい》のイーゼラである。まさか魔法士としての戦力に数えられるとは思ってもみなかったようだ。

「仕方ないでしょ。私だけじゃむりだもん。私、暫定・花乙女なんだから！」

とうとう開き直れば、私以上にぐったりしたイーゼラが頷く。

「わ、分かりましたわよ。はぁ。はぁあ……」

気持ちは分かるが、二回もため息を吐かないでほしい。

「でも、初級魔法一回で限界ですわよ。もうほとんど魔力が残ってませんもの」

「それでじゅうぶん！」

私は威勢良く頷く。

堂々と作戦会議をしているのに反応を示さないあたり、《魔喰い》には人の言葉を理解できるほどの知能はないようだ。それに私を捕まえてから、獲物二体の魔力を吸うのに集中しているようで動きが鈍っていて、消化液も数回程度しか飛ばしていない。

今こそ至近距離で魔法をぶつける絶好の機会だ、と意気込む私にイーゼラが問うてくる。

「というかあなた、初級魔法は使えるようになりましたの？」

私は、すっ……と視線を斜め下に逸らした。

「ちょっ、一緒に魔法をぶつけるとか言ってましたわよね⁉」

「私は逆境に強いタイプなの。たぶん今日はできる」

そう言い張る私をイーゼラは訝しんでいたが、それ以上突っ込むのはやめたようだった。より絶望的な気持ちになるだけだと気づいたのだろう。賢明な判断である。

蔓に巻きつかれたままの右手はほとんど持ち上がらない。だから私は左手で取りだした杖《つえ》を、前方に向けて構えた。どうせ初級魔法すら発動できない。前と同じように失敗する。そんな思い込みを、今だけは捨て去る。

私だって、ノアのスパルタ特訓で成長している。それをこの場で証明する！

「【コール・アニマ】！」」

声と呼吸を合わせて、私とイーゼラは唱える。

「――切り裂けぇっ！」」

初級魔法の同時展開。私たちの足元で二つの魔法陣が重なり、より大きく複雑な紋様を描く。

属性の異なる魔法は反発し合うが、同属性の魔法は融合することで、さらに強さを増すのだ。

短い詠唱によって魔法が発動した瞬間、私は靄《もや》がかっていた視界が一気に晴れるような、言葉にできないほど爽快な感覚を覚えていた。

生活魔法を使うときの、注意を払わなければ感知できないほど些細《ささい》で微細な消費とはまったく違う。私の体内を巡るばかりだった魔力が、構えた杖の先端からさらに向こうへとぐんぐん伸びていき、唱えられた呪文通りにひとつの奇跡を体現する。

魔法による事象の改変。生みだされた風の刃が、私とイーゼラを捕らえていた蔓を断ちきった。

蔓が半ばで寸断されれば、《魔喰い》の注意をさらに引きつけられる。そういう目論みだったが、風の刃はそれだけでは止まらなかった。

『──シャアアッッ！』

聞くに堪えない悲鳴を上げて《魔喰い》が仰け反る。《魔喰い》のひとつだけの目玉に風魔法が命中したのだ。しかも十数本の蔓を巻き添えのように断ちきりながら、である。

《魔喰い》の怒りの強さを表すように、残された数本の蔓がめちゃくちゃに花畑を叩く。色とりどりの花弁が散り、茎から折れた花が空を舞った。

狙《ねら》いの定まっていない攻撃から慌てて距離を取りながら、私はすっかり脱帽していた。目の前の光景に圧倒されるあまり、その頃には初めて初級魔法を使えた喜びさえ吹き飛んでいる。

「イーゼラ、とんでもない魔法の威力……初級魔法とは思えないくらい」

二人ともに、発動したのは詠唱通りの初級魔法であるはずだ。しかし融合して放たれたのは、それでは説明がつかないほどに強力な魔法だった。それこそ、威力としては上級魔法に近いと思うほどに。

無論、初級魔法の発動すらままならない私にこんな神がかった芸当ができるわけがない。考えるまでもなく、土壇場で奇跡を起こしたのはイーゼラだった。クラスでもエルヴィスに次いで成績のいいイーゼラだが、まさかここまでの実力を持っていようとは……。

「本当にすごい。大量の魔力を吸い上げた《魔喰い》に、あんなにダメージを与えられるなんて！」

最初はきょとんとしていたイーゼラだが、私が尊敬の眼差しを注いでいるとにわかに頬を紅潮させて高笑いする。

「え、えっと？　オホホ、そうですわね。わたくしにかかれば、これくらい余裕ですわよ！　オーホッホホッホッホッホ！」

その直後だった。今や無視することもできないほど強い魔力の波動を背後から感じて、私は思わず彼の名を呼んでいた。

「エルヴィス！」

穴だらけの上着をとっくに投げ捨てたエルヴィスは、目を半分ほど閉じ、怖いほどの集中力を宿してその場に立っていた。

彼の足元にあるのはひとつの魔法陣だ。光の魔法陣を三重にして描いた、息を呑《の》むほど複雑な構成のものである。

それぞれの魔法陣が互いの邪魔をせず、魔法効果を安定・増幅させる形で刻まれており、ほぼ素人の私が見てもすさまじい出来の良さが伝わってきた。

通常、魔法士は悠長に魔法陣を描くことなどしない。状況も戦場も刻一刻と移り変わるもので、時間をかけて魔法陣を地面に刻むのは致命的な隙になる。だから魔法を使う瞬間、魔法士の足元は光り輝き、自動的に浮かび上がった魔法陣が発動を補助する。これが現代魔法の基本である。

しかし、今このときにおいては違う。

地面に根を張った《魔喰い》は、この場から動けない。そして本来であれば中級魔法までしか使えない魔法士でも、精密にして緻密な魔法陣を用意できたなら――。

両の目蓋をしかと開いたエルヴィスが、片手を前方に伸ばし、凛《りん》とした声で唱える。

その美しさに、私は見惚《みと》れていた。


「【コール・ルーメン】――宵闇《よいやみ》を照らす導きの星よ。天より降《ふ》り注ぎ、すべての魔を打ち砕け！」


発動したのは、三節から成る上級光魔法である。

光と闇は互いに弱点属性となる。土と闇の属性を持つ《魔喰い》に、光魔法は絶大な効果を持つ。

エルヴィスの足元で、彼の魔力を注ぎ込まれた三重の魔法陣が光り輝く。それに呼応して、《魔喰い》が強すぎる光の渦に囚われる。

《魔喰い》を身動きひとつ許さず拘束したところに、流星の如《ごと》き光の矢が降り注ぐ。

『キシャアアア――ッ⁉』

耳をつんざくような、断末魔の悲鳴が上がる。

残っていた蔓は光の矢が当たるたびに片っ端から千切れ、《魔喰い》の身体は為《な》す術《すべ》なく崩れていく。光が闇を圧倒していく光景に、私はひたすら見入ることしかできない。

すごいよ、エルヴィス。本当にやってのけるなんて！

魔法陣の補助があるとはいえ、一年生にして上級魔法を成功させるなんてほとんど例のないことだ。その例とは、言うまでもなく完璧《かんぺき》超人のノアのことだが。

こうして《魔喰い》を呑み込んだ光は、次第に収束していったが……エルヴィスが小さく呻き、その場にがくりと膝をつく。

「ッう……」

「エルヴィス！」

強力な魔法を使った反動が出てしまったようだ。駆け寄ろうとした私は、直後に派手に転んだ。いやな予感と共に恐る恐る振り返れば、私の右足首にまとわりつく一本の蔓があった。それは、ぼろぼろに崩れつつある《魔喰い》の肉体から伸びている。

う、嘘《うそ》でしょ。イーゼラの風魔法とエルヴィスの光魔法を喰らってるのに、手強《てごわ》すぎない？

しかも文句を言う間もなく、蔓は私の魔力を吸い始めている。それは先ほどまでの、じっくりと獲物をいたぶるような魔力吸収ではない。光魔法によって崩れた身体を再生させるために、《魔喰い》は一気に私の魔力を吸いだそうとしていた。

「っ、ぐッ」

あまりの苦痛にどっと汗が噴き出て、息が詰まる。ちかちかと視界が明滅している。

「アンリエッタ・リージャス……！」

「アンリエッタ！」

イーゼラが泣き叫び、蹲《うずくま》るエルヴィスが必死の形相で叫ぶ。だけど二人とも立ち上がれない。片や魔力を吸われ続け、片や魔力を使いきり、とっくに限界を超えているからだ。

ぐにゃぐにゃと目の前の景色が歪む。二人の声すら聞こえなくなり、閉じかけた世界の中で……私は静かな視線に気づいた。

誰かが私を、じっと見ている。なんとか眼球だけを動かして仰《あお》ぎ見れば、《魔喰い》の潰《つぶ》れかけたひとつ目が、わずかに開いていた。

目が合った私は、状況も忘れて思わず笑ってしまう。

ああもう、分かったって。あんたの執念深さには負けたよ。

それなら私の魔力でも心でも、好きに喰えばいい。

だからイーゼラとエルヴィスは、このまま見逃して。二人とも、私なんかよりずっと将来有望な若者なんだし。なんて、言っててちょっと悲しくなるけどさ。

そういうことで、約束は守ってね。お願いだから。

そんな言葉を一方的に心の中で唱えたところで、私の意識はぷつりと途絶えた。

私はぼんやりと、灰色の世界に佇《たたず》んでいた。

そこは女神像のある大きな噴水を中心に、階段状に広がっている立派な噴水広場だった。噴水の中央には大理石で彫られたエンルーナの女神像が飾られている。物言わぬエンルーナは両手を祈るように組み、いかにも女神らしい淑《しと》やかな笑みを浮かべていた。

魔法をかけられた噴水は、ときどき宙を舞う水の軌跡で花や鳥なんかを描くことで知られるが、その日ばかりは平凡に水を噴き上げるだけだった。

学園中の教師や生徒が広場に集まり、そのときが来るのを今か今かと待ち侘《わ》びている。

独特の緊張感漂う光景を目にすれば、ぴんと来た。そうか、もうすぐ花舞いの儀が始まるんだ。

学園中の生徒が集まれて見晴らしがいいという理由から、花舞いの儀の際は必ず学園の生徒は噴水広場に集まるという設定だった。

最初に見たきりスキップしがちのプロローグを、私は頭の中で遡っていく。

『ハナオト』のプロローグの日付は、月花暦六百年、四月一日。カルナシア王国やエーアス魔法学園についての説明を軽く入れながら、花舞いの儀でカレンが召喚される直前から物語がスタートする。

花乙女が選ばれるときは、まずエーアス魔法学園にある時計塔の鐘が響き渡り、その音が不思議と連なって国中に伝わっていくらしい。初代花乙女が建設したという時計塔の鐘が鳴り終わったあと、今代の花乙女の頭上に祝福の花弁が降らされるそうだ。

今回に関しては花乙女は異世界から召喚される。噴水の水盤に溜《た》まった水がぱぁっと明るく光り輝いたかと思えば、その傍にひとりの女の子が立っているのだ。

セミロングの茶髪にピンク色の瞳を持つカレンは、何が起こっているのか分からない様子で不安げに周囲を見回す。そんな彼女の頭上に花弁が降り続ける様子を目の当《ま》たり《あ》にすれば一目瞭然だ。彼女こそが百年ぶりに選ばれた花乙女だと、生徒たちは好き勝手に盛り上がっていく。

その様子を見て平静を失うのがアンリエッタだ。立ち上がったアンリエッタは群衆の中からカレンへと近づき、感情的な叫び声を上げる。

気がつけばアンリエッタはドス黒い魔力を身にまとい、理性を失っている。突然襲いかかってくるアンリエッタに戸惑いながら、カレンは攻略対象のうちの誰かに協力を呼びかけて、魔に堕ちたアンリエッタと戦う――。

って。よくよく見たら、私の真横に座ってるのってアンリエッタじゃない?

まだ冷たい春先の風に揺れる髪色は、他の景色と同じくすんだ灰色ではあるが……息を呑《の》むほどの美貌の少女が、私の隣に座っていた。

私が転生したあととは違う。本物のアンリエッタのまとう空気はひりついていて、傍にいる私の焦燥すら掻《か》き立《た》てるほどだった。彼女の怖いほど真剣な青の双眸《そうぼう》が、そう思わせるのかもしれない。

でも至近距離からまじまじと見つめても、アンリエッタは私に気づかない。さっきから誰とも目が合わないので、どうやら私の姿はアンリエッタ含む誰にも見えていないようだ。

アンリエッタが形のいい耳に髪をかけて、物憂げな息を吐く。その音は、私の耳には聞こえない。どうやらこの世界には、色も音もないようだった。

首を捻《ひね》っていると、灰色の世界に大きな変化が起こった。見下ろせば、噴水の傍にひとりの少女が立っている。困り顔できょろきょろと辺りを見回す茶髪の彼女は、他ならぬカレンだった。

私は込み上げた唾を呑み込む。やはりカレンが召喚されてしまった。自分が花乙女に選ばれなかったと知ったアンリエッタは、これで魔に堕ちてしまう。

私はゆっくりと、答え合わせをするように傍らのアンリエッタに目を向けていた。

怒りに駆られたアンリエッタは、激情も露わにカレンを睨みつけて立ち上がるはずだ。

だが意外なことに、アンリエッタの視線はカレンには向けられていなかった。

どこか別の方角を見つめるアンリエッタが、ぎゅっと唇を噛《か》み締《し》める。なめらかな頬《ほお》を、一筋の涙が伝っていく。あまりに痛々しく静かな泣き顔に、私の胸は共鳴したかのように切なく締めつけられた。

アンリエッタの視線の先を追えば、そこに彼女の涙の答えがあった。

ああ。違ったんだ。

私も、他のプレイヤーも、誰も彼もが誤解していた。

アンリエッタ。あなたが魔に堕ちたのは、自分が花乙女に選ばれなかったからじゃなくて――。

◇◇◇

「あ、起きた起きた」

能天気な美声が、頭上から降ってきた。

私は目蓋を震わせてから、ゆっくりと目を開ける。見つめ返してくるのは白い天井《てんじょう》……ではなく、その手前にいるフェオネンだった。

相変わらず近い。近いというか距離感がバグっている。私は少しでも身動《みじろ》げばキスしてしまいそうな距離にあるフェオネンの顎を、ぐいっと押しだすように遠ざけた。

「痛い痛い。いやぁ、美少女の頬を濡《ぬ》らす涙を止めてあげようと思ったんだけど」

笑いながらフェオネンが身を引く。私は無言のまま、頬を流れるそれを拭った。

涙の理由を問われないのはありがたかった。これはただ、彼女の感情に呼応して溢《あふ》れたものだったからだ。

ベッド脇《わき》の丸椅子《いす》に座り直したフェオネンは、あの日とよく似た言葉を繰りだした。

「久しぶり。自分の名前、ちゃんと言えるかな?」

「……アンリエッタ・リージャス」

「良かった、正解」

フェオネンがくすりと笑う。そんな校医を私はぼんやりと見上げていたのだが、次第に意識を失う前の記憶が戻ってきた。

「イーゼラ⁉　それにエルヴィスは⁉」

がばりと跳ね起きる私の両肩を、「こらこら」と言いながらフェオネンが再びベッドに寝かせる。

「二人とも無事だよ。ほら、両脇のベッドを見てごらん」

言われるままに視線をやれば、私の右隣にエルヴィス、左隣にイーゼラが横たわっている。

「イーゼラ嬢は消耗しているけど命に別状はないし、魔力も時間をかければ回復するでしょう。エルヴィス君も魔力が切れて単に眠っているだけ。それとキミの顔や身体《からだ》の傷も、今回は治癒魔法で治しておいたから」

「そ、そうなんですね。ありがとうございます……」

良かったぁ、と私は全身から力を抜く。

あの危険すぎる迷宮から、三人で生きて戻ってこられたのだ。また涙が込み上げそうになるが、そういえばと重要なことに気がつく。

「わ、私、なんでか平気かも⁉」

《魔喰《まく》い》によってすべての魔力を吸われたとき、もうおしまいだと思った。半ば諦《あきら》めていて、遺言っぽいことまで心の中で唱えていた気もする。しかし今の私は、問題なく喋《しゃべ》れているし表情筋を動かせているのだ。

「魔力は喰われちゃったけど、心のほうはどうにかなったってこと？　き、奇跡みたい！」

横たわったまま手を合わせて感激する私に、フェオネンが「いやいや」と首を横に振る。

「魔力もなくなってないから」

「……え？」

「キミの魔力、なくなってないよ。ぜんぜん。ちっとも」

え？　……えええ？

「だって私、《魔喰い》に魔力をばっちり吸われたはずなんですけど」

「意識を失う前のエルヴィス君から聞いたよ。キミたち、とんでもない無茶をするじゃない」

フェオネンは苦笑しているが、その件について教師として叱る気はないようだった。

「《魔喰い》については、エルヴィス君が死体の一部を持ち帰ってきた。専門機関にでも持ち込んで調べてみないと、詳しいことは分からないけどね。ボクの見た限り、《魔喰い》は自滅に近い状態だったんじゃないかな」

「自滅、ですか？」

私は最後に見た《魔喰い》を思いだす。致命傷を喰らってもなお、生きようと抗う姿を。

「《魔喰い》といっても、無尽蔵に他者の魔力が喰えるわけじゃない。想定を超える量の魔力を吸収すれば、肉体のほうが耐えられないのは自明の理だろう？」

「ああ、なるほど。イーゼラの魔力をたくさん吸った状態で、私の魔力まで追加で吸ったから……《魔喰い》は自壊したってことですね？」

だから私もイーゼラも無事だったのだ。

一件落着だと思いかけたところで、私はとんでもないことに思い至った。

「あれ？　じゃあ私が助かったのって、イーゼラのおかげ？」

危険を冒して助けに行ったのは私のはずなのに、イーゼラは超強力な風魔法で《魔喰い》に手傷を負わせ、最終的に自壊にまで追い込んでいるということか。

なんだかものすごく複雑な気分に陥《おちい》る私に、フェオネンが肩を竦める。その表情は女の子と見れば口説く色男のものではなく、ちゃんと教師の顔をしている。

「あのね。キミ、根本的なところを勘違いしてると思うんだけど。個人の魔力量っていうのは、基本的に修練によって伸ばしていくものなんだよ」

「はぁ」

前置きの意味が理解できていない私に、フェオネンが呆《あき》れ顔を作る。

「キミさ。この十六年間、まともに修練を積んでこなかったでしょう？」

うぐ、と私は言葉に詰まって消沈する。

「ご、ご指摘の通りです。私は愚かな落ちこぼれです！」

「責めているわけじゃなくてね。ボクが言いたいのは、なんの努力もしていないにもかかわらず、それだけの魔力を生まれた時点から有しているキミみたいな人間は、魔法士の常識に照らし合わせて異常だってこと。魔法士だけじゃなく、《魔喰い》にとってもね」

……ええと、つまり？

「私、もしかしてちょっとはすごいってことですか？」

期待に目を輝かせて問うと、フェオネンがくすりと小悪魔的な笑みを浮かべる。

「――うん。今はそういうことでいいんじゃない？」

な、なんかおざなりだけど。今のはフェオネンなりに、私を励ましてくれたのかな？

ただのお色気垂れ流し校医かと思いきや、フェオネンにも意外といいところがあるんだな。

私が密かな感動を覚えていると、すぐ近くから衣擦れの音がした。

「アンリエッタ……」

「エルヴィス！」

「お前、大丈夫、なのか？」

エルヴィスは眉尻《まゆじり》を下げて、瞬きもせず私を見つめている。

フェオネンもいるというのに、エルヴィス様の演技をするのを忘れているエルヴィス。その理由はきっと、私が《魔喰い》によって心まで喰われたと彼も思い込んでいたからだろう。

だから私は茶化すことはしなかった。シーツから出した右拳をぎゅっと握ってみせると、にっこり笑いかける。

「うん。私、すっごく元気！」

エルヴィスはしばらく黙ったままでいたが、安心しきったように口元を綻ばせた。

「そーか。なら、良かった」

「うん。エルヴィスのおかげ。本当にありがとう」

お互い横になったまま、いつになく穏やかな笑みを交わす。迷宮から戻ってこられた幸運を二人で嚙み締めるように。

しかしそこに、フェオネンが水を差す。

「いい雰囲気のところ悪いけど、学園長がキミたちをお見舞いに来てるよ」

えっ、学園長？

急に大物の名前が出てきたのに驚きつつ、エルヴィスとそれぞれ上半身を起こす。

すると、いつからそこにいたのだろう。フェオネンが振り返る先には、床に杖《つえ》をつくその人の姿があった。

「……ええっと。ハム先生？」

古めかしいデザインのローブをまとってそこに立つのは、迷宮学の教師であるハム先生である。

どういうこと？　学園長はいずこに？

私がきょとんとしていると、ハム先生はゆったりとした動作で頷《うなず》いた。

「うむ。いかにもワシがエーアス魔法学園の学園長、ハムじゃ」

「へっ？」

私は開いた口が塞《ふさ》がらなくなった。

冗談かと思いきや、ハム先生は一向に発言を撤回しないし、フェオネンはにこにこしている。

フェオネンが学園で働けるようになったのは学園長の手回しのおかげ、みたいな話がフェオネンルートであった気がするので、彼にとっては恩人なんだろう。

つまり、本当にハム先生が学園長なのか。そんな重要な設定は『ハナオト』でも明かされてなかったけど、こんなところであっさりネタバレしちゃっていいのだろうか？

私はいろんな意味で困惑していたが、エルヴィスに動揺は見られなかった。もしかしたら意識を失う前に、ハム先生に会っていたのかもしれない。

「ハム学園長。僕は、いかなる処分でも甘んじて受けます」

それは究極的にエルヴィス様らしい、自分だけで責任を取るような発言だったが――私が異を唱えるより早く、ハム先生が口を開く。

「今回の件で、お前さんたちに何かしらの処分を下すつもりはない。もちろん、そこで眠っとるイーゼラ・マニにもな。お前さんたちは迷宮の書に巣くう《魔喰い》を討伐してみせた。成果がある以上、処分があってはおかしいじゃろうて」

良かったと胸を撫で下ろしたいところだが、お咎めなしというのも不思議に思える。私たちの顔つきに疑問を感じ取ったのか、ハム先生が笑みを漏《も》らした。

「よく考えてみるといい。エーアスの教師が、生徒の仕込んだ眠り薬程度で昏々《こんこん》と眠りにつくかどうか」

「……まさか」

「そうじゃ。マニが鍵《かぎ》を取っていくときも、ハントやリージャスが研究室に入ってきたときも、ワシは狸寝入りをしておったよ」

私もエルヴィスも、これには揃《そろ》って絶句した。

ふぉっふぉ、とハム先生が愉快そうに笑う。明るい笑い声とは裏腹に、深く被ったフードの下から鋭い光を湛えた瞳《ひとみ》がこちらを見ていた。

「すべての選択は自己責任。それが、魔法を学ぶ者の鉄則じゃからな」

そうだ。私だって、よく知っていることだった。

『ハナオト』で攻略対象が死んだり、怪我《けが》を負ったりするルートはほとんどない。でもそれは、ヒロインのカレンがどんな傷でも治癒魔法で軽々と治してしまうからだ。

だけどカレンに深く関《かか》わらない――ゲームの背景でしかない生徒たちは、何人も命を落としている。アンリエッタやイーゼラが、その中の一部であったように。

「もちろんワシら教師は、生徒に一切《いっさい》の手を貸さないわけではない。授業の最中に魔法の発動に失敗したとか、暴発したとかな。そういう事態が起きたときは別じゃ。今回のマニの行動は、それとは一線を画しておった」

確かに、ハム先生の言う通りだった。言い返せず沈黙する私たちだったが、彼の言葉はゆったりと続いている。

「じゃが、マニは友に恵まれた。そのおかげで迷宮の底に、骨まで沈まずに済んだんじゃ。それがどれほど幸運なことかは、本人が夢の中で嚙み締めている最中じゃろうて」

ハム先生の片目が、イーゼラの眠るベッドにちらりと向けられる。

「今日の件、報告書は提出してもらうからそのつもりでおれよ。ワシが言いたいのはそれだけじゃ。ではな」

「お送りしますよ、学園長」

フェオネンが付き添って医務室を出ていく。二人の後ろ姿を、私は何も言えずに見送った。

二人の気配が遠ざかる。ベッドに横向きに座ったエルヴィスが髪を掻き、苦々しい面持ちで呟く。

「この学園を甘く見てたかもしれねェ。……いや、魔法士というものを、か」

「うん、それは私も同じ」

だけど、これがこの世界の常識なのだ。

成果がある以上、処分があってはおかしいとハム先生は言った。裏返せば、《魔喰い》を倒したという成果だけに価値があると告げられたも同然だ。私たちの生死は学園にとって些末なことに過ぎなかった。

私はぶるりと身を震わせる。や、闇《やみ》が深いよエーアス魔法学園。

『ハナオト』自体は公式HPやレビューでも明るくて楽しいファンタジーラブストーリー、みたいな感じで紹介されがちなのに、ネームドキャラクター以外の死亡率が絶望的に高いとか、バッドエンドやグロエンド特化を謳《うた》うゲームより性質《たち》が悪い気がする。

自信家のエルヴィスも、今回ばかりは暗い顔をしている。この空気を払拭したくて、私はあえて明るい声で話題を変えた。

「そういえば、途中で意識を失ったから何も覚えてないんだけど。《魔喰い》が自壊したあとって、どうなったの？」

「それなら魔喰い花の種子を回収したら、三人とも迷宮の外に出られた。図書館では、ハム先生とフェオネン先生が待機しててよ」

ふむふむ。

「フェオネン先生がイーゼラ嬢を運んでくれたから、オレはお前を抱きかかえて医務室に向かった。そこで意識を失ったから、それ以上はオレにも分かんねェけど」

ふむふ……ん？

「ええっと。抱きかかえて、っていうのは？」

「は？　そりゃ横抱きにして、ってことだろ」

衝撃のあまり口をはくはくする私に、エルヴィスは呆れ顔だ。

「何驚いてんだよ。お前が階段から落ちたときも、同じ抱き方で運んでやっただろ」

「う――ええええええっ⁉」

素っ頓狂な悲鳴を上げる私に、エルヴィスはうるさそうに顔を顰める。

ちょっと待ってよ。私、意識のない間に二度もお姫様抱っこされてたのっ？

学園内でのお姫様抱っこなんて、否応なしに目立ったはず。

あれ？　もしかして私がイーゼラ始めとする女子たちから剝きだしの敵意を向けられてた主原因って、これだったりする？

今さら合点がいって脱力する。あとなんにも覚えてないのが、ちょっともったいないような……。

それに『ハナオト』だとカレンがエルヴィス様にお姫様抱っこされる回数って、一回だけだったよね。つまり私は、ヒロインよりも抱き上げられたで賞受賞ってことだ。私の勇姿に今頃《いまごろ》、全米が泣いているかもしれない。

「おい、また気持ち悪いこと考えてるだろ。涎《よだれ》出てるぞ」

「そんなばかな」

やれやれと肩を竦める。さすがの私も、興奮したからといって涎は出さない。

「鏡見るか？」

「そんなばかなー！」

私はごしごしと袖《そで》で口元を拭う。恐る恐る確かめると、特に何も付着していなかった。

「エルヴィス！」

ぶわりと頬に熱が上る。まなじりをつり上げて反射的にパンチを繰りだすものの、私の拳《こぶし》はエルヴィスの手のひらによってあっさりと受け止められていた。

エルヴィスが楽しげにけらけら笑う。

「アンリエッタ。やっぱお前って――」

彼の唇が、何かを紡《つむ》ぎかけたとき。

「アンリエッタ！」

大音量で名前を呼ばれて、私はびくっと肩を震わせた。

もしかしてドアが壊れたのでは？　と心配になるくらいの勢いで医務室に飛び込んできたのは、誰《だれ》かと思えばノアである。

「お、お兄様？」

ぽかんとする私と目が合うなり、険しいノアの表情に一瞬の空白が生まれる。

ずかずかと早足でベッドに近づいてきたノアが、その場に屈《かが》んで私の肩を掴《つか》む。痛いくらいの力に面食らうが、真剣な眼差《まなざ》しに見つめられれば振り解《ほど》こうとは思わなかった。

「怪我は。身体のどこかに違和感は」

「え、ええ。大丈夫、です、けど……？」

小さな声で私が答えると、数秒経《た》ってからノアが息を吐く。まるでぴんと張り詰めていた糸がようやく緩まったような、大きなため息だった。

そんなノアの切れ長の目が、おもむろに私の手元へと向けられる。

視線を追ったところで、あっと声を上げそうになった。そういえば、まだエルヴィスに手を取られたままだったのだ。

「違うんですお兄様。これはその」

意味をなさない弁解をしながら、私はエルヴィスから手を離そうとする。しかしそれを拒むように、エルヴィスは私の手をぎゅうと掴んだ。

ひゃっと私の肩が跳ねる。

「エ、エルヴィス……様？」

なんで。どういうつもり？

窺《うかが》うように恐々と名前を呼んでみても、エルヴィスはこちらを向いてくれない。何を思っているのか、無表情でノアのことをじっと見上げているだけだ。

見返すノアの眉間には幾筋もの皺《しわ》が寄る。挟まれた私はわけが分からなくなっている。

「ちょっとノア君、ドアが外れそうになってるよ。学園の設備を破壊するのはやめてくれる？」

そのタイミングでフェオネンが戻ってきたのは、私にとって救いだったかもしれない。ノアもエルヴィスも、それぞれ手を離してくれたからだ。

「力加減はしました」

愛想なく答えるノアに、フェオネンがくすりと笑う。

「おや、珍しく冷静さを欠いているね。そもそもいつものキミなら、使いを寄越すだけだろうに」

「……偶然、身体が空いていたもので」

憮然とした面持ちのノアと、からかい混じりのフェオネン。そんな両者を無言で眺めるエルヴィスを視界に収めた私は、思わず恍惚としてしまう。

う、うはぁ。攻略対象三人が揃い踏み。なんというオーラ。なんという眼福なの！

だってゲームではこんなイベント、一度も発生しなかった。ノアとシホル、ラインハルトあたりはともかく、他の攻略対象はそこまで絡《から》まないのだ。

奇跡的なスリーショットを前にして、私は感激のあまり涙すら流しそうになっていた。するとノアが再びエルヴィスに目を向ける。

「ところで貴様は？」

貴様て。

一度は霧散したはずの冷たい敵意が場に満ちていくのを感じれば、小心者の私の胃はきりきりと痛む。もちろん本性を出すことはなく、エルヴィスは優等生の口調で答えていた。

「アンリエッタ嬢と同じクラスの、エルヴィス・ハントです」

「ああ、ハント家の」

合点がいったというふうに頷いたノアだが、続く言葉に私は度肝を抜かれた。

「貴様がアンリエッタを、こんな目に遭わせたのか」

どうやら、学園側から話がうまく伝わっていないようである。私は慌てて挙手した。

「違いますお兄様。エルヴィス様を巻き込んだのは私です！」

さすがにエルヴィスに申し訳が立たない。彼がいなければ、私もイーゼラも助からなかったのだから。

簡単にあらましを説明すれば、なんとか誤解は解けたようだった。

「そうか。俺《おれ》の妹のアンリエッタが迷惑をかけたらしい。代わりに俺から詫びよう」

「いいえ。僕の友人のアンリエッタ嬢が望んでくれたことですから、お構いなく」

「…………」

私はごくりと唾を呑み込んだ。

一見和やかな会話にも思えるが、ノアの目に一切の温度はなく、エルヴィスの形だけの笑顔はぞっとするほど寒々しい。

なんなのだろう、この異様な雰囲気は。ノアとエルヴィスに隠れた因縁が、なんて設定はなかったし、やり取りからして二人は初対面のはず。それならどうして、こんなに空気が悪化するのか。

私が息苦しさすら覚えて顔を青くしていると、何がおかしいのか笑みを漏らしたフェオネンが手を叩《たた》く。

「ほら、ノア君。妹君を連れ帰りに来たんだろう」

「……はい」

教師相手には慇懃《いんぎん》らしいノアが、私を見やる。

「帰るぞ、アンリエッタ」

「は、はいっ」

立ち上がった私は、とりあえずエルヴィスに挨拶《あいさつ》する。

「それではエルヴィス様。また学園で」

エルヴィスの深い翠《みどり》色の目が、じっと私を見つめる。何か物言いたげだったが、結局は作り笑いを浮かべてなんの変哲もない返事を口にした。

「アンリエッタ嬢も、お元気で」

続けて私は、手当や看病をしてくれたフェオネンに頭を下げた。

「フェオネン先生、お世話になりました」

「どういたしまして」

軽く頷いたフェオネンが、ノアに視線を向ける。

「ノア君、明日は念のため妹君を休ませてあげてね」

「ええ、分かっています」

明日は春休み前の最後の登校日だが、私は登校させてもらえないらしい。

最近は授業の意味が分かってきて、少しずつ学園での生活が楽しくなってきていた。ちょっと残念ではあるが、校医の判断なら仕方がない。自分でも疲れている自覚はあるしね。

「それじゃあ、お大事に」

ひらひらと手を振られ、兄妹揃って医務室を辞す。

しかしドアを閉めたところで、ノアがその場にしゃがみ込んだ。

「お、お兄様？　どうされました？」

めまいでもしたのかと心配になるが、ノアは低い声で言い返してくる。

「違う。早く乗れ」

目を点にする私を、ノアが急かす。

ええっ。乗れって、おんぶしてくれるってこと？

あのノアがまさかと思うものの、彼は私に背を向けて片膝《ひざ》をついている。冗談抜きでおんぶしてくれるつもりらしいが、ノア的には恥ずかしくないんだろうか。誰かに見られたら〝カルナシアの青嵐《せいらん》〟は妹をかわいがっている、なんてあらぬ噂まで流れそうなのに。

「大丈夫です、お兄様。自分で歩けますわ」

「横抱きのほうがいいと？」

……エルヴィスとの会話が聞こえてたわけじゃないよね？

もちろん横抱きはあり得ないし、これ以上待たせたらノアの不興を買いそうなので覚悟を決める。

「で、ではお願いします」

もじもじしながらノアの肩に手を置いて、その背へと寄りかかる。

ノアの両手が私の膝裏を支える。立ち上がると一気に視界が高くなったので、私は振り落とされないよう慌てて太い首にしがみつく。強靱な肉体は、私を背負った程度ではびくともしなかった。

ノアは無言のまま、薄暗い廊下を歩きだす。

眠っている間に、かなりの時間が経過していたのだろう。学園を包み込むように、窓の外には薄闇《うすやみ》が広がっている。私はノアの背で揺られながら、重い唇を開いた。

「ごめんなさい、お兄様」

「………………」

「でも私、《魔喰い》の能力で魔力を失おうとしたわけじゃ……ないんです」

どう言い訳したものか、とずっと思案していた。きっとノアは、私が迷宮に向かった理由を誤解しているだろうと思ったから。

そんな私の耳朶《じだ》が、ノアの呟きを拾う。

「別に、最初から疑っていない」

「……え？」

「だが、俺は《魔喰い》を倒してこいなんて指示した覚えはない。お前が最初に戦う相手としては、実力差がありすぎる」

ぶっきらぼうな言葉の意味が、ゆっくりと私の胸に浸透していく。

ノアは、私を疑っていたわけじゃなかった。それどころか私のことを案じてくれていたのだ。

急に目蓋が重くなったのは、安心して眠気がぶり返したせいだろう。《魔喰い》に吸われて失った魔力は、未《いま》だ回復していないから。

眠いけど、眠ったりしたらノアに申し訳ないし、なんだか惜しい気がする。そんな思いが空回りして、私はほとんど無意識に何かをふにゃふにゃと口走っている。

「でもお兄様。聞いてください」

「なんだ」

「私ね、できたんですよ。初級風魔法。初級魔法三つの同時展開とかは、むりむりでしたけど。でも、ちゃんとできたから……えへへ。お兄様のおかげですね」

「そうか」

ほとんど呂律《ろれつ》が回っていないけど、ノアはちゃんと聞き取ってくれたらしい。

「がんばったな」

だけどこれは、聞き間違いかなぁと思った。それか私は、とっくに夢を見ているのかも。あのノアが自主的に褒め言葉を言ってくれるわけ、ないもんね。

でもこれが夢なら、素敵な夢だ。

「はい。私、がんばりました」

口元を緩めて舟を漕ぐ私の頭を、何か大きなものがわしわしと撫でる。その不器用な手つきは、私の髪をぐちゃぐちゃに乱したことだろう。

でも、そんな感触がひどく心地よくて、私は安心しきって目を閉じていた。

第七章　花舞いの儀

三月三十日。

春休みの最終日でもある、その日の夜。私はいつも通り、自室で瞑想の時間を過ごしていた。最初の頃はすぐ他のものに目移りしていたけど、今は心揺らすことなく集中力を持続できている。

数日前から、王都では栄花祭という祭りが催されていた。次なる花乙女を迎えるために、街中をたくさんの花で飾り、歌や踊りを披露する。百年に一度のイベントというのもあり、花や菓子の甘い香りが通りに満ちて、それはもう大変な賑わいのようだったが、私は一度も屋敷を出なかった。

魔法の練習に集中したかったからだ。

短い春休みの間も、やれることはすべてやった。やり尽くした、といっていいくらいだ。ここにいる自分は、一か月前の自分とは違うと胸を張って言える。

瞑想を終えた私は、寝間着の上からガウンを羽織って部屋を出る。

両足が、まるで自分のものではないように動く。何かに突き動かされるように到着したのは、三階にあるノアの執務室だ。

私の手は、躊躇《ためら》わずドアをノックする。

「お兄様、アンリエッタです」

「入れ」

ドアを開けると、ノアは執務机についていた。相も変わらず多忙のようで、遅い時刻だというのに書類にペンを走らせている。

ちらりと私を一瞥したノアが、淡々と言う。

「明日から登校だろう。あまり夜更かしをするな」

いつだって、ノアは正しい。

魔力の回復にも安定にも休息が必須である。万全を期すためにも、さっさと寝たほうがいい。寝られないまま朝を迎えて、挙げ句の果てに魔に堕ちてしまえば、一か月間の努力が水泡に帰してしまうのだから。

それが分かっているのに、気がつけば私は執務室の入り口にへたり込むように座っていた。さすがに何かがおかしいと思ったのか、椅子を引いてノアが立ち上がった気配がした。

「どうした？」

その声が近づいてくる前に、私は口を開いていた。

「怖いんです」

ノアが息を呑《の》んだ音が、空間を通してはっきりと伝わってくる。

「死にたくないんです。私、死にたくない……」

明日、私の人生が終わるかもしれない。

何度となく思った。ゲーム内で死ねば、私は何事もなかったように元の世界に戻れるのかもしれない。本当は全力を尽くして抗う必要なんてなかったのかもしれない。

でも、この世界はあまりにも現実味があった。怪我をすれば痛いし、緊張すればお腹《なか》が痛くなる。おいしいものを食べれば幸せになるし、誰かと温かな言葉を交わしたら嬉《うれ》しい気持ちになった。死んだらすべて元通りなんて、そんな都合のいい可能性を信じられないくらいには。

きっとノアは、泣き言を言う私に呆《あき》れる。血の繋《つな》がりは薄くとも、今の私はリージャス家の一員だ。それに相応《ふさわ》しい振る舞いができない人間を、ノアは許しはしないだろうから。

でも、身体《からだ》の震えは止まらない。

そんな私の目の前に、ノアが屈《かが》んだ。

伸ばされた手が、俯《うつむ》く私の頬《ほお》に触れた。その手つきが妙に優しかったせいだろうか。涙をいっぱい溜《た》めながらも顔を上げた私に、ノアがまっすぐに言う。


「俺《おれ》が守ってやる」


「……っ！」

心臓を貫かれたような心地で、私は目を見開く。

ノアは超のつく冷血漢で、妹には誰よりも冷たい。そんな人間であるはずなのに、まるで心配性の兄のように続けるのだ。

「明日、学園には俺がいる。ラインハルト殿下の警護の名目だ」

『ハナオト』のシナリオ通りの展開であるはずが、彼が儀式に参加する本来の理由はただの名目へと変わっている。

「魔に堕ちる兆しが少しでも見えたときは、俺がお前を止める。だから何も心配しなくていい」

たぶんこのとき、他に言うべき言葉はいくらでもあった。頼もしいですお兄様とか。お兄様がいるなら百人力、いや千人力ですとか。そんなふうに媚びを売ってなんぼの場面である。

でも思いつく傍から、言葉は喉《のど》の奥に引っ込んでいく。その間を逃れるように這い上がってきたのは、伝えるべきではない本音ばかりだった。

私はその本音に——私のものではない思いに、身を委《ゆだ》ねる。

「どうして、今さら」

「……アンリエッタ？」

「もっと早く言ってよ。もっと早く、あなたが言ってくれてたら。それだけで私は救われてたのに！」

喉奥から漏れ出た悲痛なほどの激情に、ノアが怯《ひる》んで手を離す。その隙を突くように、私はノアの胸を押した。

動揺しているのか、ノアが尻餅《しりもち》をつく。私は両膝で立つと、ノアのシャツの胸ぐらを皺《しわ》になるほど力任せに掴《つか》んだ。

「知りませんよね、お兄様。あなたは何も」

茹《ゆ》だったように全身が熱い。怒り、悲しみ、諦め。そのすべてが輪郭をなくすほど混じり合えば、言葉は呪詛《じゅそ》のように響く。

目を見開いたまま、私は笑う。

「私はね。あなたに嫌われたくなかったから、魔力をちっとも鍛えなかったの」

「……なに……？」

「だってお兄様はどんなにお強くても、花乙女になれないんだもの。そんなお兄様を差し置いて、私が花乙女になったりしたら……ますますあなたは、私のことがお嫌いになるでしょう」

ノアの睫毛《まつげ》が震える。思いも寄らない妹の本心が、彼を惑わせている。

「だから、自分の魔力に蓋をした。初級魔法さえまともに使えず、誰《だれ》もに指をさされるような落ちこぼれでいることにしたわ。暫定・花乙女なんてひどい呼ばれ方をしても、必死に耐えた。耐え続けてきた。――それなのに！」

ぽたぽたと、溢《あふ》れ出た涙がノアの頬へと落ちる。


「それなのに、お兄様は…………私に見向きもしなかった」


灰色の世界。

ゲームシナリオの世界で、私は知った。祝福の花弁が降るとき、アンリエッタの視界の先にいたのはカレンではなくノアだったのだと。

ラインハルトの警護を務めるノアは、花乙女に選ばれたカレンだけを一心に見ていた。選ばれなかったアンリエッタのことなんて、彼の眼中にはなかったのだ。

アンリエッタが絶望したのは、気づいてしまったからだ。自分が花乙女になろうと、なるまいと、たったひとりの家族との冷えきった関係は何も変わらない。自分のやってきたことは独りよがりで、なんの意味もない。それを知ったとき彼女は理性を失い、魔に堕ちてしまったのだ。

「なんで私を、捨てたの。置き去りにしたの。ずっとずっと、ひとりぼっちにしたのよ！」

口を突いて出てくるのは、私自身の言葉ではなかった。

幼い頃から孤独を噛《か》み締《し》めてきたアンリエッタの苦しみ。それを上回る、唯一の家族への執着。

周囲に対しての虚勢をすべて取り払ってわんわん泣き喚《わめ》いているのは、十歳の女の子だった。ひとりになった日から成長を止めてしまった、十歳のアンリエッタだった。

そこに、小さな声が投げられる。

「すまなかった」

それは――誰よりも彼女が愛して憎んだ兄からの、謝罪の言葉だった。

「お前から、逃げた。向き合おうとしなかった。それは俺の……弱さだった」

「……っ」

熱いものが、さらに頬を伝っていく。

泣き顔を見られたくなくて、私はノアの胸板に頭をぶつけるように飛び込んだ。

「ひどい！」

私はぽかぽかと、両の拳《こぶし》で逞《たくま》しい胸板を殴りつける。この体格のいい美丈夫にダメージを与えることなんてできるわけがなくても、湧《わ》き上がってくる衝動のままに殴らずにはいられなかったのだ。

「ひどい。お兄様は、ひどい！」

「ああ。俺は、ひどい兄だ」

ひどい、ひどい、ひどい、と私は涙でぐちゃぐちゃになった声で繰り返す。

ああ、そうだな、とノアは何度も頷《うなず》いた。そんなふうに不器用に繰り返すことで、私たちは初めて知っていく。理想とはほど遠い、家族の姿を。兄妹の関係を。

声を上げて泣き続けていたら、数分後には喉《のど》がすっかり痛くなっていた。私はぜえぜえと、肩を上下させながら思考する。

どうやら私の中のアンリエッタは、兄に向かって言いたいことを言えて満足したらしい。内なる声みたいなやつも、もう聞こえる気がしなかった。

でもどこかに行っちゃったという感じもしないので、私はそっと呼びかけてみる。

ねぇ、アンリエッタ。あなたって本当に、どうしようもない女の子だね。意地っ張りで、偉そうで、思い込みが激しくて、そのくせ誰よりも寂《さび》しがりやな女の子。

だから、もしもぜんぶうまく行って、無事に花舞いの儀を乗り越えられたときは、あなたに身体を返してあげる。この私はやっぱり死んじゃうのかもしれないけど、それでもいい。だから今度はもう少しだけ素直になって、ノアや周りの人に向き合ってみてよ。

心の中で、そうアンリエッタに語りかけていると。

「言っただろう。明日は俺が傍にいる。何も心配する必要はない」

幼子をあやすような口調で、ノアがそう繰り返す。

「お前が――アンリエッタが魔に堕ちて命を落とすことなんて、あり得ないんだ」

それが彼らしくない、自分に言い聞かせるような弱さを含む口調だったから。

思わず私は、厚い胸板から顔を離して不安げに見上げる。すると不器用な指先が、目尻に残る私の涙を掬《すく》い取ってくれた。

「もう、そんなふうに泣かなくていい。ますます不細工になるぞ」

すん、と私は洟《はな》をすする。

「失礼です。この顔だって、取り柄のひとつでしょう」

いつかと同じ言葉を一蹴せずに、ノアはわずかに目元を緩めた。

「相変わらずの減らず口だな」

この一か月間で、大して仲良くなったわけでもない。

それでもノアは少なからず、嫌っていた妹のことを見直して、努力を認めてくれた。

たとえカレンに向けるような愛情ではなくても、同情だってひとつの情ではあるはずだ。

「少しは私に、情が移りました？」

「ばかを言うな」

ノアが嘆息する。その声も吐息も、常になく優しい響きを持っている。

だから私は、胸に秘めていた願いを伝えることができた。

「ねぇ、お兄様」

「なんだ」

「それでも、どうしてもだめだったら。そのときはお兄様が、私を殺してくださいね」

ノアが静かに息を呑む。深く澄んだ瞳《ひとみ》の中で、困惑するように光が揺れた。

ノアと向かい合いながら、私はにっこりと微笑《ほほえ》む。アンリエッタ・リージャスに借りている美しい顔で、ちゃんと微笑んでみせた。

「他の人には手出しさせずに、どうか私を殺してくださいね」

恐ろしいはずのおねだりは、なぜかすんなりと口にできた。

暫定・花乙女と呼ばれてきたアンリエッタ・リージャス。醜態だらけのアンリエッタにとどめを刺すのが身内のノアであったなら、国中の笑いものにならずに済むはずだから。

たぶん本当は、私が——強い魔力を持つアンリエッタが魔に堕ちたなら、ノアひとりでは太刀打ちできない。花乙女であるカレンの力が必要になるだろう。

でもノアには、カレンの助けを借りずに私を殺してほしい。それをアンリエッタ自身も望んでいるような気がしたから。

「俺が信じられないのか？　王国最強と謳《うた》われる魔法騎士団の副団長だぞ」

「もちろん、お兄様が強いのは分かってます」

私は唇を尖《とが》らせる。

それでも発言を撤回しないのに気づいたノアが、吐息のような声で言った。

「分かった」

「……ありがとうございます、お兄様」

観念したような了承が返ってくれば、今夜はどうにか寝られそうだとホッとする。ノアが請け合ってくれるなら、私は最期の瞬間までアンリエッタ・リージャスでいられるだろう。

◇◇◇

翌日は晴天だった。

空は穏やかに晴れ渡り、小鳥は楽しげに鳴き交わしながら枝と枝の間をぴょんぴょんと移動している。まだ肌寒いものの、少しずつ春の色が芽生えつつあるようだった。

朝食は喉を通らず、なんてことはなく、私はいつも通り朝食を平らげて料理長を喜ばせていた。食と睡眠は、精神の安定には必須なのだ。

春休み明けの教室は、いつも以上に賑わっていた。話題の中心となっているのは、休暇中の出来事ではなくエルヴィスとイーゼラである。

クラスメイトに囲まれた二人の姿は、もはや私からはほとんど見えない。聞こえるのは二人のめざましい活躍を称《たた》える声ばかりだ。

「エルヴィス様の使われた上級光魔法、私もお目に掛かりたかったです！」

「あら、イーゼラ様も負けていなくてよ。イーゼラ様の魔力が偉大なあまり、《魔喰《まく》い》が自壊に至ったそうですから！」

エルヴィスとイーゼラ、ついでに私が協力して《魔喰い》を倒した件は、クラスどころか学園中に知れ渡っていた。

別に三人の誰かが言い触らしたわけではなく、進級前に《魔喰い》に挑みたいと申し出た生徒がいたのだ。

しかし私たちが倒したことで、『一年生のための薬草図鑑』には《魔喰い》が出てこなくなった。しばらく経《た》てば復活するそうだけど、誰が《魔喰い》を倒したのかという話になればハム先生も口を噤《つぐ》んではいられない。

ただ、広まっている経緯は事実とは異なっている。魔喰い花を手に入れたかったエルヴィスが実力のあるイーゼラを誘い、私は迷宮学の単位が危ないので二人についていった、という筋書きになっているようだ。単位が危うかったのは事実なので、あえて否定して回る気もない。

回収された魔喰い花の種子については、エルヴィスの手に渡ったらしい。功労者が宝箱の中身を手に入れるのは順当なので、文句はなかった。エルヴィスには本当に助けられたしね。

するとエルヴィスを褒め称える生徒から少し離れたところで、まさしく解説キャラって感じの眼鏡《めがね》の男子生徒が友人に話しかけている。

「一年生のときに《魔喰い》を倒した最後の生徒は、ノア・リージャスとシホル・ダレスらしいぞ。しかもノア・リージャスは入学直後から、毎月《魔喰い》を倒しに単身で迷宮に潜っていたらしい。やっぱり化け物だよな」

そう、そうなんだよね、と自席についた私は激しく頷く。

なんとノア&シホル、何度も迷宮の書に入っては《魔喰い》と戦っていたそうなのだ。

ノアが一年生の頃から上級魔法を使えた、という情報は『ハナオト』でも出てきていたけど、まさか四月から難易度の高い迷宮に入り浸っていようとは。

シホルは秋頃からノアと競って『一年生のための薬草図鑑』に赴くようになり、どちらが《魔喰い》を仕留められるか勝負していたそうだ。

それを知ったとき、私は思った。私たちが相対した《魔喰い》がおどろおどろしいほどの敵意を向けてきたのって、復活するたびに何度もノアとシホルに倒され続けて、激しい恨《うら》み辛《つら》みが溜《た》まっていたからなのでは……と。

もちろん確認する手段はないのだが、あの殺気の理由はそれしかない気がする。だとすると私たちは、だいぶ割を食ったことになるが。

そういうわけで、いろんな意味で有名な《魔喰い》を倒したとあり、エルヴィスたちは周囲から英雄のように称賛されている。

そんな騒ぎから距離を置いて、私はひとり頰杖《ほおづえ》をついて窓の外を眺めていたのだが。

「いえ、それはアンリエッタ嬢のおかげですよ」

人だかりの中心からそんな発言が聞こえてきたかと思えば、クラスメイトたちの視線が一斉に私に注《そそ》がれる。唐突に私の名前を出したのは、考えるまでもなくエルヴィスである。

「アンリエッタ嬢が危険を顧みず前に出て、魔法陣を用意するまでの時間を命がけで稼いでくれたんです。そのおかげで、僕はなんとか上級光魔法の発動に成功できました。彼女には感謝してもしきれません」

控えめな笑顔で振り返るエルヴィスに、彼を取り巻く女子生徒たちがぽぽっと頬を染める。

「エルヴィス様ったら、ご謙遜されるなんて」

「なんて慎ましい方なのかしら」

ちょっと。ポイントアップのために、私を使わないでほしいんだけど！

そんな抗議を込めてエルヴィスを見やるが、素知らぬ顔をしている。とてもむかつく。しかもそんな不用意な発言のせいで、私にまで追求が飛んできた。

「そうなのか、リージャス嬢？」

わっ、久々にエルヴィスかイーゼラ以外の生徒から話しかけられたよ。どぎまぎしつつ、私は首を横に振った。

「それは事実ではありません。私はエルヴィス様とイーゼラを頼りにしていただけですから」

謙遜ではなく、私の活躍など知れたものである。それを聞いたクラスメイトたちはすぐに興味を失って、再びエルヴィスたちを質問攻めにしている。

やれやれと思っていると、ひとりの女子生徒が輪から離れて話しかけてきた。

「それでも、すごいと思いますわ。《魔喰い》を前にして逃げなかったなんて」

うっ、なんだか褒め言葉を絞りだささせたような罪悪感があるな。

「いえ、そんなことは」

「以前……お持ちの杖《つえ》のこと、笑ったりしてごめんなさいね」

しゅんとした顔で頭を下げられて、ようやく私は思いだした。その女子は、前に私の持つ杖を見て嘲笑った生徒だったのだ。

「そんな、気にしないで」

ぶんぶん、と私は両手を横に振る。ほとんど忘れかけていたのに、今になって謝ってくれるとは。その子が控えめに頷いてくれれば、私は面映《おもは》ゆい気持ちになる。私の努力を見ている人は他にもいるのかもしれないと、そんなふうに思えたのだ。

だが、今日は教室でのんびりしているわけにはいかない。間もなく始業式が行われるからだ。カルナシアにおいて、四月一日は特別な意味を持つ。そのため入学式と始業式は連続で執り行われることになっていて、在校生は始業式から参加するのだ。

私たちは教室を出て、講堂へと移動する。一年生の席はきれいに埋まっていた。ずらりと並ぶ革張りの椅子《いす》に、クラスごとに固まって着席していく。

そうして始まった始業式は、事務的で簡素なものだった。どうしても今年は、式後の花舞いの儀に意識がいく。入学式や始業式の内容なんて、生徒も先生も上の空で聞いていないのである。付け加えると壇上に立っていたのは、いつも通り学園長ではなく副学園長の先生だった。学園長の正体は、おそらく学園の教師陣など限られた人間しか把握していないのだろう。

明確に口止めされてはいなくても、ハム先生の秘密については言い触らさないほうが良さそうだ。そもそも彼が私とエルヴィスにだけ正体を明かした理由も気に掛かる。なんだかいやな予感がするので、あまり考えたくないけど。

滞りなく始業式が終わったあとは、屋根のある渡り廊下を使って屋外にある噴水広場に移動する。花舞いの儀への期待感は最高潮に高まっていて、先を争うように早足の生徒が多い。

入学したばかりの一年女子は、花乙女に選ばれる奇跡のシンデレラストーリーを思い描くだろう。二年や三年の女子は、あわよくばと念じているはずだ。男子生徒は花乙女を予想するのに熱中している。他の教えの庭に通う生徒も、学生ではない少年少女も、同じように胸を弾ませているだろう。誰が花乙女に選ばれるか、私以外は誰も知らないのだから。

ちょくちょく「暫定・花乙女があそこに」なんて声が耳に入ってくるけど、私は気にしなかった。こっちは生きるか死ぬかの瀬戸際なのである。赤の他人の無責任な発言になんて構っていられない。

「アンリエッタ！」

そんな矢先、有象無象の囁《ささや》きなんて掻《か》き消してしまうほど張りのある声が渡り廊下に響いた。

人波が割れて、現れたのは赤髪の王太子である。

「ごきげんよう、ラインハルト殿下」

身分よりも才能が重視されるエーアス魔法学園ではあるが、王族ともなるとやはりその扱いにはみんな注意を払うものだ。私たちの会話が気になる生徒も多いようだったが、盗み聞きは危険だと判断したのか、そそくさと離れていく。

足を止める私だったが、ラインハルトが構わないというように首を横に振る。人の少なくなった廊下を自然と並んで歩いていると、ラインハルトが話しかけてきた。

「聞いたぞ。《魔喰い》と戦ったそうだな」

その件は上級生である彼の耳にも入っていたらしい。

「見舞いをしたいと何度かノアさんに申し出たが、容態が良くないからと断られてしまった。もう学園に出てきて平気なのか？」

その話は初耳だったので、私は目をしばたたかせる。

私を利用してリージャス伯爵邸にご招待されようというラインハルトの思惑を、ノアが水際で食い止めてくれたということだろうか。さすノア。

でも眉根《まゆね》を寄せたラインハルトの表情にはいやみったらしさがなく、本気で私を心配しているようにも見えて——。

「ええ、もうすっかり良くなりましたわ。ご心配をおかけしました」

「そうか。……ではなくて、今のはあれだ。別にお前を心配したわけじゃないからな！」

——というのは勘違いだったらしく、まったく心配されていなかった。なんだか虚しい。

「あ、そうなんですね」

若干の気まずい沈黙が流れるが、ラインハルトは会話を続けるつもりらしい。

「迷宮に行くなら、どうして俺を頼らなかった？」

「頼るも何も、殿下は一年生じゃありませんよね？」

「逆飛び級すれば、一年に舞い戻れるだろう」

おや、聞いたことのない単語が飛びだしてきたぞ。

「俺が一年生になれば、あの迷宮の書にも入れた。お前の力になれたはずだ」

どうしよう。ラインハルトがおかしくなっちゃったよ。

「え？　ああ、そうですよね。逆飛び級すればお兄様にいいところを見せられたのに、機会を奪ってしまってすみませんでした」

私はとりあえず話を合わせておいた。

逆飛び級という発想は意味不明だが、私を助ければノアの耳にも入るだろうしね。こういうところは、やっぱりノアオタクのラインハルトらしいなぁ。

「違う！　今はノアさんは関係な……いや、関係ないわけでもないが⁉」

どっち？

なぜかキレている彼に、私は負けじとしかつめらしい顔で返した。

「ですが殿下を危険な迷宮にお呼びするわけにはまいりません。もしも殿下の身に何かあったらと思うと、私は身体の震えが止まらなくなるほどです」

王太子の身を危うくさせた罪で処刑される未来を想像すれば、本当に震えが止まらなくなる。

そんな私を見下ろして、ラインハルトは感極まったような掠れ声で言う。

「アンリエッタ。お前はそうやって、いつも」

え？　なに？　言いかけたところで、思わせぶりに口を閉じないでほしいんだけど。

いつも、なんだろう。いつもびくびくしてる小心者だって？　事実だけど余計なお世話である。

私が頬を膨らませる横で、ラインハルトはぶつくさ文句を言っている。

「だいたい、たった三人であの迷宮に行かせるなんてハム先生は何を考えているんだ。俺だって当時は中級魔法しか使えず、挑戦を泣く泣く諦《あきら》めた迷宮なんだぞ。そもそも学園長が各教師への権限を与えすぎているのが現状に繋《つな》がっていて……」

どうやら学園にもの申したいところがあるようだが、実際は私たちが独断で迷宮に潜ったようなものだ。と正直に明かすわけにもいかないので、私は話の向きを変えることにした。

「ところでお兄様はどちらに？」

「ノアさんなら、距離を置いて護衛してくれているはずだ」

ほほうと周囲を見回しても、ノアは発見できない。従魔を使って空から見張っているのかな？

私がきょろきょろしていると、ラインハルトがぼそりと言う。

「意外と、落ち着いているんだな」

意を問うように見上げれば、ラインハルトが首の後ろを掻く。

「今日、花乙女が選ばれるわけだろう。心穏やかに振る舞うのは難しいんじゃないかと、そう思っていたから」

「なんだか殿下のほうが落ち着きがありませんね」

まぁ、花乙女の存在はカルナシア王国の安寧に関《かか》わるんだから当然か。

と遊び心で指摘してみたら、ラインハルトが咳払《せきばら》いする。

「そうか？　もしやお前は、精神を安定させる魔法具でも買っておいたのか？」

「買っ……てますけど最近は使ってませんよ！」

魔法具ハイの一件を引っ張りだされ、私はじっとりとラインハルトを睨《にら》んでしまう。睨み返してくるでもなく安心したように微笑まれれば、なんだか調子がくるったが。

「そうか。それと、例の約束は覚えているか」

忘れましたと逃げたいところだが、眼力の強い目に見つめられれば否やとは言えない。

「はい、もちろん。お兄様にお贈りしたプレゼントの話ですよね」

そういえばあのとき買ったタルト・シトロン、ノアは食べてくれたのかな。その日のうちに屋敷に戻ってこなかったから、なんとなく聞けずじまいになっちゃったけど。

「ではその件は、いずれ伯爵邸で聞こう」

私はラインハルトの策士ぶりに恐れおののく。

この男、まだ家庭訪問計画を諦めていないだと！

「またな、アンリエッタ」

不屈の闘志に激震している私を置いて、機嫌良さそうに去っていくラインハルト。その背中をぼんやり見送っていると、後方から別の足音が近づいてきた。

「げっ。イーゼラ……」

縦ロールの金髪を揺らしながら現れたのは、悪役令嬢イーゼラである。

今日は友人たちを連れていない。かわいそうに、置いていかれたんだろうか。ぼっちの先輩として哀れみと共感の目でイーゼラを見返すと、彼女は急にもじもじもじし始めた。

「ええっと。ハム先生には、鍵《かぎ》を盗んだ件を謝罪しましたわ。もちろんエルヴィス様にも」

「ふぅん、そうなんだ」

「あなたにも迷惑をかけましたわね。ア、アンリエッタ……」

上目遣《うわめづか》いで言われた私は苦笑する。

「気にしないで。イーゼラの言う通り、勝手にやったことだから」

だけどその結果、少なくとも私はイーゼラの未来を変えることができた。エルヴィス、それにイーゼラ本人の力まで借りて、やっとの思いだったけど……それでも確かに変えられたものがある。

その事実は、私のことも勇気づけてくれていた。

するとイーゼラは、ほとんど聞き取れないような小声でぽそりと付け足す。

「わたくし、思うのです。もしかすると本当にあなたが、花乙女に選ばれるのかも、と」

それは正直こっちの台詞《せりふ》である。イーゼラが上級魔法レベルの魔法を発動させた一件は、忘れようとしても忘れられない。何かの間違いで、カレンではなくイーゼラが花乙女に選ばれるなんてこともあり得るのでは、と密かに考えていたくらいだ。

それにしても今日のイーゼラは静かというか、殊勝な態度というか。よっぽど先日の一件を反省したと見える。

それなら私も、ここは乗ってあげたほうがいいだろう。

「あらあら。暫定・花乙女と人を揶揄《やゆ》していたのは、どこの誰だったかしらねぇ？」

いつもの調子でからかってやると、イーゼラの頬が真《ま》っ赤《か》に染まる。かと思えば嬉《うれ》しげに口端を緩めて、幸せそうに呟いた。

「もうっ。意地悪な方……っ」

と言い残したイーゼラは、私がぽかんとしている間に頰を押さえて早足で去ってしまった。

な、なんだ今のデレデレした反応。悪役令嬢というより、まるで恋する乙女のような……。

いや、気のせいだよね。イーゼラはエルヴィスに首ったけなんだし。何かの見間違いだ。うんうん。気を取り直して私は渡り廊下を進んだ。

噴水広場に着くと、早くも三百人ほど……つまり全校生徒に近い人数が広場中に散っている。フェオネンやハム先生といった学園の教師陣も、噴水近くに並んで待機していた。

私は空いている後ろの席に腰を落ち着けた。灰色の世界で見たアンリエッタの位置とは違うところだ。広場はわいわいと賑わっていて、相変わらず誰が花乙女に選ばれるのか話し合うのに周りは忙しそうだった。

耳を澄ましたところ、やはり三年生の名前が多く候補として挙がっている。中には迷宮の一件の影響か、イーゼラを推す声もある。本当にイーゼラが花乙女に選ばれたら、それはそれでおもしろいけど。さ、さすがにないよね？

このままひとりで儀式の開始を待つつもりだったが、頭上から声をかけられる。

「アンリエッタ嬢。隣、いい？」

「この声――ジェネリック・エルヴィス・ハント！」

「誰がジェネリック・エルヴィス・ハントだ」

私を一睨みしながら、エルヴィスは隣に腰を下ろす。

「私、まだいいって言ってないんだけど」

「顔に『いい』って書いてあるぞ」

「そんなばかな」

ふんっと鼻を鳴らす。さすがの私も、顔に文字を書いたりはしない。

「これで拭けよ」

「そんなばかなー！」

私は差しだされたハンカチを奪って顔を拭った。何もついていなかった。

エルヴィス許すまじ。ぎりりと歯軋りしていると、エルヴィスがちらりと私を見る。

「で、魔喰い花の種子は手に入ったわけだが」

周りの生徒はそれぞれの会話に夢中なので、人前でも態度を取り繕うことはしないようだ。

「ん？　うん、そうね。おめでとう」

あんなに苦労して手に入れたのだ。さぞ嬉しかろうと相槌を打つと、エルヴィスが大仰なため息を吐いた。

「お前さぁ。材料を手に入れてみせるとか豪語しといて、やっぱり覚えてなかったのか」

「え？　どういうこと？」

「薬学室で言ったろ。魔喰い花は、人格反転の魔法薬の材料だって。まァ、これからきっちり種から育てねーとだが」

言われてみれば、うろ覚えだけどそんなことを聞いた気もする。

あれ？　それって、つまり――。

「や、やったじゃないエルヴィス！」

人目がなければ抱きつきたいくらいに興奮して、私は身を乗りだす。

「とうとう魔法薬が作れるってことでしょ⁉　ようやくエルヴィス様に会えるじゃない！　しっかり花を育てて作ってね、魔法薬！」

推しに会えるとなれば、ますますチュートリアルで死んでる場合じゃない。ときめきと共に目を輝かせる私だったが、エルヴィスは呆れたように「あのさ」と目を眇《すが》める。

「足りない材料がひとつだ、なんて言った覚えはねェんだけど」

「……へっ？」

何やら雲行きが怪しくなってきたのを感じ取り、私は鼻の頭に皺を寄せる。

「あと七つだ」

「な、七つ？」

「そう。辺境伯家の財力をもってしても簡単には手に入らない材料が、あと七つ。それが揃《そろ》わなけりゃ、人格反転の魔法薬は作れねーから」

しばらく放心した私は、ぽつりと呟く。

「そう、なんだ」

ぬか喜びだと分かれば、いっそう落胆してしまう。しかもこんなに苦労して手に入れるレベルの材料をあと七つなんて、どう考えても簡単ではない。

現実の厳しさを思い知った私が落ち込んでいると、エルヴィスが独りごちる。

「にしても早く終わらねーかな、これ」

これ、というのはどうやら花舞いの儀のことを言っているらしい。カルナシアの国民としてはなんとも不遜な物言いだ。

「エルヴィスは花乙女に興味ないの？」

「ねェな。強制参加だから仕方ねーけど、早く薬草を摘みに行きたい」

他の生徒のように雰囲気で盛り上がるというより、エルヴィスはやや懐疑的なようだ。前回の花乙女の誕生から百年が経っているのだから、おとぎ話のように思えてしまうのは当然だろう。

どう返そうか迷っていると、エルヴィスが顔を寄せてきた。

骨張った指先が、そっと私の目元を撫でる。

「もしかして、泣いたか？」

ひっそりとした声音で囁かれて、どきりとする。

「なんで……」

「目が腫れてる」

私は思わず身を引いて、自分の目元に触れる。今朝《けさ》はキャシーにしっかり化粧を施してもらったけど、この距離ゆえか鋭い観察眼ゆえか、エルヴィスは気づいてしまったらしい。

「約束だからな」

小さな声でエルヴィスが言う。

「え？」

「あと七つの材料。お前が集めてくるって、約束したんだろ」

約束というか、それは深く考えず一方的に宣言しただけなんだけど。

「破んなよ」

横目で私を見たエルヴィスは、まるで鼓舞するように繰り返す。

私が泣いたのは、チュートリアルを生き残れる保証がないからだ。でもエルヴィスはその理由を、花乙女に選ばれる自信のなさから来るものだと思ったのかもしれない。

でもそんな不器用な励ましが、胸に響いた。

……そうだよね。生き残ってエルヴィス様に会うって決めたんだもん。それに、あと七つの材料を集めるだけで推しに会えるのだ。ドラ〇ンボールだと思えば意外と行ける気がするではないか。

「うん！　私、がんばる！　ぜったいエルヴィス様に会ってみせるんだから！」

そう改めて宣言して拳を握っていると、エルヴィスが露骨に嘆息する。子どものように拗ねた横顔に気がついて、私は小首を傾げた。

「ねぇ、なんで不機嫌そうなの？」

「……別に」

つっけんどんな返事に、やっぱりご機嫌斜めじゃん、と肩を竦めていると。

「まぁ、素敵な方……」

「新しい先生かしら」

ふと、あちこちから女子生徒の感嘆の吐息が重なって聞こえる。反射的に彼女たちの視線の先を追ってみて、私はすこぶる納得した。

噴水の近く。校舎の柱に背を預けて立っているのは、ノアだったのだ。

我が兄ながら、その佇《たたず》まいは絵になる男前っぷりである。女子の視線が集中するのも分かろうというものだ。ラインハルトの目立つ赤毛が噴水近くに見えるので、護衛を務めるノアは傍に待機しているのだろう。

すると気配を感じたのか、ノアが顔を上げた。

かなり距離があるにもかかわらず、目と目が合う。昨夜、彼に縋《すが》りついてわんわん泣き喚いてしまったのを思い返して、私は恥ずかしくて堪らない気持ちになった。

でも本音で向かい合ってくれたノアに、弱気な顔は見せたくない。

それにノアのおかげで、私は一か月前より格段に成長した。生活魔法の扱いにも慣れ、一回だけだけど初級風魔法の発動にも成功したのだ。瞑想も魔法の練習も本当に大変だったけど、そのおかげで前向きな気持ちで花舞いの儀に臨むことができている。

私が笑顔で見返せば、ノアは私に向かって軽く頷いてみせた。

そして直後に、私の真横――エルヴィスへと視線を移す。

その刃物のように鋭い眼差《まなざ》しに、エルヴィスのほうも即座に気づいた。かと思えば腕を伸ばしたエルヴィスが私の肩をぐいっと抱き寄せてきたので、呼吸が止まる。

「ちょっ。なに、この腕は」

声を上擦らせつつ、私はエルヴィスを押しのけようとする。他の生徒にバレるのを危惧してか、あっさり解放してくれたものの、エルヴィスは悪びれずに舌を出している。

「お前の兄貴が心配そうにしてっから、安心しろって伝えたくて」

「いや、どうしたら今ので安心できるの……」

たぶんノアの目には、妹がクラスメイトにいじめられているようにしか見えないだろう。

ほら見たことか、ノアの眉間には深い皺が寄っている。魔に堕ちるよりもドス黒いオーラまで幻視できるほどだ。彼の美貌に騒いでいた女子生徒たちも、ひぃっと声を上げて蒼白になるレベルの迫力だが、見据えられているエルヴィスは動じていない。むしろ薄笑いを浮かべていた。

やっぱりこの二人って仲悪いの？　と私が戸惑ったときである。

噴水広場に、荘厳な鐘の音が響き渡る。

エーアス魔法学園にある高い時計塔。その天辺に飾られた鐘が、決められた時間でもないのに美しく澄んだ音色を奏でる――。

カーン、カーン、カーン……と川を越えて、山を越えて、谷を越えて、きっとカルナシア全土まで浸透するように伝わっていく鐘の音は、何重にも連なって世界を満たし、やがて余韻を残しながら消えていく。

その頃には、誰もが言葉をなくしていた。祈るように目を閉じて両手を組む生徒がいれば、落ち着かずに空を見上げる生徒がいる。花乙女が選ばれるのを、今この瞬間、国中の人々が固唾を呑んで待っている。

私はひとり、胸元《むなもと》に手を当てて深呼吸した。

大丈夫だ。きっと、大丈夫。

そう何度も唱えて、心を落ち着かせる。

そうしながら、私は噴水を注視する。プロローグ兼チュートリアルの様子を脳裏に思い描いては、じりじりと待ち続ける。

カルナシア王国の歴史において、異世界から花乙女がやって来た例は一度もない。カレンが召喚された暁にはみんな驚くだろうけど、私はこのあと起きることをすべて把握している。

しかしなかなか噴水は光りださず、待てど暮らせどカレンは姿を現さない。

……あれ、おかしいな。ゲームだと鐘の音から間を置かずにカレンが召喚されたって描写されていたはず。これ以上焦らされたら、私の心臓が緊張で爆発《ばくはつ》しそうなんだけど。

「アンリエッタ」

そんな最中、隣のエルヴィスが私を呼ぶ。その声が惚《ほう》けたような響きを持っていたから、私はどうしたのかと彼のほうを向いた。

エルヴィスは愕然と目を見開き、私のことを見つめていた。

いや、エルヴィスだけじゃない。その横の生徒も、他の生徒も、なぜか私のことを見つめていて、その人数は一秒ごとに連鎖するように増えていく。

異様な熱を感じさせる視線をいくつも浴びながら、私は戸惑う。もしかしてだけど、パン屑とか口元についていたりします？

その拍子に、視界の端を何かが横切った。

「ん？」

次から次へと、何かが降ってくる。雨粒ではない、もっと大きい何かだった。

うざったくて、胡乱《うろん》に思いながら頭上を見上げる。すると吸い込まれそうなほど青い空から落ちてきたそれが、私の頬に触れた。

手に取ってみて、ようやく気がつく。

その正体は、一枚の花弁だった。

「え、えっと？」

とりあえず立ち上がって、水に濡《ぬ》れた犬のようにぶんぶん頭を振る。その弾みに、頭に乗っていたらしい数枚の花弁がはらはらと地面に落ちた。赤、ピンク、黄、青、紫、白……どれもきれいな色のものだ。

その現象が意味することを知っている。

それでも私は、突っ立ったまま認められずにいる。

「アンリエッタ様だわ」

呆然《ぼうぜん》とする私を置いて、最初にそう呟いたのは誰だったのだろう。

波のように、渦のように、歓喜と動揺が広場中に広がっていく。そして名前も知らない誰かの声が、運命を決定づけるように噴水広場に響き渡った。

「女神エンルーナは、アンリエッタ・リージャスを花乙女に選ばれた！」

わっと大きな歓声が上がる。それは怒号のような興奮へと変わっていく。

「アンリエッタ様！」

「花乙女！」

「カルナシア王国に、栄光あり！」

「カルナシア王国に、花乙女あり！」

噴水の傍に立ったまま唖然《あぜん》とするノア。隣で眉《まゆ》を寄せているエルヴィス。焦《あせ》り顔で振り返っているラインハルト。

愉快そうに笑うフェオネン。泣きながら拍手しているイーゼラ。どこにも、私の焦燥感を分かってくれる人はいないけど。

頬を、一筋の汗が流れていく。私は最初から、何か大きな思い違いをしていたのかもしれない。

『聖なる花乙女の祝福を』によく似た世界。登場人物。ストーリー。でも。

——ここは本当に、乙女ゲームの世界なんだろうか？

SIDE：ノア

月の光ごと分厚い雲に隠れた、そんな夜だった。

ラインハルト王太子殿下が街で暗殺者に襲われた事件の翌日。殿下の護衛と暗殺者の取り調べを終えた俺《おれ》は、屋敷に戻ってきていた。

何気なく二階に目をやると、明かりはすべて消えている。今日のうちに見ておくべき書類は確認しているし、急ぎの仕事はない。俺もさっさと湯を浴びて横になろうと思ったが。

「シホル、あれを取ってこい」

気がつけば、そんな言葉がするりと喉《のど》から出ていた。自分でそれに驚く前に、シホルがすっと目を細める。その口元にからかうような笑みが浮かべば、下手を打ったと自覚した。

「あれってなんだ？」「……だから、あれだ。厨房の」「ああ、酒か？」なんて下らない問答の末、俺が剣の柄《つか》に手を添えると、シホルは「分かったって！」と厨房に走っていった。

給仕の真似事をしたシホルは、執務室にタルト・シトロンとティーポットを運び入れる。

天井《てんじょう》から吊り下げられた鉱石ランプが、室内をほのかに照らしている。行儀悪く、立ったまま手に掴《つか》んでタルトを頬張《ほおば》ったシホルは「おっ」と声を上げた。

「これ、うまいな」

それは同意を求めての感想だったのかもしれないが、咀嚼する俺は無言を貫いた。

今まで甘いものを口にする機会は限られていた。好物といえるようなものもない。俺に対しては厳格な両親が事故で死んでからもそれは変わらず、酒もせいぜい眠れない夜に嗜む程度だ。

日々は、ただ己《おのれ》を研ぎ澄ますためにあった。誰《だれ》よりも強くあることでしか、俺は自分を証明できないからだ。

他のことに見向きもせず授業や修練に明け暮れる俺は、当初はエーアス魔法学園でも多くの生徒から敬遠されていたが……そこに変化が生まれたのは、シホルの存在があったからだ。

同じクラスのシホルは、俺のことを「貴族のお坊ちゃん」と呼んでは喧嘩《けんか》を売ってきた。といっても殴り合いの場外乱闘などではなく、授業や課題のたびに正々堂々と勝負を吹っかけてきたのだ。

そのたび俺はシホルを容赦なく叩きのめしたが、普段の明るさとは無縁のギラつくような目は、いつだって揺るぎなく俺を捉《とら》えていた。

他人からは、そんな俺たちがいわゆるライバル関係のように見えていたのだろう。次第に俺とシホルそれぞれに声援が上がるようになり、周囲には自然と人が増えていった。

勝負事抜きで、シホルと話す機会も増えた。というのも、学生の中で俺と話が合う人間は数少なかった。向こうも同じことを感じていたのか、俺たちは嘘《うそ》のように気が合った。

ときには張り合うように課題をこなし、議論を紛糾させた。格上の魔物相手に背中を預けて戦い、死線をくぐり抜けたこともある。夜空を見上げて、ぽつぽつと語り合ったことも。

そうして知ったことだが、シホルにも両親がいなかった。

シホルはまだ幼い弟妹を養うために、難関で知られるエーアス魔法学園の入学試験を突破して特待生の座を手に入れた。ここで優秀な成績を修めれば、未来が明るく開かれるのはいうまでもない。

つまりシホルにとって、俺は目の上のたんこぶだったのだ。

そんな事情に触れたとき、他の人間より近く感じたはずのシホルが一気に遠くなった。

やはり俺とは違う。唯一残った家族に背を向けた俺とこいつでは、違いすぎる――。

そんなことを思い返しながら、俺はフォークで切り分けたタルトを口に運ぶ。甘酸っぱいレモンカードに、爽《さわ》やかなクリーム。甘さが控えめだから、とあれが不安げながら勧めた理由がよく分かる。買ってきてから丸一日経《た》っているのに、生地がしっとりしすぎていないところも好ましい。

初めて口にするタルト・シトロンという菓子は、固い心の隙間《すきま》に入り込むようで……間違いなく、俺はシホルと同じ感想を抱いていた。

表情に出したつもりはないが、付き合いの長いシホルが気づかなかったはずがない。

三口で食べ終えたシホルは、ごくごくと勢いよく紅茶を飲んでいる。貴族らしい完璧《かんぺき》な所作などとっくに身につけているくせに、シホルは俺と二人でいるときは決まって学生時代のように振る舞う。

「これ、妹たちにも食わせてやりたい」

「そうか」

少しだけ間を置いて、シホルが改まった口調で言う。

「お嬢さん、雰囲気が変わったよな」

思わず俺は黙り込む。クリームのついた指を舐《な》めたシホルは、顔面に薄い笑みを張りつけて俺を見ていた。

「昨日の昼間、言ってたよな。お嬢さんに魔力制御の方法を指導してるって。それだけでも驚いたが、あそこまで活発になってるなんて思いもしなかった」

「それについては、散々話しただろう」

思いだすだけでうんざりする。昨日、街で合流したシホルとの会話の中で何気なく漏《も》らしたところ、分かりやすく食いついてきたのだ。冗談にもならないが、あのまま長話をしていたら円形広場の騒ぎに気づくのも遅れていたかもしれない。

同じことを思い返していたようで、シホルが頬《ほお》を掻《か》く。

「王太子殿下を庇った件もさ。身を挺して他人を守るなんて、今までのお嬢さんからは考えられない行動だ。まるで人が変わったような……といっても、おれはお嬢さんのことをよく知ってるわけじゃないが」

耳元に蘇《よみがえ》ったのは、躊躇《ためら》いがちに告げられた理由だった。武器も持たずに、抵抗する術《すべ》も持たずに凶刃の前に躍り出たアンリエッタが告げた、たったひとつの理由。

『お兄様が駆けつけてくださると思ったので……』

なんの確信もないはずなのに、当たり前のように俺を信じていた声音と、目の前のシホルの声が重なる。

「いいと思うぞ。ここいらで冷えきった兄妹関係を修復する、ってのもさ。お嬢さんもこうやってノアの口に合うプレゼントまで用意してくれたんだし、そのつもりなんじゃないか？」

「どうだかな」

「妹ってかわいいもんだぞ？　おれの場合は三人もいるけどさ」

相好を崩してシホルがいつものように語りだす声は、右から左に流れていく。

勘の鋭いシホルでも、気づくことはないだろう。俺がアンリエッタに魔力制御の指導を始めたのが、単純な善意によるものではないということに。


――アンリエッタが「魔に堕ちる」と言いだしたのは、およそ二週間前のことだ。

とんでもない戯れ言をのたまうアンリエッタに、最初は呆《あき》れた。だが魔力をなくしたい、事務職員になって家を出ていくとまで言われれば、驚きながらも納得する自分がいた。

そうか。アンリエッタはこの家を出ていきたいのだ。そのために魔に堕ちるなどと仕様もない嘘を吐いたのだ……と。

アンリエッタは、自分がこの家の生まれでないと知っていたらしい。本当の両親のもとに帰ろうとしているかまでは分からないが、リージャス家を離れたがるのは至極当然のことに思えた。

俺はそんなアンリエッタを試すように、「お前を鍛えてやる」と告げた。

本心ではただリージャス家を出ていきたいアンリエッタは、渋い顔をするだろう。何かしら理由をつけて俺の申し出を断ろうとするはずだ。

しかしアンリエッタは、俺の提案に明るく顔を輝かせた。

「ありがとうございます。私、精いっぱいがんばります！」

お礼を言うアンリエッタの真意が俺には読めなかった。

そうして始まった日々は、今までとは少しだけ色を変えていた。

アンリエッタの学園での成績が振るわないことは、使用人を通して聞いていた。社交界でもアンリエッタの出来の悪さはよく話題にされている。暫定・花乙女という不名誉なあだ名にまつわる噂は、留まるところを知らない。そういった噂の類いは事実より大袈裟《おおげさ》なことが多いが、実際にアンリエッタは落ちこぼれだった。

しかし最低限の交流が生まれてから、それだけではないと俺は気づいた。表面上は俺を恐れ敬い、へこへこ媚びへつらってくるアンリエッタだが、ふと気がつくと「やれやれ」とでも言いたげな顔つきでこちらを見ていたりする。なんというか、わりとふてぶてしいのだ。

特訓のために必要な行為をセクハラだと喚《わめ》き散らしたかと思えば、俺が与えたお下がりの杖《つえ》をぬいぐるみのように大切そうに抱きしめたりする。

本当に、こいつは意味が分からない。

極めつけは、魔力を直接流し込むために致し方なく密着したときだった。

「私、もう十六歳です。こ、子どもじゃないんです……」

目を潤《うる》ませ、真っ赤《まっか》な顔で訴えるアンリエッタを触れるほど間近で見下ろしたとき、ようやく距離の近さを自覚した。動揺を表に出す愚は犯さず、俺は素早くアンリエッタから離れた。

なんなんだ、と思う。どうして俺は、こいつの一挙一動にいちいち振り回されているのだろう。

慣れない指導なんて真似を行っているのも、そうだ。毎日屋敷に戻す必要なんてないのに、どうしてそんなことをアンリエッタに強制した？

自分の中に見当たらない理由を探すたびに、俺は苛立たしい気持ちになった。

俺がそんな葛藤と闘っているなど露知らず、直後、アンリエッタは生活魔法の発動に成功した。

頬を紅潮させて喜ぶアンリエッタを視界に収めながら、俺はふと不思議に思う。ついさっき、魔力を流し込んだときに気がついたが、アンリエッタの体内を流れる魔力が妙に滞っていたのだ。

カルナシア王国の人間は生まれつき魔力を持ち、赤子の頃から魔力の流れる感覚に慣れている。魔力の流れが悪くなる病があると本で読んだことはあるが、それにしては目の前のアンリエッタは健康に見えた。

それに魔力量に関しては学園のお墨付きを得ているアンリエッタだが、魔力感知に長けている俺でも、アンリエッタの魔力はうまく感じ取ることができなかった。

こんなに近くにいるのに正確な魔力を量れないのは、魔力が洗練されていないせいだろうか？

だが屋敷に連れてこられた頃は、確か……。

考え込んでいると、生活魔法の発動を成功させたアンリエッタが遠慮がちに口にした。

「褒めてください、お兄様。褒めて、ほしいです。……一言でいいので」

普段の俺なら、はね除けていたはずだ。そんな下らない要求をする暇があるなら、少しでも魔法の練習をしたらどうだと。

だがほとんど俯《うつむ》いてしまっているアンリエッタの華奢《きゃしゃ》な肩は震えていた。きっと本人も気づいていないだろう、小さな震えだった。

それを見下ろしているうちに、古い記憶が甦った。

最初は俺も、両親に褒めてほしいと思っていた。すごいね、偉いね、よくがんばったねと、俺の努力を認めてくれる言葉を一言でいいからかけてほしいと。

そんな期待は呆気《あっけ》なく裏切られ、俺は他人に何かを求めるのをやめた。

自問自答する。俺はアンリエッタを、幼い俺と同じ目に遭わせたいのか。それとも。

「よく、やった」

その答えは、そっぽを向いた唇から言葉となって放たれた。

他人を褒めたことなど今まで一度もない。自慢じゃないが自分を褒めたこともないのだ。我ながら、ぎこちない褒め方に辟易するほどである。

アンリエッタはがっかりするだろうか。俺は何かを確かめるように、さりげなく視線を戻す。

その先で、アンリエッタの口元が綻んでいる。

「はい。……ありがとうございます、お兄様」

その笑顔を目にした瞬間、呼吸が止まった。

それまでも何度か、アンリエッタの笑顔を見てはいた。だがそれは、俺の機嫌を伺う愛想笑いでしかなかった。

目の前の笑みは、違う。胸の底から湧《わ》き上がる嬉《うれ》しさが形になったというような、どこか誇らしげで、くすぐったそうな微笑《ほほえ》み。

本当に嬉しいとき、アンリエッタはこんな顔で――。

「――ほら、妹ってかわいいもんだろ?」

夢から覚める合図のように。

そんなシホルの声が聞こえたときには、執務室のドアは閉じていた。

机の上はきれいになっている。俺が思考に沈む間に、シホルが空いた皿やら紅茶やらを片づけていたのだった。

◇◇◇

雪解けと共に、屋敷を流れる空気は少しずつ穏やかになっていった。

最も大きな理由は、アンリエッタの変化にあった。週末に帰ってきても部屋に引きこもりがちで、誰が話しかけても「うるさい」「放っておいて」と怒鳴るばかりだったというアンリエッタ。しかし最近はにこにこしながら屋敷内を歩き回り、周囲に対しても大らかな態度で接しているという。

どういった心変わりがあったのか、俺には分からない。分かるはずもなかった。俺はもしかするとシホル以上に、もともとのアンリエッタがどんな人間だったか知らないのだ。

使用人からはアンリエッタの名前をよく聞くようになった。以前は誰も、俺の前でアンリエッタの話をしようとはしなかった。俺があれを嫌っているのは周知の事実だから、当主の機嫌を損ねるのを恐れたのだろう。

だが、正しくは嫌っていたわけではない。避けていただけだ。

どう接していいのか分からなかった。もし正面から向き合えば、許されない言葉をぶつけてしまう気がしたから。

本当は理解している。俺が両親に冷たくされたのも、愛されなかったのも、アンリエッタ本人にはなんら関係のないことだ。むしろ彼女は、リージャス家の悲願を達成するために連れてこられた被害者ともいえるのだから。

だが、当時の俺はそこまで達観できていなかった。だから迷わず家を出る道を選んだのだ。

三年間の学園生活を送る中で、屋敷に戻ったのは数えるほどだった。アンリエッタを見かけた覚えもほとんどなく、それは学園を卒業してからも変わらなかった。

そんな日々を忘れたわけではないだろうに、アンリエッタは急にお兄様、お兄様と俺を慕うようになった。

本人はなかなか初級魔法が使えないことにやきもきしていたようだが、着実に精神力や集中力は身についてきている。この調子なら、むやみに心配する必要はないと思われた。そもそも魔に堕ちた人間の話など、魔法騎士団に籍を置いていても滅多に聞くことはない。

その頃になると、アンリエッタを試す気は失せていた。予知夢の内容はともかく、本人の真剣さと熱意は認めるべきだと思ったのだ。ときどき怠惰な一面を見せるのは変わりなかったが、水晶を見る限り、授業の空き時間もアンリエッタは特訓に励んでいるようだったから。

そんなふうに気を抜いていたのが、いけなかったのか。

春休みを目前にした日の夕刻、エーアス魔法学園からの使者は唐突に屋敷に現れた。

「――――アンリエッタが、《魔喰《まく》い》と戦った？」

その報告を受けたとき、目の前が真っ白になった。

俺自身も、《魔喰い》とは何度も戦闘の経験がある。だがハム先生は実力を認めた生徒にしか、あの迷宮への立ち入りを許していなかったのに。

どうしてアンリエッタが、《魔喰い》のような凶悪な魔物と遭遇する羽目に……。

「おい、ノア！」

シホルの呼び止める声など、耳に入らない。

焦燥感に突き動かされるように、俺は応接間を飛びだした。馬車を呼ぶ手間すら惜しく、風魔法の応用で屋根に跳躍して飛び乗ると、身体能力を加速させながら学園に向かっていた。

頭の中を、悪い想像だけが巡っている。

もしかしてアンリエッタは、自らの意志で《魔喰い》のもとに向かったのではないか。あいつはもともと魔力をなくしたいと言っていた。だから、そのために危険を承知で……。

いや、違う。それならば、あんなに必死に訓練に励む必要はなかった。

それに《魔喰い》と遭遇した人間の末路は、生易しいものではない。敗北すれば命を落とすか、魔力ごと心を喰われるかの二択だ。当時のシホルでも単独では厳しいレベルの相手だったのだ。

王都を行く通行人や馬車の頭上を次々と抜き去りながら、俺は舌打ちする。

どうして水晶を置いてきたのかと、今さらのように悔やむ。肌身離さず持ち歩いておけば、アンリエッタに危機が迫ったときに真っ先に気がつけたはずではないか。今も無事に生きているのか、それだって確認できたはずで……。

そんなことを考えた瞬間、背筋を冷たい汗が流れる。

ふと、アンリエッタを後ろから抱きしめたときの感触を思いだした。こちらが不安になるほど細く、柔らかく、温かな身体《からだ》だった。人の身体が温かいことを、俺は久々に思いだしたのだ。

こんなことで、失うのか。こんな形で。こんなにも呆気なく。

ようやく校舎が目の前に見えてくる。そこで視界を過《よ》ぎったのは、従魔である《銀翼鷹《シルバーホーク》》だ。どうやらシホルが厩舎から放ったらしい。このあたり、シホルはよく機転が利《き》く。

「破れ！」

俺の命令に応じて銀の鷹《たか》が鋭く鳴き、学園に張り巡らされた多重結界を瞬く間に突破する。俺は足を止めないまま校舎へと踏み込んだ。

一部の生徒しか知らないことだが、学園の地下には遺体安置室がある。だが俺の足が向いたのは医務室だった。

今や認めざるを得なかった。俺はアンリエッタに生きていてほしかった。どうか無事に生きていてくれと心の底から願っていたのだ。

「アンリエッタ！」

壊れても構わないくらいの勢いで、医務室のドアを開ける。

果たして――真ん中のベッドに、求めたはずの銀色を見つけた。

俺よりも柔らかく、そしてまばゆい少女の色を。


「お、お兄様？」


……生きている。

アンリエッタは、確かに生きていた。

放心する前に、両足を動かして近づく。手加減も忘れて肩を掴んだ。感触も温度もあの日と変わらず、生きている人間のそれだ。

問えば怪我《けが》はなく、身体に違和感もないという。ベッドの上でぴんぴんしている姿に俺は安堵《あんど》を覚えかけたが、アンリエッタは知らない男に手を握られていた。

それを認識したとたん、一度は緩んだはずの気が張り詰める。

……なんだ、こいつは。

睨《にら》みつける俺に対し、その男子生徒は一歩も引かない。どうやらアンリエッタと同学年の生徒らしいが、俺を前にして少しも怯《ひる》まない人間は珍しい。

男子生徒はエルヴィス・ハントと名乗った。誰かと思えば、ハント辺境伯家の次男だ。普段の俺なら大した若造だと感心していただろうが、このときはそんな余裕はなかった。

とにかく早く手を離せと言いたい。が、真っ向から口にはできない。

さっさと妹を連れ帰るようにフェオネン先生が言いだしたのは僥倖《ぎょうこう》だった。胡散臭《うさんくさ》い人だが、たまにはいい仕事をするものだと初めて尊敬の念を覚える。

「それではエルヴィス様。また学園で」

「アンリエッタ嬢も、お元気で」

俺はのんびり挨拶《あいさつ》する二人に舌打ちしかけたが、なんとか堪えた。

フェオネン先生にからかわれるのも面倒なので、医務室を出てからアンリエッタを背負う。

屋敷では以前と違って毎日三食きっちり食事していると耳にしていたのに、アンリエッタは驚くほど軽かった。こんな細い身体では、すぐに折れてしまいそうだ。

アンリエッタは起きているようだが、しばらく何も喋《しゃべ》らなかった。

やがて背から聞こえてきたのは、か細い謝罪の声だ。

「ごめんなさい、お兄様。でも私、《魔喰い》の能力で魔力を失おうとしたわけじゃ……ないんです」

分かっている、と言ってやるのが正解だった。そうかもしれないと思い浮かびはしたが、その考えはとっくに打ち消したのだと。

「別に、最初から疑っていない」

だが、結局は素っ気ない言い方しかできなかった。

そんな自分に嫌気が差すが、アンリエッタは安堵したようだった。眠くて朦朧《もうろう》としているようで、どこか幼げな口調で続ける。

「私ね、できたんですよ。初級風魔法。初級魔法三つの同時展開とかは、むりむりでしたけど。でも、ちゃんとできたから……えへへ。お兄様のおかげですね」

詳細は未《いま》だ把握していないが、初級魔法で《魔喰い》を倒せるはずがないので、大方あのエルヴィスとやらが活躍して辛勝した、ということなのだろう。

辺境伯家の倅《せがれ》の魔法能力が突出しているという話を、どこかで耳にした覚えもある。それを思えば、二人の間に流れていた何やら甘い空気にも説明がつく。

だが今は、そんなことを気にしている場合ではない。

生活魔法が使えたとき、褒めてほしいとアンリエッタはねだった。初級魔法が初めて使えた今、正しいのはきっと――。

「がんばったな」

しばらく、返事はなかった。

また俺は間違えたのかもしれない、と思う。柄にもなく緊張しているのか、わずかに胸の鼓動が速くなる。

発言を撤回しようか悩み始めた頃になって、俺の耳朶《じだ》には小さな声が届いた。

「はい。私、がんばりました」

そんな返事が聞こえたとき、俺は背中側に手を伸ばしていた。

片手で掴めそうなくらい小さな頭を、撫でる。とにかく撫でる。

……なんだ、この手は。

自分でも、自分の行動の意味がよく分からず首を傾げる。頭を、撫でる？　そんなことをしてどうする。いったい、なんの意味がある。

すぐに手を離そうとしたのに、安心したように背中のアンリエッタが吐息をこぼす。ふにゃふにゃとまだ何か夢心地に言いながら、眠ったようだった。

医務室で少しは休んだようだが、疲れきっていたのだろう。意識がなくなると、その身体はずしりと重くなる。その重みを、俺は全身で受け止めた。

停車場にはリージャス家の馬車が待っていた。

手配したのはシホルだろう。弟妹思いのあいつの満足げな笑顔が目蓋の裏に浮かんだ。

「どんなに遅くなってもいいから、揺れは最小限に抑えろ。アンリエッタが起きないように」

御者に声をかけてから、慎重にアンリエッタを馬車の中に運ぶ。

次に自分が乗り込み、隣に座る。ゆっくりと馬車が動きだし、その動きとは無関係にふらりと倒れてきたアンリエッタの頭が、ぽすりと俺の二の腕に当たった。

「んん……お兄様ぁ……」

思わず、俺はアンリエッタを注視する。

どうやら寝言だったようで、両目を閉じたアンリエッタの唇がわずかに動いていた。

「お兄様、もうむりです。動かせませんからぁ。お兄様ぁ……」

俺は小さく嘆息した。どうやら夢の中でも、魔法制御の特訓をしているらしい。

うーんうーんと苦しげにうなされているアンリエッタの前髪に、そっと触れる。

髪を掻き分けて額に触れれば、温かいと思う。子どもの頃は、もっと体温が高かったのだろうとも。そのとき触れられなかったことを悔やんだなどと、今さら口にはできないが。

次に投げだされた手に目をやったが、触れることはできなかった。

今さらのように気づく。エルヴィスの行動が気に障ったのは、あいつが当たり前のようにアンリエッタの手を握っていたからだ。俺にはできないことを、平然とやってのけていたからだ。

白く小さな手を握ってやるには、俺は失敗しすぎている。それでもまだできることがあるのならと、馬車に揺られながら考えを巡らせた。


始業式の前日の夜、アンリエッタが執務室を訪ねてきた。

どうやら花舞いの儀を目前にして、不安が押し寄せてきたらしい。俺は目に涙を浮かべるアンリエッタに、学園内で警護に当たることを告げた。お前を守ってやる、とも。

心からの気持ちだった。アンリエッタは安心するだろうと自惚《うぬぼ》れてもいた。

だが、アンリエッタの反応は思いがけないものだった。

「どうして、今さら」

「……アンリエッタ？」

「もっと早く言ってよ。もっと早く、あなたが言ってくれてたら。それだけで私は救われてたのに！」

悲しみと怒りに染まった声と表情で、アンリエッタが語る真実は……確実に、俺の胸を穿《うが》った。

何も知らなかったのだ、と思い知らされる。俺に嫌われたくない一心でアンリエッタが選んだ、愚かで孤独な道。ひとつの救いもない道。

そこまでアンリエッタを追い込んでしまったのは、他でもない俺だった。

「なんで私を、捨てたの。置き去りにしたの。ずっとずっと、ひとりぼっちにしたのよ！」

泣き喚いて感情を露わにするアンリエッタを見つめていて、思う。

幼い頃のアンリエッタは、どんな顔をしていたのだろう。俺はもう憶えてすらいない。

いつだって無視して、いないもののように扱って突き放した。ひどい兄だ。こんなにひどい兄は、古今東西を探しても俺の他にはいないだろう。

一度でいいから、声をかけるべきだった。お前を嫌っているわけではないと。お前は何も悪くないと。ただ、どんなふうに接すればいいか俺には分からないのだと。

そう素直に打ち明けていたなら、何かが違っていたのかもしれないのに。

俺はすべてを間違えた。そのせいで、アンリエッタは涙に溺れるほど泣いている。ようやく過ちを認められたとき、ついぞ言えずにいた謝罪の言葉が喉の奥からこぼれていた。

「すまなかった。お前から、逃げた。向き合おうとしなかった。それは俺の……弱さだった」

「……っ」

アンリエッタの涙は止まるどころか、ますます勢いよく溢《あふ》れた。

俺の胸に飛び込んできたアンリエッタは、ひどい、ひどいと責め続けた。胸板を殴る拳《こぶし》の力は弱かったが、殴られるたびに胸の内側が鈍く痛んだ。初めて感じる痛みだった。

今さら、兄を名乗るのは遅すぎると思う。虫が良すぎるのも分かっている。

――それでもアンリエッタが、俺を頼りに思っているのも事実で。

その事実に、なぜか胸が躍る。俺は頼られている。小さな妹から、まだ必要とされている。

それならば取り返しはつくだろうか。この関係をやり直すことができると、そう思っても……いいのだろうか？


結局、一睡もできないまま俺は朝を迎えた。侍女に確認すると、アンリエッタはよく眠っているようだ。

訓練場で軽く身体を動かしてから身支度をととのえる。いったん王城に寄ってから、ラインハルト殿下と共に学園に向かう。春休みのうちも護衛の関係で殿下とは顔を合わせていたが、そのたびにアンリエッタの体調について聞かれた。見舞いに行きたいとも都度言われたが、なんとなく断って流している。

今朝《けさ》も同じだ。以前は俺の武勇伝ばかり聞きたがっていた殿下が、アンリエッタのことばかり気にしていた。

学園に着いてからは、不審者が潜んでいないか見回る。そもそも多重結界を施された学園に、襲撃者が紛れ込むとは考えにくいのだが。

上空を旋回する従魔と視界を共有したところ、噴水広場に向かう道中、殿下はアンリエッタを見かけるなり近くに寄って声をかけていた。何を話しているかまでは分からないが、どことなく楽しそうな雰囲気だ。暗殺者から守った件がきっかけなのか、やはりアンリエッタは殿下とも親しくなっていたらしい。

ラインハルト殿下はすぐにアンリエッタと別れ、噴水に近い席を選んで座った。王族と花乙女は切っても切り離せない関係にあるので、王太子の彼が強い関心を持つのは当然だ。

俺は校舎の柱に背を預けた。さりげなく捜してみると、生徒が散らばる中にアンリエッタの姿を見つけたが……その隣に見覚えのある顔を発見すれば、苦虫を嚙《か》み潰《つぶ》したような心地になる。

——なぜ、またあの男と一緒にいる。

《魔喰い》との遭遇や戦闘の詳細については、学園から改めて報告を受けていた。主にエルヴィス、それにイーゼラという女子生徒の強力な魔法で《魔喰い》を倒し、アンリエッタは彼らに協力したということらしい。

アンリエッタからも、同じような話を聞いている。エルヴィスの活躍が大きいのは間違いないだろうから、その点は認めてやらないでもないが……。

おい。だからといって俺の妹に、いちいち顔を寄せるな。親しげに話しかけるな。アンリエッタ、お前も穏やかな表情で見返すな。俺が目の前にいるときは、もっとびくびくしているくせに……。

自分でも、なぜこんなに苛立つのか分からない。

感情を律するのは得意であるはずなのに、アンリエッタに関《かか》わることだとなぜか制御しきれない。精神をコントロールしろとアンリエッタには口酸っぱく言ったくせに、このザマだ。

視線を送りすぎていたのか、間もなくアンリエッタが噴水の近くに立つ俺に気がついた。素知らぬふりをしていた俺は、ようやく気がついたように数秒経ってから視線を戻してみる。

アンリエッタが俺に向かって笑いかける。大丈夫だ、というように。

俺は目を合わせて、軽く頷《うなず》きを返した。大丈夫だ、と答えるように。

ついでにエルヴィスを睨んでおいたが、平然としている。それどころかアンリエッタの肩を抱き寄せて、挑発するように俺に笑いかけてきた。殺そうかと思った。怯えた顔をしたのは、とばっちりを喰らった周囲の生徒ばかりだ。

それから間もなく、広場中に鐘の音が響き渡っていく。学園どころか、カルナシア全土へと祝福のように広がる音色は、俺にとっても未知の経験だったが、心を揺らしている暇はなかった。

目立つ銀髪を風になびかせるアンリエッタは、誰よりも緊張した面持ちで噴水を見つめている。光る噴水から花乙女が現れるという、自分が見た予知夢の内容を信じきっているのだろう。

色のない唇をぎゅっと引き結んだアンリエッタを見ていると、噴水を叩き壊したほうが早いのではないか、という気がする。そうすればあれは、また子どものように屈託《くったく》なく笑うはずだ。

当代の花乙女が召喚されなくなっても、女神エンルーナにこの身が呪われても、大したことではない。俺があいつを殺すことになるよりは、ずっとマシだろう。

いや。

『それでも、どうしてもだめだったら。そのときはお兄様が、私を殺してくださいね』

そもそも、俺にあいつを……殺せるのか？

自問し、答えが返る前に思考に蓋をする。そうしなければ、自分の中の何かが確実に形を変えてしまう気がした。

気がつけば俺は噴水ではなく、アンリエッタの姿だけを視界に捉えていた。

初めてのことだった。

仕事としてではなく、義務としてではなく——誰かを、護りたいと思ったのは。

あとがき

初めまして、榛名井《はるなどん》と申します。

このたびは『最推《さいお》し攻略対象《こうりゃくたいしょう》がいるのに、チュートリアルで死《し》にたくありません！』をお手に取っていただき、誠にありがとうございます。


ＧＡノベル様からは二作目のシリーズ刊行ということで、もしかすると「アクアクと一緒に買ったよ！」という読者の方もいてくださるかもしれません。ありがとうございます、愛しています。

アクアクが六巻で完結となりますので、同時発売でお届けして両シリーズを盛り上げていけたらいいなぁと思い担当さんに相談させていただきました。コミカルさを前面に押しだしつつも、そこはかとなく漂うシリアスな空気感は、両シリーズ共通しているかなと思います。


本作は、いわゆる逆ハーレムものです。といっても、あっちを見てもこっちを見ても一筋縄ではいかない男性陣なので、アンリエッタは苦労の連続です。

まだまだ物語は序盤というところですが、皆様の推しとか、ぜひ聞いてみたいです。まだいないよ、というときは作者の責任ですね。みんなの魅力を引きだせるようにがんばります。

ちなみに、さらち先生はノア推し。作者の推しは……イーゼラがめっちゃ好きです。

そんな本作、何にいちばん苦労したかというと、間違いなくタイトルです。ウェブ連載時はまったく違うタイトルでしたし、連載中に三回ほど変更しましたし、書籍化が決まったあとに担当さんから「タイトルは、なんか違うかなって……」とごもっともなご指摘があり、打ち合わせをして、タイトル千本ノックをして（気持ち的には千本）、それでも決めきれず、「最推しの攻略対象がいるのに〜」で行きましょう、と固まったものの、表紙デザイン時に「『の』、いらなくないですか？」「『の』、いらないかも……」と『の』いらない子疑惑が出て、すでに予約受付なども始まっていたのに『の』を消してもらうという、関係各署にご迷惑をおかけする方法でタイトルが確定した次第です。その節は申し訳ございません……。

紆余曲折あったからこそ、最終的に本作の特徴が出ている良いタイトルに決まったなぁとしみじみ思っております。略して「最推し攻略対象」、ぜひ覚えていただけたら幸いです。「チューしたくありません！」も可です。ちなみにわたしと担当さんはもっぱら「最推し」と呼んじゃってます。

そしてアクアクに引き続き、イラストはさらち先生がご担当くださいました。改めてわたしからご説明するまでもなく、さらちよみ先生といえば乙女ゲーム、乙女ゲームといえばさらちよみ先生。乙女ゲームを題材とした本作で快くイラストを引き受けていただけた喜びを嚙《か》み締めている毎日です。

美麗な口絵イラストを拝見した際、「この乙女ゲームはどこでプレイできますか⁉　言い値で買います！」と叫んだのが記憶に新しいです。アニメ化飛び越えてゲーム化を目指す所存です。

そんなさらち先生が、本作を読んだ際に「乙女ゲーム制作側として感動して、涙が出るシーンがたくさんあった」とおっしゃってくださいました。わたしにとって、宝物のようなご感想です。

第二巻に当たる部分は、まだ執筆できていないのですが、新たな攻略対象も登場する予定です。翻弄《ほんろう》されつつ、超前向きなアンリエッタは引き続きがんばってくれると思います。

一巻では話のテンポやページ数の都合もあり、どうしても書ききれないエピソードが多かったので、特典ＳＳなどでそちらを補完しつつ、二巻にもいろいろ入れ込めたらいいなぁと画策中です。

作者というのはとても無力でして、わたしの熱意だけでは残念ながら書籍の刊行を続けることはできません。おもしろいと感じていただけたときは、周りの方に薦めていただいたり、ＳＮＳや電子書籍サイトでご感想を書いていただけたりすると、作品の寿命もどんどん延びて、連鎖的に良いことがたくさん起こっていくかと思います。もちろん作者はさらにさらにがんばりますので、どうぞよろしくお願いいたします。

また、ありがたいことにコミカライズ企画も進行中です。そちらも続報を楽しみにお待ちくださいませ。わたしも楽しみな気持ちでいっぱいです。

最後に謝辞です。

担当さん、さらち先生。お世話になりました&引き続きどうぞよろしくお願いいたします！

読者の皆様。たくさんの本の中から、「最推し攻略対象」を選んでくださりありがとうございます。楽しんでいただけていたら、これ以上の喜びはありません。

それでは、またこの場で皆様に会えますように。

二〇二五年二月　榛名丼

GAノベル

最推し攻略対象がいるのに、
チュートリアルで死にたくありません!

2025年3月31日　初版第一刷発行

著者　榛名丼

発行者　出井貴完

発行所　SBクリエイティブ株式会社
〒105-0001　東京都港区虎ノ門2-2-1

装丁　Sanae Onuma[Gibbon]

印刷・製本　中央精版印刷株式会社

ISBN978-4-8156-2771-3
Printed in Japan

ファンレター、作品のご感想をお待ちしております。
〒105-0001　東京都港区虎ノ門2-2-1
SBクリエイティブ株式会社
GA文庫編集部 気付

「榛名丼先生」係
「さらちよみ先生」係

本書に関するご意見・ご感想は
下のQRコードよりお寄せください。
※アクセスの際に発生する通信費等はご負担ください。

https://ga.sbcr.jp/

次巻予告

超前向き令嬢の、愛され魔法学園ファンタジー、第2弾!!

夏発売予定!!

※変更になる場合がございますのでご了承ください。

最推し攻略対象がいるのに、
チュートリアルで死にたくありません！
第2巻2025年

悪役令嬢と悪役令息が、出逢って恋に落ちたなら6

～名無しの精霊と契約して追い出された令嬢は、今日も令息と競い合っているようです～

著：榛名丼　画：さらちよみ

GA ノベル

　契約の儀のあり方を変えようと画策するオスカーが姿を消し、令嬢ブリジットは厳戒態勢を強いられていた。不穏な空気の中、契約精霊が人間界に顕現しない異変が起こり、公爵令息ユーリや仲間たちと共にブリジットは狭間へと向かうが……。

（――さようなら、ユーリ様）

　革命派の暗躍、母アーシャの昏睡、契約精霊の召喚制限――。

　全てが繋がったとき、ブリジットは自分が生まれた意味を知る。

「観念しろブリジット。約束しただろう、二度と離れないと」

「離れてほしいのに。どうして、傍にいるの。どうして……」

　赤と青。出逢った二つの色は、どこまでも美しく寄り添って歩んでいく。

　悪役令嬢と悪役令息がやがて恋に落ちていく物語、感動の大団円《フィナーレ》！

試読版は
こちら!
GA
コミックf

第18回 GA文庫大賞
GA文庫では10代～20代のライトノベル読者に向けた魅力溢れるエンターテインメント作品を募集します！
創造が、現実《リアル》を超える。
イラスト／りいちゅ
大賞賞金300万円+コミカライズ確約！
◆募集内容◆
広義のエンターテインメント小説（ファンタジー、ラブコメ、学園など）で、日本語で書かれた未発表のオリジナル作品を募集します。希望者全員に評価シートを送付します。
※入賞作は当社にて刊行いたします。詳しくは募集要項をご確認下さい。
全入賞作品を刊行までサポート!!
応募の詳細はGA文庫公式ホームページにて
https://ga.sbcr.jp/